345=2
66

Sección: Literatura

Benito Pérez Galdós:
El amigo Manso

El Libro de Bolsillo
Alianza Editorial
Madrid

®

Primera edición en "El Libro de Bolsillo": 1972
Segunda edición en "El Libro de Bolsillo": 1976
Tercera edición en "El Libro de Bolsillo": 1978
Cuarta edición en "El Libro de Bolsillo": 1980
Quinta edición en "El Libro de Bolsillo": 1981
Sexta edición en "El Libro de Bolsillo": 1983

© Herederos de Benito Pérez Galdós
© Alianza Editorial, S. A. Madrid, 1972, 1976, 1978, 1980, 1981, 1983
Calle Milán, 38; ☎ 200 00 45
ISBN: 84-206-1364-9
Depósito legal: M. 22103-1983
Impreso en Lavel. Los Llanos, nave 6. Humanes (Madrid)
Printed in Spain

Yo no existo... Y por si algún desconfiado, terco o maliciosillo no creyese lo que tan llanamente digo, o exigiese algo de juramento para creerlo, juro y perjuro que no existo; y al mismo tiempo protesto contra toda inclinación o tendencia a suponerme investido de los inequívocos atributos de la existencia real. Declaro que ni siquiera soy el retrato de alguien, y prometo que si alguno de estos profundizadores del día se mete a buscar semejanzas entre mi yo sin carne ni huesos y cualquier individuo susceptible de ser sometido a un ensayo de vivisección, he de salir a la defensa de mis fueros de mito, probando con testigos, traídos de donde me convenga, que no soy, ni he sido, ni seré nunca nadie.

—Soy —diciéndolo en lenguaje oscuro para que lo entiendan mejor— una condenación artística, diabólica hechura del pensamiento humano *(ximia Dei)*, el cual, si coge entre sus dedos algo de estilo, se pone a imitar con él las obras que con la materia ha hecho Dios en el mundo

7

físico; soy un ejemplar nuevo de estas falsificaciones del hombre que desde que el mundo es mundo andan por ahí vendidas en tabla por aquellos que yo llamo holgazanes, faltando a todo deber filial, y que el bondadoso vulgo denomina artistas, poetas o cosa así. Quimera soy, sueño de sueño y sombra de sombra, sospecha de una posibilidad; y recreándome en mi no ser, viendo transcurrir tontamente el tiempo infinito cuyo fastidio, por serlo tan grande, llega a convertirse en entretenimiento, me pregunto si el no ser nadie equivale a ser todos, y si mi falta de atributos personales equivale a la posesión de los atributos del ser. Cosa es ésta que no he logrado poner en claro todavía, ni quiera Dios que la ponga, para que no se desvanezca la ilusión de orgullo que siempre mitiga el frío aburrimiento de estos espacios de la idea.

Aquí, señores, donde mora todo lo que no existe, hay también vanidades, ¡pasmaos, hay clases, y cada intriga…! Tenemos antagonismos tradicionales, privilegios, rebeldías, sopa boba y pronunciamientos. Muchas entidades que aquí estamos podríamos decir, si viviéramos, que vivimos de milagro. Y a escape me salgo de estos laberintos y me meto por la clara senda del lenguaje común para explicar por qué motivo no teniendo voz hablo, y no teniendo manos trazo estas líneas, que llegarán, si hay cristiano que las lea, a componer un libro. Vedme con apariencia humana. Es que alguien me evoca, y por no sé qué sutiles artes me pone como un forro corporal y hace de mí un remedo o máscara de persona viviente, con todas las trazas y movimientos de ella. El que me saca de mis casillas y me lleva a estos malos andares es un amigo…

Orden, orden en la narración. Tengo yo un amigo que ha incurrido por sus pecados, que deben de ser tantos en número como las arenas de la mar, en la pena infamante de escribir novelas, así como otros cumplen, leyéndolas, la condena o maldición divina. Este tal vino a mí hace pocos días, hablóme de sus trabajos, y como me dijera que había escrito ya treinta volúmentes, tuve de él tanta lástima que no pude mostrarme insensible a sus acaloradas instancias. Reincidente en el feo delito de escribir, me pedía mi complicidad para añadir un volumen a los treinta desafueros consabidos. Díjome aquel buen presidiario, aquel inocente empedernido, que estaba encariñado con la idea de perpetrar un detenido crimen novelesco, sobre el gran asunto de la educación; que había premeditado su plan, pero que, faltándole datos para llevarlo adelante con la presteza mañosa que pone en todas sus fechorías, había pensado aplazar esta obra para acometerla con brío cuando estuvieran en su mano las armas, herramientas, escalas, ganzúas, troqueles y demás preciosos objetos pertinentes al caso. Entretanto, no gustando de estar mano sobre mano, quería emprender un trabajillo de poco aliento, y sabedor de que yo poseía un agradable y fácil asunto, venía a comprármelo, ofreciéndome por él cuatro docenas de géneros literarios, pagaderas en cuatro plazos; una fanega de ideas pasadas, admirablemente puestas en lechos y que servían para todo; diez azumbres de licor sentimental, encabezado para resistir bien la exportación, y, por último, una gran partida de frases y fórmulas hechas a molde y bien recortaditas, con más de una redoma de mucílago para pegotes, acopladuras, compaginazgos, empalmes y armazones. No me pareció mal trato, y acepté.

No sé qué garabatos trazó aquel perverso sin hiel delante de mí; no sé qué diabluras hechiceras hizo... Creo que me zambulló en una gota de tinta; que dio fuego a un papel; que después fuego, tinta y yo fuimos metidos y bien meneados en una redomita que olía detestablemente a pez, azufre y otras drogas infernales... Poco después salí de una llamarada roja, convertido en carne mortal. El dolor me dijo que yo era un hombre.

2. Yo soy Máximo Manso

Y tenía treinta y cinco años cuando me pasó. Y si a esto añado que el caso es reciente, y que muchos de los acontecimientos incluidos en este verdadero relato ocurrieron en menos de un año, quedarán satisfechos los lectores más exigentes en materias cronológicas. A los sentimentales he de disgustarles desde el primer momento diciéndoles que soy doctor en dos facultades y catedrático del Instituto, por oposición, de una eminente asignatura que no quiero nombrar. He consagrado mi poca inteligencia y mi tiempo todo a los estudios filosóficos, encontrando en ellos los más puros deleites de mi vida. Para mí es incomprensible la aridez que la mayoría de las personas asegura encontrar en esa deliciosa ciencia, siempre vieja y siempre nueva, maestra de todas las sabidurías y gobernadora visible o invisible de la humana existencia.

Será porque han querido penetrar en ella sin método, que es la guía de sus tortuosos senos, o porque, estudiándola superficialmente, han visto sus asperezas exteriores antes de

gustar la extraordinaria dulzura y suavidad de lo que dentro
guarda. Por singular beneficio de mi naturaleza, desde niño
mostré especial querencia a los trabajos especulativos, a la
investigación de la verdad y al ejercicio de la razón; y a
tal ventaja se añadió, por mi suerte, la preciosísima de caer
en manos de un hábil maestro, que, desde luego, me puso en
el verdadero camino. Tan cierto es, que de un buen
modo de principiar emana el logro feliz de difíciles em-
presas, y que de un primer paso dado con acierto depende
la seguridad y presteza de una larga jornada.

Digan, pues, de mí que soy filósofo, aunque no me creo
merecedor de este nombre, sólo aplicable a los insignes
maestros del pensamiento y de la vida. Discípulo soy no
más, o si se quiere, humilde auxiliar de esa falange de
nobles artífices que siglo tras siglo han venido tallando en
el bloque de la bestia humana la hermosa figura del hombre
divino. Soy el aprendiz que aguza una herramienta, que
mantiene una pieza; pero la penetración activa, la audacia
fecunda, la fuerza potente y creadora, me están vedadas
como a los demás mortales de mi tiempo. Soy un profesor
de fila, que cumplo enseñando lo que me han enseñado
a mí, trabajando sin tregua; reuniendo con método cariñoso
lo que en torno a mí veo, lo mismo la teoría sólida que el
hecho voluble, así el fenómeno indubitable como la hipótesis
atrevida; adelantando cada día con el paso lento y seguro
de las medianías; construyendo el saber propio con la suma
del saber de los demás, y tratando, por último, de que las
ideas adquiridas y el sistema con tanta dificultad labrado
no sean vanas fábricas de viento y humo, sino más bien una
firme estructura de la realidad de mi vida con poderoso
cimiento en mi conciencia. El predicador que no practica
lo que dice no es predicador, sino un púlpito que habla.

Ocupándome ahora de lo externo, diré que en mi aspecto
general presento, según me han dicho, las apariencias de un
hombre sedentario, de estudios y de meditación. Antes de
que por catedrático, muchos me tienen por curial o letrado,
y otros, fundándose en que carezco de buena barba y voy
siempre afeitado, me han supuesto cura liberal o actor, dos
tipos de extraordinaria semejanza. En mi niñez pasaba por

bien parecido. Ahora creo que no lo soy tanto, al menos
así me lo han manifestado directa o indirectamente varias
personas. Soy de mediana estatura, que casi casi, con el
progresivo rebajamiento de la talla en la especie humana,
puede pasar por gallarda; soy bien nutrido, fuerte, muscu-
loso, mas no pesado ni obeso. Por el contrario, a consecuencia de los bien ordenados ejercicios gimnásticos, poseo bastante agilidad y salud inalterable. La miopía ingénita y el
abuso de las lecturas nocturnas en mi niñez me obligan a
usar vidrios. Por mucho tiempo gasté quevedos, uso en
que tiene más parte la presunción que la conveniencia; pero,
al fin, he adoptado las gafas de oro, cuya comodidad no
me canso de alabar, reconociendo que me envejecen un
poco.

Mi cabello es fuerte, oscuro y abundante; mas he tenido
singular empeño en no ser nunca melenudo, y me lo corto
a lo quinto, sacrificando a la sencillez un elemento decorativo que no suelen despreciar los que, como yo, carecen de
otros. Visto sin afectación, huyendo lo mismo de la novedad
llamativa que de las ridiculeces de lo anticuado. Apuro mi
ropa medianamente, con la cooperación de algún sastre de
portal, mi amigo; y me he acostumbrado de tal modo al
uso del sombrero de copa, a quien el vulgo llama con doble
sentido *chistera,* que no puedo pasarme sin él, ni acierto
a sustituirle con otras clases o familias de tapacabezas, por
lo cual lo llevo hasta en verano, y aun en viaje me lo pondría muy sereno si no temiera incurrir en extravagancia. La
capa no se me cae de los hombros en todo el invierno, y
hasta para estudiar en mi gabinete me envuelvo en ella,
porque aborrezco los braseros y estufas.

Ya dije que mi salud es preciosa, y añado ahora que no
recuerdo haber comido nunca sin apetito. No soy gastróno-
mo; no entiendo palotada de refinados manjares ni de rarezas de cocina. Todo lo que me ponen delante me lo como,
sin preguntar al plato su abolengo ni escudriñar sus com-
ponentes; y en punto a preferencias, sólo tengo una, que
declaro sinceramente, aunque se refiere a cosa ordinaria, el
cicer arietinum, que en romance llamamos garbanzo, y que,
según enfadosos higienistas, es comida indigesta. Si lo es,

yo no lo he notado nunca. Estas deliciosos bolitas de carne
vegetal no tienen, en opinión de mi paladar, que es para
mí de gran autoridad, sustitución posible, y no me conso-
laría de perderlas, mayormente si desaparecía con ellas el
agua de Lozoya, que es mi vino. No necesito añadir que
me tienen sin cuidado los progresos de la filoxera, pues mi
bodega son los frescos manantiales de la sierra vecina. Uni-
camente del tinto, y flojo, hago prudente uso, después de
bien bautizado por el tabernero y confirmado por mí; pero
de esos traidores vinos del Mediodía no entra una gota en
mi cuerpo. Otra pincelada: no fumo.

Soy asturiano. Nací en Cangas de Onís, en la Puerta de
Covadonga y del monte de Auseba. La nacionalidad española y yo somos hermanos, pues ambos nacimos al amparo de
aquellas eminentes montañas, cubiertas de verdor todo el
año, en invierno encaperuzadas de nieve; con sus faldas al-
fombradas de yerba, sus alturas llenas de robles y castaños,
que se encorvan como si estuvieran trepando por la pendiente arriba; con sus profundas, laberínticas y misteriosas
cavidades selváticas, formadas de espeso monte, por donde
se pasean los osos, y sus empinadas cresterías de roca, pe-
destal de las nubes. Mi padre, farmacéutico del pueblo, era
gran cazador y conocía palmo a palmo todo el país, desde
Ribadesella a Ponga y Tarna, y desde las Arriondas a los
Urrieles. Cuando yo tuve edad para resistir el cansancio de
estas expediciones, nos llevaba consigo a mi hermano José
María y a mí. Subimos a los Puertos Altos, anduvimos por
Cabrales y Peñamellera, y en la grandiosa Liébana nos pa-
seamos por las nubes.

Solo o acompañado por los chicos de mi edad, iba muchas
tardes a San Pedro de Villanueva, en cuyas piedras está
esculpida la historia, tan breve como triste, de aquel rey
que fue comido de un oso. Yo trepaba por las corroídas
columnas del pórtico bizantino y miraba de cerca las figuras atónitas del Padre Eterno y de los santos, toscas escultu-
ras impregnadas de no sé qué pavor religioso. Me abrazaba
con ellas y, ayudado de otros muchachos traviesos, les pintaba con betún los ojos y los bigotes, con lo cual las hacía
más espantadas. Nos reíamos con esto; pero cuando volvía

yo a mi casa me acordaba de la figura retocada por mí y
me dormía con miedo de ella y con ella soñaba. Veía en
mi sueño la mano chata y simétrica, los pies como palme-
tas, las contorsiones de cuerpo, los ojos saltándose del casco,
y me ponía a gritar y no me callaba hasta que mi madre no
me llevaba a dormir con ella.

Yo no hacía lo que otros chicos perversos, que con un
fuerte canto le quitaban la nariz a un apóstol o los dedos
al Padre Eterno, y· arrancaban los rabillos de los dragones
de las gárgolas, o ponían letreros indecentes encima de las
lápidas votivas, cuya sabia leyenda no entendíamos. Para
jugar a la pelota, preferíamos siempre el Pórtico bizantino
a los demás muros del pobre convento, porque nos parecía
que el Padre Eterno y su Corte nos devolvían la pelota con
más presteza. El muchacho que capitaneaba entonces la cua-
drilla es hoy una de las personas más respetables de Asturias y preside, ¡oh, ironías de la vida!, la Comisión de
Monumentos. La naturaleza de los sitios en que pasé mi
infancia ha dejado para siempre en mi espíritu impresión
tan profunda, que constantemente noto en mí algo que procede de la melancolía y amenidad de aquellos valles, de
la grandeza de aquellas moles y cavidades, cuyos ecos repiten
el primer balbucir de la historia patria; de aquellas alturas
en que el viajero cree andar por los aires sobre celajes
de piedra. Esto, y el sonoro, pintoresco, río, y el triste lago
Nol, que es un mar ermitaño, y el solitario monasterio de
San Pedro, tienen indudablemente algo mío, o es que tengo
yo con ellos el parentesco de conformación, no de sustancia,
que el vaciado tiene con su molde. Diré que también ha
quedado sellada en mi vida la hondísima lástima que me
inspiraba aquel rey que fue comido del oso. Siento como
impresos o calcados en mi masa encefálica los capiteles que
reproducen la terrible historia. En uno, el joven soberano
se despide de su tierna esposa; en otro, está acometiendo
al fiero animal, y más allá, éste se lo merienda. Cuando yo
hacía travesuras, mi padre me amenazaba con que vendría
el oso a comerme, como al señor de Favila, y muchas noches tuve pesadillas y veía desfilar por delante de mí las
espantables figuras de los capiteles. Por nada del mundo me

internaba solo dentro del monte; y aun hoy siempre que veo un oso me figuro por breve instante que soy rey; y también si acierto a ver a un rey, me parece que hay en mí algo de oso.

Mi padre murió antes de ser viejo. Quedamos huérfanos José María, de veintidós años, y yo, de quince. Tenía mi hermano más ambición de riqueza que de gloria, y se marchó a La Habana. Yo despuntaba por el desprecio de las vanidades y por el prurito de la fama, y en mi corta edad no había en el pueblo persona que me echase el pie adelante en ilustración. Pasaba por erudito, tenía muchos libros, y hasta el cura me consultaba casos de Filosofía y Ciencias naturales. Adquirí cierta presunción pedantesca y un airecillo de autoridad de que posteriormente, a Dios gracias, me he curado por completo. Mi madre estaba tonta conmigo, y siempre que la visitaba algún señor de campanillas me hacía entrar en la sala y, con toda suerte de socaliñas, obligábame a mostrar mi sabiduría en Historia o en Literatura, hablando de cosas tales que aquellas materias vinieran a encajar en la conversación. Las más de las veces era preciso traerlas por los cabellos.

Como teníamos para vivir con cierta holgura, mi madre me trajo a Madrid, con la idea de que pronto se me abrirían aquí fáciles y gloriosos caminos; y, en efecto, después de ocuparme en olvidar lo que sabía para estudiarlo de nuevo, vi más hermosos horizontes, trabé amistad con jóvenes de mérito y con afamados maestros, frecuenté círculos literarios, ensanché la esfera de mis lecturas y avancé considerablemente en mi carrera, hallándome muy luego en disposición de ocupar una modesta plaza académica y de aspirar a otras mejores. Mi madre tenía en Madrid buenas amistades, entre ellas la de García Grande y su señora —que figuraron mucho tiempo en la Unión liberal—; pero estas relaciones influyeron poco en mi vida, porque el fervor del estudio me aislaba de todo lo que no fuera el tráfago universitario, y ni yo iba a sociedad ni me gustaba, ni me hacía falta para nada.

Estoy impaciente por hablar de mi ser moral y de mi afición a la predilecta materia de mis estudios. Sin que-

rerlo, se me va la pluma a donde la impulsa el particular
gusto mío, y la dejo ir y aun le permito que trate este
punto con sinceridad y crudeza, no escatimando mis alabanzas allí donde creo merecerlas. Decir que en materia de
principios mi severidad llega hasta el punto de excitar la
risa de algunos de mis convecinos de planeta, parecerá jac-
tancia; pero lo dicho, dicho está y no habrá quien lo borre
de este papel. Constantemente me congratulo de este mi
carácter templado, de la condición subalterna de mi imaginación, de mi espíritu observador y práctico, que me
permite tomar las cosas como son realmente, no equivocarme jamás respecto a su verdadero tamaño, medida y peso
y tener siempre bien tirantes las riendas de mí mismo.

Desde que empecé a dominar estos difíciles estudios, me
propuse conseguir que mi razón fuese dueña y señora absoluta de mis actos, así de los más importantes como de
los más ligeros; y tan bien me ha ido con este hermoso
plan, que me admiro de que no lo sigan y observen los
hombres todos, estudiando la lógica de los hechos, para que
su encadenamiento y sucesión sea eficaz jurisprudencia de la
vida. Yo he sabido sofocar pasioncillas que me habrían
hecho infeliz, y apetitos cuyo desorden lleva a otros a la
degradación. Estas laboriosas reformas me han adiestrado
y robustecido para obtener en la moral menuda una serie
de victorias a cuál más importantes. He conseguido una
regularidad de vida que muchos me envidian, una sobriedad
que lleva en sí más delicias que el desenfreno de todos los
apetitos. Vicios nacientes, como el fumar y el ir al café, han
sido extirpados de raíz.

El método reina en mí y ordena mis actos y movimientos
con una solemnidad que tiene algo de las leyes astronó-
micas. Este plan, estas batallas ganadas, esta sobriedad, este
régimen, este movimiento de reloj que hace de los minutos
dientes de rueda y del tiempo una grandiosa y bien puli-
mentada espiral, no podían menos de marcar, al proyectarse
sobre la vida, esa fácil línea recta que se llama celibato,
estado sobre el cual es ocioso pronunciar sentencia absoluta,
porque podrá ser imperfectísimo o relativamente perfecto,
según lo determine la acumulación de los hechos, es decir,

todo lo físico y moral que, arrastrado por las corrientes de
la vida, se va depositando y formando endurecidas capas o
sedimentos de hábitos, preocupaciones, rutina de esclavitud
o de libertad.

Mi buena madre vivió conmigo en Madrid doce años,
todo el tiempo que duraron mis estudios universitarios, y
el que pasé dedicado a desempeñar lecciones particulares
y a darme a conocer con diversos escritos en periódicos y
revistas. Sería frío cuanto dijera del heroico tesón con que
ayudaba mis esfuerzos aquella singular mujer, ya infundién-
dome valor y paciencia, ya atendiendo con solícito esmero
a mis materialidades, para que ni un instante me distrajese
del estudio. Le debo cuanto soy: la vida, primero; la posición social, y después otros dones mayores, cuales son mis
severos principios, mis hábitos de trabajo, mi sobriedad. Por
serle más deudor aún, también le debo la conservación de
una parte de la fortunita que dejó mi padre, la cual supo
ella defender con su economía, no gastando sino lo estric-
tamente preciso para vivir y darme carrera como pobre.
Vivíamos, pues, en decorosa indigencia; pero aquellas escaseces dieron a mi espíritu un temple y un vigor que valen
por todos los tesoros del mundo. Yo gané mi cátedra y mi
madre cumplió su misión.

Como si su vida fuera condicional y no tuviese otro objeto que el de ponerme en la cátedra, conseguido éste, falleció la que había sido mi guía y mi luz en el trabajoso
camino que acababa de recorrer. Mi madre murió tranquila
y satisfecha. Yo no podía andar solo; pero ¡cuán torpe me
encontré en los primeros tiempos de mi soledad! Acostumbrado a consultar con mi madre hasta las cosas más
insignificantes, no acertaba a dar un paso, y andaba como
a tientas, con recelosa timidez. El gran aprendizaje que
con ella había tenido no me bastaba, y sólo pude vencer mi
torpeza recordando en las más leves ocasiones sus palabras,
sus pensamientos y su conducta, que eran la misma prudencia.

Ocurrida esta gran desgracia, viví algún tiempo en casas
de huéspedes; pero me fue tan mal, que tomé una casita,
en la cual viví seis años, hasta que, por causa de derribo,

tuve que mudarme a la que ocupo aún. Una excelente mujer, asturiana, amiga de mi madre, de inmejorables condiciones y aptitudes, se me prestó a ser mi ama de llaves. Poco a poco su diligencia puso mi casa en un pie de comodidad, arreglo y limpieza que me hicieron sumamente agradable la vida de soltero, y ésta es la hora en que no tengo un motivo de queja, ni cambiaría mi Petra por todas las damas que han gobernado curas y servido canónigos en el mundo.

Tres años hace que vivo en la calle del Espíritu Santo, donde no falta ningún desagradable ruido; pero me he acostumbrado a trabajar entre el bullicio del mercado, y aun parece que los gritos de las verduleras me estimulan a la meditación. Oigo la calle como si oyera el ritmo del mar, y creo —tal poder tiene la costumbre— que si me falta el *¡dos cuartitos* escarola! no podría preparar mis lecciones tan bien como las preparo hoy.

3. Voy a hablar de mi vecina

Y no hablo de las demás vecindades porque no tienen relación con mi asunto. La que me ocupa es de gran importancia, y ruego a mis lectores que por nada del mundo pasen por alto este capítulo, aunque les vaya en ello una fortuna, si bien no conviene que se entusiasmen por lo de *vecina*, creyendo que aquí da principio un noviazgo o que me voy a meter en enredos sentimentales. No. Los idilios de balcón a balcón no entran en mi programa, ni lo que cuento es más que un caso vulgarísimo, de la vida, origen de otros que quizá no lo sean tanto.

En el piso bajo de mi casa había una carnicería, establecimiento de los más antiguos de Madrid, y que llevaba el nombre de la dinastía de los Ricos. Poseía esta acreditada tienda una tal doña Javiera, muy conocida en este barrio y en el limítrofe. Era hija de un Rico, y su difunto esposo era Peña, otra dinastía choricera que ha celebrado varias alianzas con la de los Ricos. Conocí a doña Javiera en una noche de verano del 78, en que tuvimos en casa alarma

de fuego, y anduvimos los vecinos todos escalera arriba y
abajo, de piso en piso. Parecióme doña Javiera una excelente señora, y yo debí de parecerle persona formal, digna
por todos conceptos de su estimación, porque un día se
metió en mi casa (tercero derecha) sin anunciarse, y de
buenas a primeras me colmó de elogios, llamándome el
hombre modelo y el espejo de la juventud.

—No conozco otro ejemplo, señor De Manso —me
dijo—. ¡Un hombre sin trapicheos, sin ningún vicio, me-
tidito toda la mañana en su casa; un hombre que no sale
más que dos veces: tempranito, a clase; por las tardes, a
paseo, y que gasta poco, se cuida de la salud y no hace
tonterías!... Esto es de lo que ya se acabó, señor De Manso.
Si a usted le debían poner en los altares... ¡Virgen! Es la
verdad, ¿para qué decir otra cosa? Yo hablo todos los días
de usted con cuantos me quieren oír y le pongo por modelo... Pero no nacen de estos hombres todos los días.

Desde aquél la visité, y cuando entraba en su casa (principal izquierda), me recibía poco menos que con palio.

—Yo no debiera abrir la boca delante de usted —me
decía—, porque soy una *ignoranta,* una paleta, y usted todo
lo sabe. Pero no puedo estar callada. Usted me disimulará
los disparates que suelte y hará como que no los oye. No
crea usted que yo desconozco mi ignorancia, no, señor De
Manso. No tengo pretensiones de sabia ni de instruida,
porque sería ridículo, ¿está usted? Digo lo que siento, lo
que me sale del corazón, que es mi boca... Soy así, francota,
natural, más clara que el agua; como que soy de tierra de
Ciudad Rodrigo... Más vale ser así que hablar con remil-
gos y plegar la boca, buscando vocablotes que una no sabe
lo que significan.

La honrada amistad entre aquella buena señora y yo crecía
rápidamente. Cuando yo bajaba a su casa, me enseñaba sus
lujosos vestidos de charra, el manteo, el jubón de terciopelo
con manga de codo, el dengue o rebociño, el pañuelo bor-
dado de lentejuelas, el picote morado, la mantilla de rocador,
las horquillas de plata, los pendientes y collares de filigrana,
todo primoroso y castizo. Para que me acabara de pasmar,
mostrábame luego sus pañuelos de Manila, que eran una

riqueza. Un día que bajé, vi que había puesto, en marco y
colgado de la pared de la sala, un retrato mío que publicó
no sé qué periódico ilustrado. Esto me hizo reír; y ella,
congratulándose de lo que había hecho, me hizo reír más.

—He quitado a San Antonio para ponerle a usted. Fuera
santos y vengan catedráticos... Vamos, que el otro día, leyendo lo que de usted decía el periódico, me daba un
gozo...

No me faltaba en las fiestas principales ni en mis días
el regalito de chacina, jamón u otros artículos apetitosos
de lo mucho y bueno que en la tienda había, todo tan
abundante, que, no pudiendo consumirlo por mí solo, dis-
tribuía una buena parte entre mis compañeros de claustro,
alguno de los cuales, ardiente devoto de la carne de cerdo,
me daba bromas con mi vecina.

Pero las finezas de doña Javiera no escondían pensamiento amoroso, ni eran totalmente desinteresadas. Así me lo
manifestó un día en que, de vuelta de la parroquia de
San Ildefonso, subió a mi casa, y, sentándose con su habitual
llaneza en un sillón de mi sala-despacho, se puso a contemplar mi estantería de libros, rematada por bustos de yeso.
Ocupábame yo aquella mañana en poner notas y prólogo a
una traducción del *Sistema de Bellas Artes,* de Hegel, hecha
por un amigo. Las ideas sobre lo bello llenaban mi mente
y se revolvían en ella, produciéndome ya tal confusión, que
la vista de aquella señora fue para mi pensamiento un placentero descanso. La miré, y sentí que se me despejaba la
cabeza, que volvía a reinar el orden en ella, como cuando
entra el maestro en la sala de una escuela donde los chiquillos están en huelga y broma. Mi vecina era la autoridad
estética, y mis ideas, dirélo de una vez, la pillería aprisio-
nada que, en ausencia de la realidad, se entrega a desorde-
nados juegos y cabriolas. Siempre me había parecido doña
Javiera persona de buen ver; pero aquel día se me antojó
hermosísima. La mantilla negra, el gran pañolón de Manila, amarillo y rameado —pues venía de ser madrina de
bautizo de un chico del carbonero—; las joyas anticuadas,
pero verdaderamente ricas, de pura ley, vistosas, con esme-
raldas y fuertes golpes de filigrana, daban grandísimo realce

a su blanca tez y a su negro y bien peinado cabello. ¡Bendito sea Hegel!

Todavía estaba doña Javiera en muy buena edad, y aunque la vida sedentaria le había hecho engrosar más de lo que ordena el maestro en el capítulo de las proporciones, su gallarda estatura, su buena conformación y reparto de carnosidades, huecos y bultos, casi casi hacían de aquel defecto una hermosura. Al mirarla, destacándose sobre aquel, fondo de librería, hallaba yo tan gracioso el contraste, que al punto se me ocurrió añadir a mis comentarios uno sobre la *Ironía en las Bellas Artes.*

—Estoy aquí mirando los *padrotes* —dijo, volviendo sus ojos a lo alto de la pared.

Los *padrotes* eran cuatro bustos comprados por mi madre en una tienda de yesos. Los había elegido sin ningún criterio, atendiendo sólo al tamaño, y eran Demóstenes, Quevedo, Marco Aurelio y Julián Romea.

—Esos son los maestros de todo cuanto se sabe —indicó la señora, llena de profundo respeto—. ¡Y cuánto libro! ¡Si habrá letras aquí...! ¡Virgen! ¡Y todo esto lo tiene usted en la cabeza! Así nos sabe tanto. Pero vamos a nuestro asunto. Atiéndame usted.

No necesitaba que me lo advirtiese, porque tenía toda mi atención puesta en ella.

—Yo le tengo a usted mucha ley, señor De Manso; usted es un hombre como hay pocos..., miento, como no hay ninguno. Desde que le traté se me entró usted por el ojo derecho, se me metió en el cuerpo y se me aposentó en el corazón...

Al decir esto rompió a reír, añadiendo:

—Pues parece que le hago a usted el amor; y no es eso, señor De Manso. No lo digo porque usted no lo merezca. ¡Virgen!, pues, aunque tiene usted cara de cura, y no es ofensa, no, señor... Pero vamos al caso... Se ha quedado usted un poco pálido; se ha quedado usted más serio que un plato de habas.

Yo estaba un poquillo turbado, sin saber qué decir. Doña Javiera se explicó, al fin, con claridad. ¿Qué pretendía de mí? Una cosa muy natural y sencilla, pero que yo no esperaba en tal instante, sin duda, porque los diablillos que andaban dentro de mi cabeza, jugando con la materia estética y haciendo con ella mangas y capirotes, me tenían apartado de la realidad; y estos mismos diablillos fueron causa de que me quedara confuso y aturdido cuando oí a doña Javiera manifestar su pretensión, la cual era me encargase de educar a su hijo.

—El chico —prosiguió ella, echándose atrás el manto— es de la piel de Satanás. Ahora va a cumplir veintiún años. Es de buena ley, eso sí, tiene los mejores sentimientos del mundo, y su corazón es de pasta de ángeles. Ni a martillazos entra en aquella cabeza un mal pensamiento. Pero no hay cristiano que le haga estudiar. Sus libros son los ojos de las muchachas bonitas; su biblioteca, los palcos de los teatros. Duerme las mañanas, y las tardes se las pasa en el picadero, en el gimnasio, en eso que llaman..., no sé cómo, el *Ascáttn,* que es donde se patina con ruedas. El mejor día se me entra en casa con una pierna rota. Me gasta en ropa un caudal, y en convidar a los gorrones de sus amiguitos, otro tanto. Su pasión es los novillos, las corridas de aficionados, tentar becerros, mucho pecho, mucho coraje. Tiene tanto amor apropio, que el que le toque, ya tiene para un rato. ¡Virgen!... En fin, por sus cualidades buenas y hasta por sus tonterías, paréceme que hay en él mucho de perfecto caballero; pero este caballero hay que labrarlo, amigo don Máximo, porque, si no, mi hijo será un perfecto ganso... Tanto le quiero, que no puedo hacer carrera de él, porque me enfado, ¿ve usted?, hago intención de reñirle, de pegarle, me pongo furiosa, me encolerizo a mí misma para no dejarme embaucar; pero en éstas viene el niño, se me pone delante con aquella carita de ángel pillo, me da dos besos, y ya estoy lela... Se me cae la baba, amigo Manso, y no puedo negarle nada... Yo conozco que le estoy echando a perder, que no tengo carácter de madre... Pues oiga usted, se me ha ocurrido que, para enderezar a mi hijo y ponerle en camino y hacer de él un hombre, un gran señor, un caballero, no conviene llevarle la contraria, ni sujetarle por fuerza, sino..., a ver si me explico... Conviene arrearle poco a poco, irle guiando, ahora un halago, después

un palito, mucho ten con ten y estira y afloja, variarle poquito a poquito las aficiones, despertarle el gusto por otras
cosas, fingirle ceder para después apretar más fuerte, aquí
te toco, aquí te dejo, ponerle un freno de seda, y si a mano
viene, buscarle distracciones que le enseñen algo, o hacerle
de modo que las lecciones le diviertan... Si le pongo en
manos de un profesorazo seco, él se reirá del profesor. Lo
que le hace falta es un maestro que, al mismo tiempo que
sea maestro, sea un buen amigo, un compañero que, a la
chita callando y de sorpresa, le vaya metiendo en la cabeza
las buenas ideas; que le presente la ciencia como cosa bonita y agradable; que no sea regañón, ni pesado, sino bondadoso, un alma de Dios con mucho pesquis; que se ría,
si a mano viene, y tenga labia para hablar de cosas sabias
con mucho aquél, metiéndolas por los ojos y por el corazón.
    Quedéme asombrado de ver cómo una mujer sin lecturas
había comprendido tan admirablemente el gran problema
de la educación. Encantado de su charla, yo no le decía nada,
y sólo le indicaba mi aquiescencia con expresivas cabezadas,
cerrando un poquito los ojos, hábito que he adquirido en
clase cuando un alumno me contesta bien.
    —Mi hijo —añadió la carnicera— tiene y tendrá siempre
con qué vivir. Aunque me esté mal el decirlo, yo soy rica.
Las cosas claras: soy de tierra de Ciudad Rodrigo. Por
eso quiero que aprenda también a ser económico, arregladito, sin ser cicatero. No tengo a deshonra el pasar mi vida
detrás de una tabla de carne. ¡Virgen! Pero no me gusta,
amigo Manso, que mi hijo sea carnicero, ni tratante en
ganados, ni nada que se roce con el cuerno, la cerda y la
tripa. Tampoco me satisface que sea un vago, un pillastre,
un cabeza vacía, uno de estos que, al salir de la Universidad,
no saben ni persignarse. Yo quiero que sepa de todo lo que
debe saber un caballero que vive de sus rentas; yo quiero
que no abra un palmo de boca cuando delante de él se
hable de cosas de fundamento... Y véase por dónde me han
deparado Dios y la Virgen del Carmen el profesor que
necesito para mi pimpollo. Ese maestro, ese sabio, ese padrote, es usted, señor don Máximo... No, no se haga usted
el chiquitito ni me ponga los ojos en blanco... ¡Para que

todo venga bien, mi Manolo tiene por usted unas simpatías…! Como empiece a hablar de nuestro vecino, no acaba.
Y yo le digo: "Pues haz por parecerte a él, hombre, aunque
no sea más que de lejos…" Ayer le dije: "Te voy a poner
a estudiar tres o cuatro horas todos los días en casa del
amigo Manso", ¡y se puso más contento!… Le tengo ma-
triculado en la Universidad; pero de cada ocho días me falta
siete a clase. Dice que le aburren los profesores y que le da
sueño la cátedra. En fin, señor don Máximo, usted me lo
toma por su cuenta o perdemos las amistades. En cuanto
a honorarios, usted es quien los ha de fijar… Bendito sea
Dios que le trajo a usted a poner su nido en el tercero
de mi casa… Lo digo, amigo Manso: usted ha bajado del
séptimo cielo…

Mucho me agradó la confianza que en mí ponía la buena
señora, y por lo agradable de la misión, así como por la
honra que con ella me hacía, acepté. Resistíme a tomar
honorarios; pero doña Javiera opuso tal resistencia a mi
generosidad, y se enojó tanto, que estuvo a punto de pe-
garme, y aun creo que me pegó algo. Todo quedó convenido
aquel mismo día, y desde el siguiente empezaron las lecciones.

4.   Manolito Peña, mi discípulo

Doña Javiera era... (me molesta el sonsonete, pero no puedo evitarlo) viuda. El establecimiento había prosperado mucho en manos del difunto, hombre de gran probidad, muy entendido en cuerno y cerda, sagaz negociante, castellano rancio, buen bebedor, con la pasión de los toros llevada al delirio. Falleció de un cólico miserere a los cincuenta años. Cuatro habían pasado desde esta desgracia cuando yo conocí a doña Javiera, que andaba a la sazón alrededor de los cuarenta, y por aquellos mismos días los murmullos del barrio la suponían en relaciones ilícitas con un tal Ponce, que había sido barítono de zarzuela; sujeto de chispa y de buena figura, pero ya muy marchito; holgazán rematado, aunque blasonaba de ciertas habilidades mecánicas que para nada servían, como no fuera para que él se impacientara y se aburrieran los demás. Todo el santo día lo pasaba este hombre en la casa de mi vecina, bien haciendo un palacio de cartón para rifarlo, bien construyendo una jaula tan grande y complicada, que no se acababa nunca. Era un

26

retrato del Escorial hecho en alambre. Sabía hacer composturas y tenía máquina de calar, con la que confeccionaba mil fruslerías de tabla, chapa y marfil, todo enmarañado y de mal gusto, frágil, inútil y jamás concluido.

Pero dejemos a Ponce y vengamos a mi discípulo. Era Manuel Peña de índole tan buena y de inteligencia tan despejada, que al punto comprendí no me costaría gran trabajo quitarle sus malas mañas. Estas provenían del hervor de la sangre, de la generosidad e instintos hidalgos del muchacho, del prurito de lo ideal que vigorosamente aparece en las almas jóvenes; de su temperamento, entre nervioso y sanguíneo; de su admirable salud y buen humor, que le ponían a salvo de melancolías, y, por último, de la vanidad juvenil que en él despertaban su hermosísima figura y agraciado rostro.

Mi complacencia era igual a la del escultor que recibe un perfecto trozo del mármol más fino para labrar una estatua. Desde el primer día conocí que inspiraba a mi discípulo no sólo respeto, sino simpatía; feliz circunstancia, pues no es verdadero maestro el que no se hace querer de sus alumnos, ni hay enseñanza posible sin la bendita amistad, que es el mejor conductor de ideas entre hombre y hombre.

Buen cuidado tuve al principio de no hablar a Manuel de estudios serios, y ni por casualidad le menté ninguna ciencia, ni menos filosofía, temeroso de que saliera escapado de mi despacho. Hablábamos de cosas comunes, de lo mismo que a él tanto le gustaba y yo había de combatir; obliguéle a que se explicase con espontaneidad, mostrándome las facetas todas de su pensamiento; y yo, al mismo tiempo, dando a tales asuntos su verdadero valor, procuraba presentarle el aspecto serio y trascendente que tienen todas las cosas humanas, por frívolas que parezcan.

De esta suerte, las horas corrían, y a veces pasaba Manuel en mi casa la mayor parte del día. De las determinaciones de su espíritu me parecieron más débiles el concepto y la volición. En cambio, noté que en la cooperación armónica de sus variadas actividades fundamentales se determinaba con gran brío su espíritu como sentimiento, y eché de ver

las ventajas que yo podía obtener cultivando aquella determinación en el terreno estético. Excelente plan. Sin vacilar,
ataqué por la brecha del arte la plaza de su ignorancia, seguro de que me facilitaría la entrada la imaginación, siempre traicionera y mal avenida con las penalidades de un
largo asedio.

Principié mi obra por los poetas. ¡Lástima grande que el
chico no supiera ni jota de latín, privándome de darle a
conocer los tesoros de la poesía antigua! Confinados en
nuestra lengua, la emprendimos con el Parnaso español, tan
afortunadamente, que mi discípulo hallaba en nuestras conferencias vivísimo deleite. Yo le veía palidecer, inflamarse,
reflejando en su cara la tristeza o el entusiasmo, según que
leíamos y comentábamos este o el otro lírico, fray Luis de
León, San Juan de la Cruz, o el enfático y ruidosísimo He-
rrera. Pocas indicaciones me bastaban al principio para hacerle comprender lo bueno, y bien pronto se adelantaba él
a mi crítica con pasmoso acierto. Era artista, sentía ardientemente la belleza, y aun sabía apreciar los primores del estilo, a pesar de hallarse desposeído casi en absoluto de conocimientos gramaticales.

Más tarde estudiamos los poetas contemporáneos, y en
poco tiempo se familiarizó con ellos. Su memoria era feli-
císima, y a lo mejor le sorprendía recitando con admirable
sentido trozos de poemas modernos, de leyendas famosas y
de composiciones ligeras o graves. Razón había para esperar
que mi discípulo, que de tal modo se identificaba con la
poesía, fuera también poeta. Cierto día me trajo con gran
misterio unas quintillas; las leí; pero me parecieron tan
malas, que le ordené no volviese a tutear a las Musas en todos días de su vida, y que se mantuviera con ellas en
aquel buen término de respeto y cariño que imposibilita
la familiaridad. Le convencí de que no era de la familia, de
que son cosas muy distintas sentir la belleza y expresarla,
y él, sin ofensa de su amor propio, me prometió no volver
a ocuparse de otros versos que de los ajenos.

Al comenzar nuestras conferencias, me confesó ingenua-
mente que el *Quijote* le aburría; pero cuando dimos en él,
después de bien estudiados los poetas, hallaba tal encanto

en su lectura, que algunas veces le corrían las lágrimas de
tanto reír, otros se compadecía del héroe con tanta vehemencia, que casi lloraba de pena y lástima. Decíame que por las
noches se dormía pensando en los sublimes atrevimientos
y amargas desdichas del gran caballero, y que al despertar
por las mañanas le venían ideas de imitarle, saliendo ahí
con un plato en la cabeza. Era que, por privilegio de su
noble alma, había penetrado el profundo sentido del libro
en que con más perfección están expresadas las grandezas
y las debilidades del corazón humano.

Uno de los principales fines de mis lecciones debía ser
enseñar a Manuel a expresarse por medio del lenguaje escrito, porque si en la conversación se producía bien y con
soltura, escribiendo era una calamidad. Sus cartas daban risa.
Usaba los giros más raros y la sintaxis más endiablada que
puede imaginarse, y la pobreza de vocablos corría parejas
en él con la carencia de criterio ortográfico. Conociendo
que la teoría gramatical no le serviría de nada sin la práctica, combiné los dos sistemas, obligándole a copiar trozos
escogidos, no de los antiguos, cuya imitación es nociva, sino
de los modernos, como Jovellanos, Moratín, Mesonero, La-
rra y otros.

Y en tanto, para completar el estudio de la mañana, sa-
líamos a pasear por las tardes, ejercitándonos de cuerpo y
alma, porque a un tiempo caminábamos y aprendíamos.
Esta es la eficaz enseñanza deambulatoria, que debiera lla-
marse *peripatética,* no por lo que tenga de aristotélica, sino
de paseante. De todo hablábamos, de lo que veíamos y de lo
que se nos ocurría. Los domingos íbamos al Museo del Pra-
do, y allí nos extasiábamos viendo tanta maravilla. Al principio notaba yo cierto aturdimiento en la manera de apreciar de mi discípulo. Pero muy pronto su juicio adquirió
pasmosa claridad, y el gusto de las artes plásticas se desarro-
lló potente en él, como se había desarrollado el de los poetas. Me decía: "Antes había venido yo muchas veces al
Museo; pero no lo había visto hasta ahora."

Gustaba yo de enseñarle todo prácticamente, usando ejemplos siempre que no tenía a mi disposición la realidad viva,
esa consumada doctora que tiene por cátedra el mundo y

por libros sus infinitos fenómenos. En la esfera moral, la experiencia ha hecho más adeptos que los sermones, y la desgracia, más cristianos que el Catecismo. Si quería imbuirle algún principio artístico, procuraba hacerlo delante de una obra de arte. En lo moral, empleaba apólogos, parábolas y hasta demostraciones materiales, y los fenómenos del orden físico los explicaba, siempre que podía, delante del fenómeno mismo. Esta era la parte más débil de mi pedagogía, porque, no poseyendo sino lo rudimentario, mis enseñanzas se concretaban a los hechos metereológicos y a trazar de ligero, como quien corre sobre ascuas, la monografía del rayo, de la lluvia, de la nieve, con un poquito de arco iris y algunos pases de auroras boreales. No me gustaba mucho meterme en estas averiguaciones.

Yo era feliz con esta vida, y veía con gozo aumentar el afecto que me tenía mi discípulo. ¡Qué grandes victorias había alcanzado yo sobre sus voluntariedades, sobre las rebeldías y asperezas de su carácter! Pero de esto hablaré más adelante. Ahora, para que no se crea que en mi vida todo eran rosas, hablaré de algunas molestias y sinsabores, dando la preferencia a una persona, a un cínife, que frecuentemente interrumpía la paz de mis estudios con sus visitas, y chupaba la sangre acuñada de mis bolsillos, después de zumbarme y marearme con insufrible charla y aguda trompetilla. Me refiero a la infeliz señora de García Grande, unida siempre en mi memoria al tierno recuerdo de mi madre, que, inspirada de su inagotable bondad, me dejó este regalo, este censo, esta fastidiosa carga, contribución de sangre, dinero, tiempo y paciencia.

5.   ¿Quién podrá pintar a doña Cándida?

Nadie, absolutamente nadie. Pero como *el intentarlo sólo es heroísmo,* voy a ser héroe de esta empresa pictórica, que estaba guardada para mí desde que el tal cínife describió su primera curva graciosa en el aire y halagó la humana oreja con el *do* sobreagudo de su trompetilla. Doña Cándida era viuda de García Grande, personaje que desempeñó segundos o terceros papeles en el período político llamado de la Unión liberal. Era de estos que no fatigan a la posteridad ni a la fama, y que, al morirse, reciben el frío homenaje de los periódicos del partido y son llamados *probos, activos, celosos, concienzudos, inteligentes* o cosa tal. García Grande había sido hombre de negocios, de estos que tienen una mano en la política menuda y otra en los negocios gordos, un *bifronte* de esta raza inextinguible y fecundísima que se reproduce y se cría en los grandes sedimentos fungurales del Congreso y la Bolsa; hombre sin ideas, pero dotado de buenas formas, que suplen a aquéllas; apetitoso de riquezas fáciles; un sargentuelo de las pandillas que se forman con las subdivisiones parlamentarias; una nulidad barnizada, agiotista sin genio, orador sin estilo y político sin tacto, que no informaba, sino decoraba las situaciones; sustancia antropomórfica, que, bajo la acción de la política, apareció cristalizada de distintas maneras, ya como gobernador de provincia, ya como administrador de Patronatos, ahora de director general, después de gerente de un desbancado Banco o de un ferrocarril sin carriles.

En estos trotes, García Grande, cuya determinación psicofísica acusaba dos formas primordiales, linfatismo y vanidad, derrochó su fortuna, la de su mujer y parte no chica de varios patrimonios ajenos, porque una Sociedad anónima para asegurarnos la vida, de que fue director gerente, arrambló con las economías de media generación y allá se fue todo al hoyo. Decía que García Grande era honrado, pero débil. ¡Qué gracia! La debilidad y la honradez están siempre mal avenidas, así como la humildad evangélica y el amor a los semejantes suelen andar a la greña con aquel vigor de carácter que el manejo de fondos propios y particulares exige.

Sirva de disculpa a García Grande, aunque no de consuelo a los que aseguraron sus vidas en él, la afirmación de que su eminente esposa era un ser providencial, hecho de encargo y enviado por Dios sobre las Sociedades anónimas (¡designios misteriosos!) para dar en tierra con todos los capitales que se le pusieran delante y aun con los que se le pusieran detrás; que a todas partes convertía sus destructoras manos aquella bendita dama. Jamás vio Madrid mujer más disipadora, más apasionada del lujo, más frenética por todas las ruinosas vanidades de la edad presente.

Mi madre, que la conoció en sus buenos tiempos, allá en los días, no sé si dichosos o adversos, del consolidado a 50, de la guerra de Africa, del *no* de Negrete, de las millonadas por venta de bienes nacionales, del ensanche de la Puerta del Sol, de Marió y la Grissi, de la omnipotencia de O'Donnell y del Ministerio largo; mi madre, repito, que fue muy amiga de esta señora, me contaba que vivía en la opulencia relativa de los ricos de ocasión. A su casa (una de las que fueron derribadas detrás de la Almudena para prolongar la

calle de Bailén) iba mucha gente a comer, y se daban saraos y veladas, tés, merendonas y asaltos. Las pretensiones
aristocráticas de Cándida era tan extremadas, que mientras
vivió García Grande no dejó de atosigarle para que se
proporcionase un título; pero él se mantuvo firme en esto,
y conservando hacia la aristocracia el respeto que se ha perdido desde que han empezado a entrar en ella a granel todos
los ricos, ni quiso adquirir título, ni aun de los romanos,
que, según dicen, son muy arreglados.

Si mientras duraron los dineros, la vanidad y disipación
de Cándida superaban a los derroches de la marquesa de
Tellería, en la adversa fortuna, ésta sabía defenderse heroi-
camente de la pobreza y enmascarar de dignidad su escasez,
mientras que la amiga de mi madre hacía su papel de pobre
lastimosamente, y puesto el pie en la escala de la miseria,
descendió con rapidez hasta un extremo parecido a la degradación. La de Tellería tenía ciertos hábitos, ciertas delicadezas nativas que le ayudaban a disimular los quebrantos
pecuniarios; mas doña Cándida, cuya educación debió de
ser perversa, no sabía envolver sus apuros en el cendal de
nobleza y distinción que era en la otra especialidad notoria.
Veinte años después de muerto su marido, y cuando Cándida, sin juventud, sin belleza, sin casa ni rentas, vivía poco
menos que de limosna, no se podía aguantar su enfático orgullo, ni su charla, llena de pomposos embustes. Siempre
estaba esperando el alza para vender unos títulos...; siempre estaba en tratos para vender no sé qué tierras situa-
das más allá de Zamora...; se iba a ver en el caso dolo-
roso de malbaratar dos cuadros: uno de Ribera y otro
de Pablo de Voss, un apóstol y una cacería... Títulos, ¡ah!,
tierras, cuadros, estaban sólo en su mente soñadora. No abría
la boca para hablar de cosa grave o insignificante sin sacar
a relucir nombres de marqueses y duques.

En toda ocasión salía su dignidad; de su infeliz estado
hacía ridícula comedia, y lo que llamaba su decoro era un
velo de mentiras mal arrojado sobre lastimosos harapos. Tan
transparente era el tal velo, que hasta los ciegos podían ver
lo que debajo estaba. Pedía limosna con artimañas y tram-
pantojos, poniéndose con esto al nivel de la pobreza justicia-

ble. Yo la conocía en el modo de tirar de la campanilla cuando venía a esta casa. Llamaba de una manera imperiosa; decía a la criada: "¿Está ése?", y se colaba de rondón a mi cuarto, interrupiéndome en las peores ocasiones, pues la condenada parece que sabía escoger los momentos en que más anheloso estaba yo de soledad y quietud. Conociendo mi flaqueza de coleccionar cachivaches, mi enemiga traía siempre una porcelana, estampa o fruslería, y me las mostraba, diciéndome:

—A ver, ¿cuánto te parece que darán por esto? Es hermosa pieza. Sé que la marquesa de X*** daría diez o doce duros; pero si lo quieres para tu coleccioncita, tómalo por cuatro y dame las gracias. Ya ves que por ti sacrifico mis intereses... una cosa atroz.

Me entraban ganas de ponerla en la calle; pero me acordaba de mi buena madre y del encargo solemne que me hizo poco antes de morir. Doña Cándida había tenido con ella, en sus días de prosperidad, exquisitas deferencias. Además de esto, García Grande, director de Administración local en 1859, salvó a mi padre de no sé qué gravísimo conflicto ocasionado por cuestiones electorales. Mi madre, que en materias de agradecimiento alambicaba su memoria para que ni en la eternidad se le olvidase el beneficio recibido, me recomendó en sus últimas horas que por ningún motivo dejase de amparar como pudiese a la pobre viuda. Comprábale yo las baratijas; pero ella, con ingenio truhanesco, hallaba medio de llevárselas juntamente con el dinero. Variaba con increíble fecundidad los procedimientos de sus feroces exacciones. A lo mejor entraba diciendo:

—¿Sabes? Mi administrador de Zamora me escribe que para la semana que entra me enviará el primer plazo de esas tierras... Pero ¿no te he dicho que, al fin, hallé comprador? Sí, hombre; atrasado estás de noticias... ¡Y si vieras en qué buenas condiciones!... El duque X***, mi colindante, las toma para redondear su finca del Espigal... En fin, tengo que mandar un poder y hacer varios documentos, una cosa atroz... Préstame mil reales, que te los devolveré la semana que entra, sin falta.

Y luego, por disimular su ansiedad de metálico, tomaba
un tonillo festivo y de *gran mundo,* exclamando:

—¿Qué atrocidad?... Parece increíble lo que he gastado en
la reparación de los muebles de mi sala... Los tapiceros del
día son unos bandidos... Una cosa atroz, hijo... ¡Ah! ¿No
te lo he dicho? Sí, me parece que te lo he dicho...

—¿Qué, señora?

—Que entre mi sobrina y yo estamos bordando un almo-
hadón. Como para ti, hombre. Es atroz de bonito. La conde-
sa de H y su hija la vizcondesa de M lo vieron ayer y se
quedaron encantadas. Por cierto que desean conocerte. Yo
les dije que tú no vas a ninguna parte, que no piensas más
que en tus libros y en tus discípulos. Con que adiós, hijo; que lo pases bien.

Hacía que se marchaba, fingiendo una distracción de
buen tono, y a mí me parecía que veía el cielo abierto mirándola partir; mas desde la puerta volvía, diciendo:

—¡Ah! ¡Qué cabeza la mía!... ¿Me das o no esos mil
reales? La semana que viene te podré entregar un par de
mil duros, si te hacen falta para tus negocios... No, no me
lo agradezcas... Si me haces un gran favor... ¿Dónde hallaría mayor seguridad para colocar mi dinero?

—A mí no me hace falta nada —le decía yo.

Veníanseme a la boca las palabras: "Vaya usted noramala,
señora"; pero, calculando que me pedía para el casero o para
otra urgente necesidad, cedían mis ímpetus egoístas ante mi
generosa flaqueza y el recuerdo de mi madre, y le daba la
mitad de lo pedido.

No pasaba el mes sin que volviese, trayéndome un viejo
reloj o miniatura antigua de escaso mérito.

—Me vas a hacer un favor. Acepta esto en memoria mía.
¡Si vieras qué enferma estoy, una cosa atroz!... Un estado
nervioso... Yo no sé cómo explicártelo. Ni yo lo entiendo,
ni los médicos tampoco. Cuando voy por la calle, parece que
se derrumban sobre mí las paredes de las casas... ¡Hace
tantísimas noches que no duermo! No como más que alguna pechuguita de chocha, una tostadita de *foie-gras* y a veces media copita de Chablis.

Yo, que sabía cómo se alimentaba la cuitada, no podía contener la risa.

—Para distraerme —continuaba—, estuve anoche en el Real. Me subí al paraíso, porque no tenía ganas de vestirme. Desde arriba vi a la duquesa de Tal en su palco. Acaba de llegar de París... Conque, volviendo a lo de antes: te regalo esos objetos preciosos, porque yo me muero, hijo, me muero sin remedio, y quiero dejarte esa memoria; son piezas de tan raro mérito, que el anticuario de la Carrera de San Jerónimo me ha ofrecido dos mil reales por ellas.

—Pues llévelas usted al anticuario, y cobre los dos mil, que no le vendrán mal.

—No me hagas ese desaire, hombre... ¡Qué atrocidad! Acuérdate de tu buena madre, que tanto me quiso.

Se empeñaba en afligirse, y tan bien sabía desempeñar su papel, que concluía por obsequiarme con una lágrima.

—Cercana a la tumba —decía con patética voz—, parece que se enardecen mis afectos y que te quiero más, una cosa atroz... Adiós, hijo mío.

Levantábase pesadamente, pero al dar los primeros pasos hacia la puerta, se metía las manos en el bolsillo, lanzaba una exclamación de contrariedad y sorpresa, y decía:

—¡Vaya..., qué cabeza! ¡Qué atrocidad! ¿Pues no se me ha olvidado el portamonedas?... Y tenía que ir a la botica. Tendré que volver a casa y subir los noventa escalones... ¡Qué mala estoy, Dios mío! Dime: ¿tienes ahí tres duros? Te los mandaré esta tarde con Irenilla.

Se los daba. ¿Qué había de hacer? Pero un día de los muchos en que me embistió con esta estratagema, no pude contener el enfado, y dije a mi cínife:

—Señora, cuando usted tenga falta, pídame con verdad y sin comedias, pues tengo el deber de no dejarla morir de hambre... Me gusta la verdad en todo, y las farsas me incomodan.

Ella lo tomó a risa, diciéndome que mis bromas le hacían gracia, que su dignidad... ¡una cosa atroz!, y no sé qué más.

Después de que le eché tal filípica, parecióme que había estado un poco fuerte, y sentí vivos remordimientos, porque la pobreza tiene, sin duda, cierto derecho a emplear para sus disimulos los medios más extraños. La indigencia es la gran propagadora de la mentira sobre la Tierra, y el estómago, la fantasía de los embustes.

Doña Cándida había sido hermosa. En la primera etapa de su miseria había defendido sus facciones de la lima del tiempo; pero ya en la época esta de las visitas y de los ataques a mi mal defendido peculio, la vejez la redimía del cuidado de su figura, y no sólo había colgado los pinceles, sino que ni aun se arreglaba con aquel esmero que más bien corresponde a la decencia que a la presunción. Deplorable abandono revelaban su traje y peinado, hecho de varios *crepés* de diferentes colores, añadidos y pelotas como de lana, aspirando el conjunto a imitar la forma más en moda. Así como en su conducta no existía la dignidad de la pobreza, en su vestido no había el aseo y compostura, que son el lujo, o mejor dicho, el decoro de la miseria. El corte era de moda, pero las telas, ajadas y sucias, declaraban haber sufrido infinitas metamorfosis antes de llegar a aquel estado. Prefería guiñapos de un viso elegante a una falda nueva de percal o mantón de lana. Tenía un vestido color de pasa de Corinto, que por lo menos databa de los tiempos de la Vicalvarada, y que, con las transformaciones y el uso, se había vuelto de un color así como de caoba, con ciertos tornasoles, vetas o ráfagas que le daban el mérito de una tela rarísima y milagrosa.

Usaba un tupido velo que a la luz solar ofrecía todos los cambiantes del iris, por efecto de los corpúsculos del polvo que se habían agarrado a sus urdimbres. En la sombra parecía una masa de telarañas que velaban su frente, como si la cabeza anticuada de la señora hubiera estado expuesta a la soledad y abandono de un desván durante medio siglo. Sus dos manos, con guantes de color de ceniza, me producían el efecto de un par de garras, cuando las veía vueltas hacia mí, mostrándome descosidas las puntas de la cabritilla y dejando ver los agudos dedos. Sentía yo cierto descanso cuando las veía esconderse por las dos bocas de un manguito, cuya piel parecía haber servido para limpiar suelos.

De perfil tenía doña Cándida algo de figura romana. Era mi cínife muy semejante al Marco Aurelio de yeso que figuraba con los otros *padrotes* sobre mi estantería. De frente no eran tan perceptibles las reminiscencias de su belleza. Brillaba en sus ojos no sé qué avidez insana, y tenía sonrisas antipáticas, propiamente secuestradoras, con más un movimiento de cabeza siempre afirmativo, el cual, no sé por qué, me revelaba incorregible prurito de engañar. La figura de sus modales era otra reminiscencia que la hacía tolerable, y a veces agradable, si bien no tanto que me hiciera desear sus visitas. El parecido con Marco Aurelio, que yo hice notar cierto día a mi discípulo, fue causa de que éste le diese aquel nombre romano; pero después, confundiendo maliciosamente aquel emperador con otro, la llamaba *Calígula*.

Impresionada, sin duda, por la filípica que le eché aquel día, varió de sistema. Larga temporada estuvo sin visitarme, o lo hacía contadas veces; pero no me pedía dinero verbalmente. Para darme los golpes se valía de su sobrina, a quien mandaba a mi casa portadora de un papelito, pidiéndome cualquier cantidad con esta fórmula: "Haz el favor de prestarme tres o cuatro duros, que te devolveré la semana que entra."

Las semanas de doña Cándida se componían, como las de Daniel, de setenta semanas de años, o poco menos.

El sistema de poner el sablote en las inocentes manos de una niña era prueba clara de la astucia y sagacidad de la vieja, porque conociendo mi grande amor a la infancia, calculaba que era imposible la negativa. Y tenía razón la maldita; porque cuando yo veía entrar a la postulante, alargándome el papelito sin rodeos ni socaliñas, ya estaba echando mano a mi bolsillo o a la gaveta para adelantarme a la acción de la pobre niña y evitarle la pena de dar el fastidioso recado.

Su palidez, su mirada un tanto errática y ansiosa, que parecía denotar falta de nutrición; su actitud cohibida y pudorosa, como si le ocasionaran vivísimo disgusto las comisiones de su tía, me inspiraban mucha lástima. Así es que, además de la limosna, yo solía tener en mi mesa algún repuesto de golosinas. Presumiendo que rara vez tendrían satisfacción en ella los vehementes apetitos infantiles, dábale aquellas golosinas sin hacerla esperar, y ella las cogía con ansia no disimulada, me daba tímidamente las gracias bajando los ojos, y. en el mismo instante empezaba a comérselas. Sospeché que este apresuramiento en disfrutar de mi regalo era por el temor de que, si llegaba a su casa con caramelos o dulces en el bolsillo, doña Cándida querría participar de ellos. Más adelante supe que no me había equivocado al pensar de este modo.

Me parece que la veo junto a mi mesa escudriñando libros, cuartillas y papeles, y leyendo en todo lo que encontraba. Tenía entonces doce años, y en poco más de tres ha-

bía vencido las dificultades de los primeros estudios en no
sé qué colegio. Yo la mandaba leer, y me asombraba su en-
tonación y seguridad, así como lo bien que comprendía los
conceptos, no extrañando palabra rara ni frase oscura. Cuando le rogaba que escribiese, para conocer su letra, ponía mi
nombre con elegantes trazos de caligrafía inglesa, y debajo
añadía: *Catedrático.*

Hablando conmigo y respondiendo a mis preguntas sobre
sus estudios, su vida y su destino probable, me mostraba un
discernimiento superior a sus años. Era el bosquejo de una
mujer bella, honesta, inteligente. ¡Lástima grande que, por
influencias nocivas se torciese aquel feliz desarrollo o se
malograse antes de llegar a conveniente madurez! Pero en el
espíritu de ella noté yo admirables medios de defensa y energías embrionarias, que eran las bases de un carácter recto.
Su penetración era preciosísima, y hasta demostraba un conocimiento no superficial de las flaquezas y necedades de
doña Cándida. Solía contarme, con gracioso lenguaje, en el
cual el candor infantil llevaba en sí una chispa de ironía,
algunos lances de la pobre señora, sin faltar al respeto y
amor que le tenía.

La compasión que esta criatura me inspiraba crecía viéndola mal vestida y peor calzada. Durante muchos meses, que
ahora se me representan años, vi en ella un chabacano sombrero de paja, una especie de cesta deforme y abollada, con
una cinta pálida, como el propio rostro de Irene, que caía
por un lado del modo menos gracioso que puede imaginarse.
Todo lo demás de su vestimenta era marchito, ajado, viejo,
de tercera o cuarta mano, con disimulos aquí y allí que
aumentaban la fealdad. Tanto me desagradaba ver en sus
pies unas botas torcidas, grandonas, destaconadas, que deter-
miné cambiarle aquellas horribles lanchas por un par de botinas elegantes. Entregarle el dinero habría sido inútil, porque doña Cándida lo hubiera tomado para sí. Mi diligente
ama de llaves se encargó de llevar a Irene a una zapatería,
y al poco rato me la trajo perfectamente calzada. Como le
vi lágrimas en los ojos, creí que las botinas, por ser nuevas,
le apretaban cruelmente; pero ella me dijo que no, y que
no. Y, para que me convenciera de ello, se puso a dar

saltos y a correr por mi cuarto. Riendo, se le secaron las lágrimas.

Algunos días, el papelito, después de la petición de dinero, traía esta nota: "Te ruego que proporciones a Irene una Gramática."

Y en otra ocasión: "Irene tiene vergüenza de pedirte un libro bonito que leer. A mí mándame una novela interesante o, si lo tienes, un tomo de causas célebres."

Lo de los libros para Irene lo atendía yo con muchísimo gusto. Pero su palidez, su mirada afanosa, me revelaban necesidades de otro orden, de esas que no se satisfacen con lecturas ni admiten sofismas del espíritu; la necesidad orgánica, la imperiosa ley de la vida animal, que los hartos cumplimos sin poner atención en ella ni cuidarnos del sufrimiento con que la burlan o la trampean los menesterosos. ¡Cosa, en verdad, tristísima! Irene tenía hambre. Convencíme de ello un día haciéndola comer conmigo. La pobrecita parecía que había estado un mes privada de todo alimento, según honraba los platos. Sin faltar a la compostura, comió con apetito de gorrión y no se hizo mucho de rogar para llevarse envueltos en un papel los postres que sobraron. De sobremesa parecía como avergonzada de su voracidad: hablaba poco, acariciaba al gato, y después me pidió un libro de estampas para entretenerse.

Era niña poco alborotadora y que no gustaba de enredar. Fuera de aquella ocasión de las botas, nunca la vi saltando en mi cuarto, ni metiendo bulla. Generalmente, se sentaba callada y juiciosa como una mujer, o miraba, una tras otra, las láminas colgadas en la pared, o pasaba revista a los rótulos de la biblioteca, o cogía, previo permiso mío, cualquier librote de ilustraciones o viajes para recrearse en los grabados, tanto respeto me tenía, que ni aun se atrevía a preguntar, como otros niños: "¿Qué es esto, qué es lo otro?" O lo adivinaba todo, o se quedaba con las ganas de saberlo.

El día de mi santo vino a traerme una relojera bordada por ella, y, ¡caso inaudito!, aquel día, por consideración especial del cínife, no trajo papelito. En otras solemnidades me obsequió con varias cosillas de labores y una cajita de papel-cañamazo, que no conservo aún porque un día la cogió el gato por su cuenta y me la hizo pedazos. Yo correspondí a las finezas de Irene y a la compasión que me inspiraba comprándole un vestidillo.

Esta inteligente y desgraciada niña no era sobrina de doña Cándida, sino de García Grande. Sus padres habían estado en buena posición. Quedó huérfana en vida del esposo de doña Cándida, el cual la trató como hija. Vino el desastre con la muerte del asegurador de vidas; pero, afortunadamente, Irene no estaba en edad de apreciar el brusco paso de la bienandanza a la adversidad. Conservóla a su lado mi cínife, por no tener la criatura otros parientes. Y yo pregunto: ¿Fue un mal o un bien para Irene haber nacido entre escaseces y haberse educado en esa negra academia de la desgracia que a muchos embrutece y a otros depura y avalora, según el natural de cada uno? Yo le preguntaba si estaba contenta de su suerte, y siempre me respondía que sí. Pero la tristeza que despedían, como cualidad intrínseca y propia, sus bonitos ojos, aquella tristeza que a veces me parecía un efecto estético, producido por la luz y color de la pupila, a veces un resultado de los fenómenos de la expresión, por donde se nos transparentan los misterios del mundo moral, quizás revelaba uno de esos engaños cardinales en que vivimos mucho tiempo, o quizás toda la vida, sin darnos cuenta de ello.

A medida que el tiempo pasaba y que Irene crecía, escaseaban sus visitas, lo que no significaba mejoramiento de fortuna de doña Cándida, sino repugnancia de Irene a desempeñar las innobles misiones de la esquelita del petitorio. Desarrollado con la edad su amor propio, la pequeña venía a mi casa sólo para las exacciones de cuantía, y las menudas las hacía la criada. Por último, rodando insensiblemente el tiempo, llegó un día en que todas las comisiones las desempeñaba la criada. Dejé de ver a la sobrina de mi cínife, aunque siempre por éste y por la muchacha tenía noticias de ella. Supe, al fin, con injustificada sorpresa, que llevaba traje bajo, cosa muy natural, pero que a mí me pareció extraña, por este rutinario olvido en que vivimos del crecimiento de todas las cosas y la marcha del mundo. Me agradó mucho saber que Irene había entrado en la Escuela Nor-

mal de Maestras, no por sugestiones de su tía, sino por idea
propia, llevada del deseo de labrarse una posición y de no
depender de nadie. Había hecho exámenes brillantes y obtenido premios. Doña Cándida me ponderaba los varios
talentos de su sobrina, que era el asombro de la Escuela,
una sabia, una filósofa en fin, una *cosa atroz*...

Esta parte de mi relato viene a caer hacia 1877. En este
año me mudé de la sosegada calle de Don Felipe a la bulliciosa del Espíritu Santo, y poco después conocí a doña
Javiera, y emprendí la educación de Manuel Peña, con todo lo demás que, sacrificando el orden cronológico al orden lógico, que es el mío, he contado antes. El tiempo,
como reloj que es, tiene sus arbitrariedades; la lógica, por
no tenerlas, es la llave del saber y el relojero del tiempo.

Porque algunas de sus brillantes facultades se desarrollaban admirablemente con el estudio, mostrándome cada día nuevas riquezas. La Historia le encantaba, y sabía encontrar en ella las hermosas síntesis que son el principal hechizo y el mejor provecho de su estudio. En lo que siempre le veía premioso era en expresar su pensamiento por la escritura. ¡Lástima grande que, pensando tan bien y a veces con tanta agudeza y originalidad, careciese de estilo, y que, teniendo el don de asimilarse las ideas de los buenos escritores, fuese tan refractario a la forma literaria! Yo le mandaba que me hiciese Memorias sobre cualquier punto de Historia o de Economía. Escritas en breve tiempo, me las leía, y admirando en ellas la solidez del juicio, me exasperaba lo tosco y pedestre del lenguaje. Ni aun pude corregir en él las faltas ortográficas, aunque, a fuerza de constancia, mucho adelanté en esto.

Para que se comprenda el tipo intelectual de mi discípulo, faltaba sólo un detalle, que es el siguiente: mandábale

yo que aquello mismo tan bien pensado en las Memorias y
tan perversamente escrito, me lo expresase en forma oral,
y aquí era de ver a mi hombre transformado, dueño de sí,
libre y a sus anchas, como quien se despoja de las cadenas
que le oprimían. Poníase delante de mí, y con el mayor
despejo me pronunciaba un discurso en que sorprendían
la abundancia de ideas, el acertado enlace, la gradación, el
calor persuasivo, la influencia seductora, la frase incorrecta
pero facilísima, engañadora, llena de sonoridades simpá-
ticas.

—Vamos —le dije, con entusiasmo, un día—. Está visto
que eres orador, y si te aplicas, llegarás a donde han llegado pocos.

Entonces caí en la cuenta de que su verdadero estilo estaba en la conversación, y de que su pensamiento no era
susceptible de encarnarse en otra forma que en la oratoria.
Ya empezaba a brillar en el diálogo su ingenio un tanto
paradójico y controversista, y le seducían las cuestiones pal-
pitantes y positivas, manifestando hacia las especulativas
repugnancia notoria. Esto lo vi más claro cuando quise enseñarle algo de Filosofía. Trabajo inútil. Mi buen Manolito
bostezaba, no comprendía una palabra, no fijaba su atención, hacía pajaritas, hasta que, no pudiendo soportar más
su aburrimiento, me suplicaba, por amor de Dios, que sus-
pendiese mis explicaciones porque se ponía malo, sí, se
ponía nervioso y febril.

Tan enérgicamente rechazaba su espíritu esta clase de estudios, que, según decía, mi primera explicación sobre la
indagación de un principio de certeza había producido en
su entendimiento efecto semejante al que en el cuerpo produce la toma de un vomitivo. Yo le instaba a reflexionar
sobre *la unidad real entre el ser y el conocer,* asegurándole
que cuando se acostumbrase a los ejercicios de la reflexión
hallaría en ellos indecibles deleites; pero ni por ésas. Él
sostenía que cada vez que se había puesto a reflexionar sobre esto o sobre la *conformidad esencial del pensamiento
con lo pensado,* se le nublaba por completo el entendimiento y le entraba un dolor de estómago tan pícaro que sus-
pendía las reflexiones y cerraba maquinalmente el libro.

¡Refractario a la filosofía, rebelde al estilo! ¡Pobre Manolito Peña! Si a medida que se rebelaba contra la enseñanza filosófica no me hubiera asombrado con sus progresos en otros ramos del saber, mucho habría perdido el discípulo en el concepto del maestro. Lo único que pude conseguir de él en esta materia fue que pusiese alguna atención en la historia de la filosofía, pero mirándola más que un tema de curiosidad y erudición que como objeto de conocimiento sistemático y de ciencia. Me enojaba que Manuel se educase así en el escepticismo. Grandes esfuerzos hice para evitarlo, pero con ellos aumentaba su aversión a lo que él llamaba la *Teología sin Dios.* Ya por entonces gustaba de condenar o ensalzar las cosas con una frase picante y epigramática. Era a veces oportunísimo; las más, paradójico; pero esta manera de juzgar con epigramas las cosas más serias priva tanto en nuestros días, que casi casi se podía asegurar que mi discípulo, poseyendo aquella cualidad, remataba y como que ponía la veleta al gallardo edificio de sus aptitudes. Observando éstas, viendo lo que a Manuel faltaba, y lo que en grado tan exceso tenía, me preguntaba yo: "Este muchacho, ¿qué va a ser? ¿Será un hombre ligero, o el más sólido de los hombres? ¿Tendremos en él una de tantas eminencias sin principios, o la personificación del espíritu práctico y positivo?" Aturdido yo, no sabía qué contestarme.

Iba descubriendo, además, Manolito un don de gentes cual no he visto semejante en ningún chico de su edad. Sabía inspirar vivas simpatías a toda persona con quien hablaba, y su gracia, su fácil expresión, su oportunidad, daban a sus palabras una fuerza convincente y dominadora que le abría las puertas de todos los corazones. Sabía ponerse al nivel intelectual de su interlocutor hablando con cada uno el lenguaje que le correspondía. Pero lo más digno de alabanza en él era su excelente corazón, cuyas expansiones iban frecuentemente más lejos de lo que los buenos términos de la generosidad piden. Yo tuve empeño en regularizar sus nobles sentimientos y su espíritu de caridad, marcándole juiciosos límites y reglas. También trabajé en corregirle el pernicioso hábito de gastar dinero tonta-

mente, empleándolo en fruslerías tan pronto adquiridas como
olvidadas. Imposible me fue quitarle el vicio de fumar,
por ser ya viejo en él; pero triunfé contra la maldita maña
suya de estar siempre chupando caramelos, de los cuales
tenía lleno el bolsillo. Con esto y el fumar, se le quitaban
las ganas de comer; y lo peor era que durante la lección
me engolosinaba a mí, y tal imperio tiene la costumbre y
de tal manera se apodera de nuestrtos flacos sentidos cualquier vano apetito, que el día en que, por mi propio mandato, faltaron los caramelos, los echó mi lengua de menos,
y casi casi me mortificó aquella falta.

Cuánto me agradecía doña Javiera las reformas obtenidas en la conducta de su hijo, no hay para qué decirlo. Las
declaraciones de su gratitud venían a mí por Pascuas y
otras festividades en forma de jamones, morcillas y butifa-
rras, todo de lo mejor y abundantísimo; pero tan grande
economía resultaba a la señora de Peña de las restricciones
impuestas por mí al bolsillo filial, que, aunque me regalase
media tienda, siempre salía ganando.

Vestía Manuel con elegancia y variedad, y jamás intenté
moderarle mucho en esto, porque la compostura de la persona es garantía de los buenos modales y un principio por
sí de buena educación. Como el muchacho era rico y había
de representar en el mundo un papel muy airoso, debía de
prepararse a ello, cultivando y ensayando, desde luego, la
forma, el buen parecer, el estilo, pues estilo es esto que da
al carácter lo que la frase al pensamiento; es decir, tono,
corte, vigor y personalidad. Lo que no me gustaba era
verle adoptar algunas veces, con capricho elegante, las maneras y el traje de la gente torera, para ir al encierro, a una
expedición de campo o a visitar la dehesa en que pacen
los toros. Discusiones reñidas y un tanto agrias tuvimos
sobre esto; él se defendía con zalamerías, y yo, conociendo
que debe dejarse a cada edad, si no todo, parte de lo que le
pertenece, y que, además, es locura prescindir del medio
ambiente y del influjo local, transigía, dejando que el tiempo, con las exigencias serias de la vida, curara a mi discípulo de aquella pueril vanidad.

Yo no cesaba de pensar en las dificultades con que Manolito tendría que luchar para abrirse paso en la Sociedad y para ocupar en ella un puesto conforme a sus altas dotes. ¡Delicada cuestión! Es evidentísimo que la democracia social ha echado entre nosotros profundas raíces, y a nadie se le pregunta quién es ni de dónde ha salido para admitirle en todas partes y festejarle y aplaudirle, siempre que tenga dinero o talento. Todos conocemos a diferentes personas de origen humildísimo que llegan a los primeros puestos y aun se alían con las razas históricas. El dinero y el ingenio, sustituidos a menudo por sus similares, agio y travesura, han roto aquí las barreras todas, estableciendo la confusión de clases en grado más alto y con aplicaciones más positivas que en los países europeos, donde la democracia, excluida de las costumbres, tiene representación en las leyes. Desde este punto de vista, y aparte de la gran desemejanza política, España se va pareciendo, cosa extraña, a los Estados Unidos de América, y, como esta Nación, va siendo un país escéptico y utilitario, donde el espíritu fundente y nivelador domina sobre todo. La Historia tiene cada día entre nosotros menos valor de aplicación y está toda ella en las frías manos del arqueólogo, del curioso, del coleccionista y del erudito seco y monomaníaco. Las improvisaciones de fortuna y posición menudean: la tradición, quizás por haberse hecho odiosa con apelaciones a la fuerza, carece de prestigio; la libertad de pensamiento toma un vuelo extraordinario, y las energías fatales de la época, riqueza y talento, extienden su inmenso imperio.

Pero esta transformación, con ser ya tan avanzada, no ha llegado al punto de excluir ciertos miramientos, ciertos reparillos en lo que toca a la admisión de personas de bajo origen en el ciclo céntrico, digámoslo así, de la Sociedad. Si el bajo origen está lejano, aunque solamente lo separe el tiempo presente el espacio de un par de lustros, todo va bien, muy bien. Nuestra democracia es olvidadiza, pero no ha llegado a ser ciega; así, cuando la bajeza está presente y visible, cuesta algún trabajo disimularla con dinero. ¿Quién duda que en ciertos escudos de nobleza podría pintarse una pierna de carnero, un pececillo o cualquier otro emblema de baja industria? Pero el origen de estas casas se halla ya tan lejano, que nadie se cuida de él, mientras que en el caso de mi discípulo aún subsistía abierto el plebeyo establecimiento, y aquel Manolito Peña, tan listo, tan discreto, tan guapo, tan distinguido, tan noble en todo y por todo, solía ser llamado entre sus compañeros de la Universidad *el hijo de la carnicera*.

Yo no hablaba con él de estas cosas, pero pensaba mucho en ellas y temía penosas contrariedades. Un día que hablábamos de su porvenir y de sus proyectos, me confesó que andaba algo enamorado de la hija del empresario de la Plaza de Toros, chica bonita y graciosa. Doña Javiera también lo supo, y no pareció contrariada. La niña de Vendesol era de honrada familia, heredera única de una gran fortuna; parecía de inmejorables condiciones morales, y en jerarquía superaba a Manuel, pues si bien los Vendesoles habían sido carniceros, la tienda se cerró treinta años ha, y luego fueron tratantes en ganado, contratistas de abastos en grande escala. Doña Javiera veía con gusto la inclinación de su hijo, y con su buen humor me decía:

—Esto parece cosa de la Providencia, amigo Manso. La chica tiene *parné,* y en cuanto a nobleza, allá se van cuernos con cuernos.

Respetando esta argumentación positivista y cornúpeta, creía yo que la edad de Manuel (que no pasaba de veintitrés años) no era aún propia para el matrimonio, a lo cual me dijo la señora de Peña que, para casarse bien, todas las edades son buenas. Comprendí que aquél era un asunto en el cual no debía entrometerme, y me callé. Me parecía que doña Javiera estaba rabiando por entroncar con Vendesol, personaje de origen bajísimo, que de niño había corrido y jugado con los pies descalzos en los arroyos sangrientos de las calles de Candelario, pero cuya bajeza estaba ya redimida por treinta años de posición rica, honrosa y respetado. La señora y las hermanas de Vendesol vivían en un pie de elegancia y las relaciones que a mi vecina, por motivos de tabla auténtica y visible, le estaba aún vedado. No las conocía más que de nombre y de vista doña Javiera; pero deliraba por tratarlas y ponerse a su nivel, cosa que a ella le parecía muy fácil teniendo dinero. Por Ponce supe un

día que se trataba de traspasar la tienda, poniendo punto
final al comercio de carne.

Manuel se enzarzaba más de día en día en sus amores,
escatimando tiempo y atenciones al estudio. Dos años y
medio llevábamos ya de lecciones y, aunque no se habían
enfriado la dedicada afición y el respeto que me tenía, nuestra comunidad intelectual era menos estrecha y nuestras
conferencias más breves. Nos veíamos diariamente, char-
lábamos de diversas cosas, y mientras yo procuraba llevar
su espíritu a las leyes generales, él no gustaba sino de los
hechos y de las particularidades, prefiriendo siempre todo
lo reciente y visible. Disputábamos a veces con calor, y
decíamos algo sobre las obras nuevas; pero ya no paseába-
mos juntos. El salía todas las tardes a caballo, y yo paseaba
solo y a pie. Ultimamente, ni en el Ateneo nos veíamos
por las noches, porque él iba al teatro muy a menudo y a
la casa de Vendesol.

Notaba yo en mí cierta soledad, el triste vacío que deja
la suspensión de una costumbre. Habíamos llegado a un
punto en que debía dar por finalizada la dirección intelectual de mi discípulo, quien ya podía aprender por sí solo
todo lo cognoscible y aun aventajarme. Así lo manifesté a
doña Javiera, que se mostró muy agradecida. Subía la buena mujer a charlar conmigo a primera noche, y su conversación exhalaba ciertos humos de vanidad que hacían contraste con su llaneza de otros días. La idea de emparentar
con los de Vendesol empezaba a trastornarle el juicio, y como se sentía con fuerzas pecuniarias para hacer frente a
una situación de lujo, su vanidad no parecía totalmente injustificada. Era por demás irónico el efecto que resultaba
de la grandeza de sus proyectos y del lenguaje con que los
traducía, llamando, por la vieja costumbre, al dinero *barné*. al
figurar *darse pisto*. Ya más de una vez su hijo había intentado, con poco éxito, traer a su madre a las buenas vías
académicas en materia de lenguaje.

Unas cosas me las confiaba doña Javiera claramente y
otras me las daba a entender con discreción y gracia. Lo de
quitar la tienda y limpiarse para siempre de las manos la
sangre de ternera, me lo manifestó palabra por palabra. Yo

lo aprobaba, aunque para mis adentros decía que, si la señora continuaba hablando de aquel modo, hallaría para lavarse las manos la misma dificultad que halló lady Macbeth para limpiarse las suyas. Indirectamente me declaró el propósito de legitimar sus relaciones con Ponce, y de conseguir algo que le decorase en Sociedad y le diera visos de persona respetable, como, por ejemplo, una crucecilla de cualquier orden, aunque fuera de la Beneficencia; un empleo o comisión de estas que llaman honoríficas.

Por aquellos días, que eran los de la primavera del año 80, volvió doña Cándida a darme personalmente sus picotazos. Ella y doña Javiera se encontraban en mi despacho, y no necesito decir lo que resultaba del rozamiento de dos naturalezas tan distintas. Cada cual se despachaba a su gusto: la carnicera, toda desenfado y espontaneidad; la de García Grande, toda hinchazón, embustería y fingimientos. Estaba delicadísima, perdida de los nervios. La habían visto Federico Rubio, Olavide y Martínez Molina, y, por su dictamen, se iba a los baños de Spa. Doña Javiera le recetaba vino de Jerez y agua de hojas de naranjo agrio. Reíase doña Cándida del empirismo médico, y preconizaba las aguas minerales. De aquí pasaba al capítulo de sus viajes, de sus relaciones, de duques y marqueses, y al fin, yo, que la conocía tan bien, concluía por suponerla estampada en el *Almanaque Gotha.*

Cuando mi cínife y yo nos quedábamos solos, dejaba el clarín de vanidad por la trompetilla de mosquito, y entre sollozos y mentiras me declaraba sus necesidades. ¡Era una cosa atroz! Estaba esperando las rentas de Zamora, ¡y aquel pícaro administrador!..., ¡qué administrador tan pícaro! Entretanto, no sabía cómo arreglarse para atender a los considerables gastos de Irene en la Escuela de Institutrices, pues sólo en libros le consumía la mayor parte de su hacienda. Todo, no obstante, lo daba por bien empleado, porque Irenilla era un prodigio, el asombro de los profesores y la gloria de la institución. Para mayor ventaja suya, había caído en manos de unas señoras extranjeras (doña Cándida no sabía bien si eran inglesas o austríacas), las cuales le habían tomado mucho cariño, le enseñaban mil primores de gusto y perfilaban sus aptitudes de maestra, comunicándole esos refinamientos de la educación y ese culto de la forma y del buen parecer que son gala principal de la mujer sajona. Tenía ya diez y nueve años.

Tiempo hacía que yo no la había visto, y deseaba verla para juzgar por mí mismo sus adelantos. Pero ella, por no sé qué mal entendida delicadeza, por amor propio o por otra razón que se me ocultaba, no iba nunca a mi casa. Una mañana me la encontré en la calle, junto a un puesto de verduras. Estaba haciendo la compra en compañía de la criada. Sorprendiéronme su estatura airosa, su vestido humilde, pero aseadísimo, revelando en todo la virtud del arreglo, que, sin duda, no le había enseñado su tía. Claramente se mostraba en ella el noble tipo de la pobreza, llevada con valentía y hasta con cariño. Mi primer intento fue saludarla; mas ella, como avergonzada, se recató de mí haciendo como que no me veía, y volvió la cara para hablar con la verdulera. Respetando yo esta esquivez, seguí hacia mi cátedra, y al volver la esquina de la calle del Tesoro, ya me había olvidado del rostro siempre pálido y expresivo de Irene, de su esbelto talle, y no pensaba más que en la explicación de aquel día, que era la *Relación recíproca entre la conciencia moral y la voluntad.*

¡Ay, infelice! Mortal cien veces mísero, desgraciado entre todos los desgraciados, en maldita hora caíste de tu paraíso de tranquilidad y método al infierno del barullo y del desorden más espantosos. Humanos, someted vuestra vida a un plan de oportuno trabajo y de regularidad placentera; acomodaos en vuestro capullo como el hábil gusano: arreglad vuestras funciones todas, vuestros placeres, descansos y tareas a discreta medida para que a lo mejor venga de fuera quien os desconcierte, obligándoos a entrar en la general corriente, inquieta, desarreglada y presurosa... ¡Objetivismo mil veces funesto que nos arrancas a las delicias de la reflexión, al goce del puro *yo* y de sus felices proyecciones: que nos robas la grata sombra de *uno mismo*, o, lo que es igual, nuestros hábitos, la fijeza y regularidad de nuestras horas, el acomodamiento de nuestra casa!... Pero estas exclamaciones, aunque salidas del fondo del alma, no bastan a explicar el grande y radical cambio que sobrevino en mis costumbres.

Oíd y temblad. Mi hermano, mi único hermano, aquel que a los veintidós años se embarcó para las Antillas en busca de fortuna, me anunció su propósito de regresar a España, trayendo toda la familia. En América había estado veinte años probando distintas industrias y menesteres, pasando al principio muchos trabajos, arruinado después por la insurrección y enriquecido al fin súbitamente por la guerra misma, infame aliada de la suerte.

Casó en Sagua la Grande con una mujer rica, y el capital de ambos representaba algunos millones. ¿Qué cosa más prudente que dejar a la Perla de las Antillas arreglarse como pudiese, y traer dinero y personas a Europa, donde uno y otras hallarán más seguridad? La educación de los hijos, el anhelo de ponerse a salvo de sobresaltos y temores y, por otra parte, la comenzoncilla de figurar un poco y de satisfacer ciertas vanidades decidieron a mi hermano a tomar tal resolución. Dos meses habían pasado desde que me anunció su proyecto, cuando recibí un telegrama de Santander participándome, ¡ay!..., lo que yo temía.

Dióme la corazonada de que el arribo de aquel familión trastornaría mi existencia, y el natural gusto de abrazar a mi hermano se amargaba con el pensamiento de un molestísimo desbarajuste en mis costumbres. Corría el mes de septiembre del 80. Una mañana recibí en la estación del Norte a José María con todo su cargamento, a saber: su mujer, sus tres niños, su suegra, su cuñada, con más un negrito como de catorce años, una mulatica y, por añadidura, dieciocho baúles facturados en grande y pequeña, catorce maletas de mano, once bultos menores, cuatro butacas. El reino animal estaba representado por un loro en su jaula, un sinsonte en otra, dos tomeguines en ídem.

Ya tenía yo preparada la mitad de una fonda para meter este escuadrón. Acomodé a mi gente como pude, y mi hermano me manifestó desde el primer día la necesidad de tomar casa, un principal grande y espacioso donde cupiera toda la familia con tanto desahogo como en las viviendas americanas. José María tiene seis años más que yo, pero parece excederme en veinte. Cuando llegó, sorprendióme verle lleno de canas. Su cara era de color de tabaco, rugosa

y áspera, con cierta transparencia de alquitrán que permitía ver lo amarillo de los tegumentos bajo el tinte resinoso
de la epidermis. Estaba todo afeitado como yo. Traía ropa de
fina alpaca, finísimo sombrero de Panamá con cinta negra muy delgada, corbata tan estrecha como la cinta del
sombrero, camisa de bordada pechera con botones de brillantes, los cuellos muy abiertos y botas de charol con las
puntas achaflanadas. Lica (que este nombre daban a mi hermana política) traía un vestido verde y rosa, y el de su
hermana era azul, con sombrero pajizo. Ambas representa-
ban, a mi parecer, emblemáticamente, la flora de aquellos
risueños países, el encanto de sus bosques, poblados de lin-
dísimos pajarracos y de insectos vestidos con todos los
colores del iris.

José María no tenía palabras, el primer día, más que
para hablarme de nuestra hermosa y poética Asturias, y me
contó que la noche antes de llegar a Santander se le habían
saltado las lágrimas al ver el faro de Ribadesella. Pagado
este sentimental tributo a la madre Patria, nos ocupamos en
buscar habitación. Me había caído quehacer. Atareado con
los exámenes de septiembre, tenía que multiplicarme y frac-
cionar mi tiempo de un modo que me ocasionaba indecibles
molestias. Al fin encontramos un magnífico principal en la
calle de San Lorenzo, que rentaba cuarenta y cinco mil reales, con cochera, nueve balcones a la calle y muchísima
capacidad interior: era el arca de Noé que se necesitaba.
Yo calculé los gastos de instalación, muebles y alfombras
en diez mil duros, y José María no halló exagerada la
cantidad. Los hechos y los números de los tapiceros me de-
mostraron más tarde que yo me había quedado corto y
que mi saber del conocimiento exterior y trascendente no
llegaba hasta poseer claras ideas en materias de alfom-
brado y carruajes.

Aún estuvo la familia en la fonda más de un mes, tiempo
que se empleó en la transformación de vestidos y en ata-
viarse según los usos de aquende los mares. Bandada de
menestrales invadió las habitaciones, y a todas horas se veían
probaturas, elección de telas, cintas y adornos, y las modistas andaban por allí como en casa propia. Proveyéronse las

tres damas de abrigos recargados de pieles y algodones, porque todo les parecía poco para el gran frío que esperaban y para defenderse de las pulmonías. A las dos semanas, todos, desde mi hermano hasta el pequeñuelo, no parecían los mismos.

Satisfechas estaban Lica, su mamá y hermana de la metamorfosis conseguida, no sin arduas discusiones, consultas y algún suplicio de cinturas; las tres alababan sin tasa la destreza de las modistas y corseteras, y principalmente la baratura de todas las cosas, así trapos como mano de obra. Tanto las entusiasmaba lo arregladito de los precios, que iban de tienda en tienda comprando bagatelas, y todas las tardes volvían a casa cargadas de diversos objetos, prendas falsas y chucherías de bazar. Los dependientes de las tiendas aparecían luego trayendo paquetes de cuanto Dios crió y perfeccionó la industria en moldes, prensas y telares. Las docenas de guantes, las cajas de papel timbrado, los *bibelots,* los abanicos, las flores contrahechas, los estuchitos, paletas pintadas, pantallas y novedades de cristalería y porcelana, ofrecían sobre las mesas y consolas de la sala un conjunto algo fantástico. Francamente, yo creía que iban a poner tienda.

También daban frecuentes asaltos a las confiterías, y en el gabinete tenían siempre una bandeja de dulces, por la necesidad en que Lica se veía de regalarse a cada instante con golosinas, entreverando los confites con las frutas, y a veces con algún pastelillo o carne fiambre. Como se hallaba en estado de buena esperanza (y ya bastante avanzada), los antojos sucedían a los antojos. Es verdad que su hermana, sin hallarse, ni mucho menos, en semejante estado, también los tenía, y a cada ratito decían una y otra: "Me apetece uva, me apetece huevo hilado, me apetece pescado frito, me apetece merengue". Las campanillas de las habitaciones repicaban como si por los altos alambres anduvieran diablitos juguetones, y los criados entraban y salían con platos y bandejas, tan atareados los pobres, que me daba lástima verlos.

Las tres damas pasaban las horas echadas indolentemente en sus mecedoras, con los vestidos que habían traído de

la calle, dale que dale a los abanicos si hacía calor, y muy
envueltas en sus mantos si hacía frío. Por la noche iban al
teatro, luego tomaban chocolate y se acostaban. Dormían
la mañana, y cuando venía la peinadora estaban tan muertas
de sueño, que no había forma humana de que se levantaran.
Vencida de su abrumadora pereza, Lica, no queriendo levantarse ni dejar de peinarse, echaba la cabeza fuera de las
almohadas, y en esta incómoda postura se dejaba peinar
para seguir durmiendo.

En tanto, las dos niñas y el pequeñuelo enredaban solos
en una pieza destinada a ellos y a sus bulliciosas correrías.
Cuidábanlos la mulata Remedios y el negro Rupertito. Los
gritos se oían desde la calle; jugaban al carro, arrastrando
sillas, y no pasaba día sin que rompieran algo o rasgaran
de medio a medio una cortina o desvencijaran un mueble.
A poco de llegar, se revolcaban casi en cueros sobre las
alfombras, hasta que, habiendo refrescado el tiempo, se los
veía jugar vestidos con los costosos trajes de paño fino
guarnecidos de pieles que les habían hecho para salir a
paseo.

Rupertito era tan travieso, que no se podía hacer carrera
de él. De la mañana a la noche no hacía más que jugar o
asomarse al balcón para ver pasar los coches. Cuando sus
amas le llamaban para que les alcanzara alguna cosa, lo cual
ocurría poco más o menos cada dos minutos, era preciso
buscarle por toda la casa, y cuando le encontrábamos le
traíamos por una oreja. Yo me encargaba de esta penosa
comisión, tan disconforme con mis ideas abolicionistas, porque los ayes del morenito me molestaban menos que el
insufrible alarido de las señoras diciendo a toda hora: "Pícaro negro, tráeme mis zapatos; ven a apretarme el corsé;
tráeme agua; alcánzame una horquilla", etc. Un día le bus-
camos inútilmente por toda la casa. "¿Dónde se habrá metido este condenado?", decíamos mi hermano y yo, recorrien-
do todas las habitaciones, hasta que al fin lo hallamos en
un cuarto oscuro. Su carilla de ébano se me pareció como un
antropomorfismo de las tinieblas, que echaron de sí los dos
globos blancos de los ojos, la dentadura ebúrnea y los labios de granate. Una voz ronquilla y apagada decía estas

palabras: "Mucho fío, mucho fío". Sacámosle de allí. Era
como si le sacáramos de un tintero, pues estaba arrebujado
en un mantón negro de su ama. Aquel día se le compró un
chaleco rojo de Bayona, con el cual estaba muy en carácter.
Era un buen chico, un alma inocente, fiel y bondadosa, que
hacía pensar en los ángeles del fetichismo africano.

Casi todos los días tenía que quedarme a comer con la familia, lo cual era un cruel martirio para mí, pues en la mesa
había más barullo que en el muelle de La Habana.

Principiaba la fiesta por las disputas entre mi hermano y
Lica sobre lo que ésta había de comer.

—Lica, toma carne. Esto es lo que te conviene. Cuídate,
por Dios.

—¿Carne? ¡Qué asco!... Me apetece dulce de guinda.
No quiero sopa.

—Niña, toma carne y vino.

—¡Qué chinchoso!... Quiero melón.

En tanto *la niña Chucha* (así llamaban a la suegra de
mi hermano), que desde el principio de la comida no había
cesado de dirigir acerbas críticas a la cocina española, ponía
los ojos en blanco para lanzar una exclamación y un suspiro,
consagrados ambos a echar de menos el boniato, la yuca, el
ñame, la malanga y demás vegetales que componen la vianda. De repente, la buena señora, mareada del estruendo
que en la mesa había, llenaba un plato y se iba a comérselo
a su cuarto. Distraído yo con estas cosas, no advertía que
una de las niñas, sentada junto a mí, metía la mano en mi
plato y cogía lo que encontraba. Después me pasaba la
mano por la cara, llamándome *tiíto bonito,* y el chiquitín
tiraba la servilleta en mitad de una gran fuente con salsa,
y luego la arrojaba húmeda sobre la alfombra. La otra niña
pedía con atroces gritos todo aquello que en el momento
no estaba en la mesa, y los papás seguían disertando sobre
el tema de lo que más convenía al delicado temperamento y
al crítico estado de Lica.

—Chinita, toma vino.

—¿Vino? ¡Qué asco!

—Mujer, no bebas tanta agua.

—¡Jesús, qué chinchoso! Que me traigan azucarillos.

—Carne, mujer, toma carne.

Y el chico salía a la defensa de su mamá, diciendo:

—Papá *mapiango*.

—Niño, si te cojo...

—Papá cochino...

—Yo quiero fideo con azúcar —chillaba una vocecita más allá.

—Me apetece garbanzo.

—¡Silencio, silencio! —gritaba José María, dando fuertes golpes en la mesa con el mango del cuchillo.

Una chuleta empapada en tomate volaba hasta caer pringosa sobre la blanca pechera de la camisa del papá. Levantábase José María furioso y daba una tollina al nene; pegaba éste un brinco y salía, atronando la fonda con su lloro; enfadábase Lica; refunfuñaba su hermana; aparecía *la niña Chucha* enojada porque castigaban al nieto, y se sentaba a la mesa para seguir comiendo: llamaban a Rupertico, a la mulata, y, en tanto, yo no sabía a qué orden de ideas apelar, ni a qué filosofía encomendarme para que se serenara mi espíritu.

Como todo el día estaba comiendo golosinas, Lica no hacía más que probar de cada plato y beber vasos de agua. Al fin saciaba en los postres su apetito de cositas dulces y frescas. Servían el café, más negro que tinta; pero yo me resistía a introducir en mí aquel pícaro brebaje por temor a que me privara del sueño, y me impacientaba y contaba las horas, esperando la bendita de escapar a la calle.

Luego venía el fumar, y allí me veríais entre pestíferas chimeneas, porque no sólo era mi hermano el que chupaba, sino que Lica encendía su cigarrillo, y la *niña Chucha* se ponía en la boca un tabaco de a cuarta. El humo y el vaivén de las mecedoras me ponían la cabeza como un molino de viento, y aguantaba y sostenía la conversación de mi hermano, que despuntaba ya por la política, hasta que, llegada la hora de la abolición de mi esclavitud, me despedía y me retiraba, enojado de tan miserable vida y suspirando por mi perdida libertad. Volvía mis tristes ojos a la Historia, y no le perdonaba, no, a Cristóbal Colón que hubiera descubierto el Nuevo Mundo.

Instaláronse a mitad de octubre en la casa alquilada, y el primer día se encendieron las chimeneas, porque todos se morían de frío. Lica estaba *fluxionada;* su hermana Chita (Merceditas), poco menos, y *la niña Chucha,* atacada de súbita nostalgia, pedía con lamentos elegíacos que la llevasen a su querida Sagua, porque se moría en Madrid de pena y frío. La casa, estrecha y no muy clara, era tediosa cárcel para ella, y no cesaba de traer a la memoria las anchas, despejadas y abiertas viviendas del templado país en que había nacido. Víctima del mismo mal, el expatriado sinsonte falleció a las primeras lluvias, y su dolorida dueña le hizo tales exequias de suspiros, que creíamos iba a seguir ella el mismo camino. Uno de los tomeguines se escapó de la jaula y no se le volvió a ver más. A la buena señora no había quien le quitara de la cabeza que el pobre pájaro se había ido de un tirón a los perfumados bosques de su Patria. ¡Si hubiera podido ella hacer otro tanto! ¡Pobre doña Jesusa, y qué lástima me daba! Su única distracción era contarme cosas de su bendita tierra, explicarme cómo se hace el ajiaco, describirme los bailes de los negros y el tañido de la maruga y el güiro, y por poco me enseña a tocar el birimbao. No salía a la calle por temor a encontrarse con una pulmonía; no se movía de su butaca ni para comer. Rupertico le servía la comida y se iba engullendo por el camino las sobras que ella le daba.

En cambio, mi hermano, su mujer y su cuñada se iban adaptando asombrosamente a la nueva vida, al áspero clima y a la precipitación y tumulto de nuestras costumbres. José María, principalmente, no echaba de menos nada de lo que se había quedado del otro lado de los mares. Bien se le notaba la satisfacción de verse tan obsequiado, y atraído por mil lisonjas y solicitaciones que a la legua le daban a conocer como un centro metálico de primer orden. Hacía frecuentes viajes al Congreso, y me admiró verle buscar sus amistades entre diputados, periodistas y políticos, aunque fueran de quinta o sexta fila. Sus conversaciones empezaron a girar sobre el gastado eje de los asuntos públicos, y especialmente de los ultramarinos, que son los más embrollados y sutiles que han fatigado el humano entendimiento. No era preciso ser zahorí para ver en José María al hombre afanoso de hacer papeles y de figurar en un partidillo de los que se forman todos los días por antojo de cualquier individuo que no tiene otra cosa que hacer. Un día me lo encontré muy apurado en su despacho, hablando solo, y a mis preguntas contestó sinceramente que se sentía orador, que se desbordaban en su mente las ideas, los argumentos y los planes, que se le ocurrían frases sin número y combinaciones mil que, a su juicio, eran dignas de ser comunicadas al país.

Al oír esto del país, díjele que debía empezar por conocer bien al sujeto de quien tan ardientemente se había enamorado, pues existe un país convencional, puramente hipotético, a quien se refieren todas nuestras campañas y todas nuestras retóricas políticas, ente cuya realidad sólo está en los temperamentos ávidos y en las cabezas ligeras de nuestras eminencias. Era necesario distinguir la patria apócrifa de la auténtica, buscando ésta en su realidad palpitante, para lo cual convenía, en mi sentir, hacer abstracción completa de los mil engaños que nos rodean, cerrar los oídos al bullicio de la Prensa y de la tribuna, cerrar los ojos a todo este aparato decorativo y teatral y luego darse con alma y cuerpo a la reflexión asidua y a la tenaz observación. Era preciso echar por tierra este vano catafalco de pintado lienzo y abrir cimientos nuevos en las firmes entrañas del verdadero país, para que sobre ellos se asentara la construcción de un nuevo y sólido Estado. Díjome que no entendía bien mi sistema, y me lo probó llamándome demoledor. Yo tuve que explicarle que el uso de una figura arquitectónica, que siempre viene a la mano hablando de política, no significaba en mí inclinaciones demagógicas. Mostréme indiferente en las formas de gobierno, y añadí que la política era y sería siempre para mí un cuerpo de doctrina, un sabio y metódico conjunto de principios científicos y de reglas de arte, un organismo, en fin, y que, por lo tanto, quedaban excluidos de mi sistema las contingencias personales, los subjetivismos perniciosos, los modos escurridizos, las corruptelas de hecho y de lenguaje, las habilidades y agudezas que constituyen entre nosotros todo el arte de gobernar.

Tan pronto aburrido de mi explicación como tomándola a risa, mi hermano bostezaba oyéndome, y luego se reía, y, llamándome con vulgar sorna *metafísico,* me invitaba a enseñar mi sabiduría a los ángeles del Cielo, pues los hombres, según él, no estaban hechos para cosa tan remontada y tan fuera de lo práctico. Después me consultó con mucha seriedad que a qué partido debería afiliarse, y le contesté que a cualquiera, pues todos son iguales en sus hechos, y si no lo son en sus doctrinas es porque éstas, que no le importan a nadie, no han sufrido análisis detenido. Luego, dándole una lección de sentido práctico, le aconsejé que se afiliara al partido más nuevo y fresquecito de todos, y él halló oportunísima la idea, y dijo con gozo: "Metafísico, has acertado".

Las relaciones de la familia aumentaban de día en día, cosa sumamente natural habiendo en la casa olor a dinero. Al mes de instalación, mi hermano tenía la mesa puesta y la puerta abierta para todas las notabilidades que quisieran honrarle. Las visitas su sucedían a las visitas; las presentaciones, a las presentaciones. No tardó en comprender el jefe de la familia que debía desarraigar ciertas prácticas muy nocivas a su buen crédito, y así en la mesa, cuando había convidados, que era los más días del año, reinaba un orden perfecto, no turbado por las disputas sobre carne y vino, ni por las rarezas de *la niña Chucha,* ni por las libertades de los chicos. Tomaron un buen jefe, un maestresala o mozo de comedor, y aquello parecía otra cosa. El buen tono se iba apoderando poco a poco de todas las regiones de la casa y de los actos de la familia, y en las personas de Lica y Chita no era donde menos se echaba de ver la transformación y el rápido triunfo de las maneras europeas. Mi cuñada supo contener un poco su pasión por las yemas, caramelos y bombones, y los niños, excluidos de la mesa general, comían solos y aparte, bajo la dirección de la mulata. Conociendo su padre lo mal educados que estaban, acudió a poner remedio a este grave mal, pues no sabían cosa alguna, ni comer, ni vestirse, ni hablar, ni andar derechos. Lica deploraba también la incuria en que vivían sus hijos, y un día que hablaba de esto con su marido, volvióse éste a mí y me dijo:

—Es preciso que sin pérdida de tiempo me busques una institutriz.

La cual, para el caso, venía como de encargo. ¡Preciosa adquisición para mi familia y admirable partido para la huérfana! Contentísimo de ser autor de este doble beneficio, aquella misma tarde hablé a doña Cándida. ¡Dios mío, cómo se puso aquella mujer cuando supo que mi hermano, con toda su gente, estaba en Madrid! Temí que la sacudida y traqueteo de sus disparados nervios le ocasionaran un accidente epiléptico, porque la vi echar de sus ojos relámpagos de alegría; la vi retozona, febril, casi dispuesta a bailar, y de pronto aquellas muestras de loco júbilo se trocaron en furia, que descargó sobre mí, diciendo a gritos:

—Pero, soso, sosón, ¿por qué no me has avisado antes?... ¿En qué piensas? Tú estás en Babia.

En su mirada sorprendí destellos de su excelso ingenio, conjunto admirable de la rapidez napoleónica, de la audacia de Roque Guinart y de la inventiva de un folletinista francés. ¡Ay de las víctimas! Como el buitre desde el escueto picacho arroja la mirada a increíble distancia y distingue la res muerta en el fondo del valle, así doña Cándida, desde su eminente pobreza, vio el provechoso esquilmo de la casa de mi hermano y carne riquísima donde clavar el pico y la garra. La risa retozaba en sus labios trémulos, y todo su semblante denotaba un estado semejante a la inspiración del artista. Loca de contento, me dijo:

—¡Ay, Máximo, cuánto te quiero! Eres el ángel de mi guarda.

No supe lo que me hacía al poner en comunicación al sanguinario Calígula con la inocente familia de mi hermano. Era ya tarde cuando caí en la cuenta de que, llevado de un sentimiento caritativo, atraje sobre mis parientes una plaga mayor que las siete de Egipto juntas. Era yo el autor del mal, y me reía, no podía evitarlo, me reía viendo entrar en la casa para su primera visita a la representante de la cólera divina, puesta de veinticinco alfileres, radiante majestad, semejante a la que debía de tener Atila. No sé de dónde sacó las ropas que llevaba en aquella ocasión trágica. Creo que las alquiló en una casa de empeños con cuyos dueños tenía amistad, o que se las prestaron, o no sé qué, pues hay siempre impenetrables misterios en los modos y procedimientos de ciertos seres, y ni el más listo observador sorprende sus maravillosas combinaciones. Lo que llevaba encima, sin ser bueno, era pasable, y como la muy pícara tenía cierto continente de señora principal, daba un chasco a cualquiera, y ante los ojos inexpertos pasaba por persona de las que imperaban en la Sociedad y en la moda. Su noble perfil romano y sus distinguidos ademanes hicieron aquel día papel más lucido que en toda la temporada de los esplendores de García Grande en tiempo de la Unión liberal.

Cuando vio a mi hermano, le abrazó de tal modo y tales sentimientos hizo, que yo creí que se desmayaba. Recordó a nuestra buena madre con frases patéticas que hicieron llorar a José María, y se dejó decir que ella era una segunda madre para nosotros. En su conversación con Lica y Chita se mostró tan discreta, tan delicada, tan señora, que las cubanas quedaron encantadas, embebecidas, y Lica me dijo después que nunca había tratado a persona tan fina y ama-

ble. En aquella primera visita dio también doña Cándida
rienda suelta a sus sentimientos cariñosos con los niños,
haciéndoles toda suerte de mimos y zalamerías y demos-
trándoles un amor que rayaba en idolatría. *La niña Chucha*
tuvo un breve consuelo a su nostalgia en las tiernas expresiones de aquella improvisada amiga, que supo hablarle del
ajiaco, poniendo en las nubes las comidas cubanas, y termi-
nó con un parrafillo sobre enfermedades. Hasta José María
cayó en la astuta red, y un rato después de haber salido
Calígula me preguntaba si a los salones de doña Cándida
iba mucha gente notable. Oyendo esto, me entró una risa
tan grande, que creo oyeron mis carcajadas los sordomudos
que están en el inmediato colegio de la calle de San Mateo.

Al día siguiente se presentó de nuevo en la casa mi
cínife. Desde sus primeras charlas mostróse muy concien-
zuda, y decía: "¡Si parece que nos hemos conocido toda la
vida!... Las miro a ustedes como si fueran hijas mías."
Luego les contaba sucesos de su vida y hablaba de sí propia
y de sus males en términos que me llenaba de admiración
su numen hiperbólico. Había detenido el viaje a sus pose-
siones de Zamora para poder gozar de la compañía de tan
simpática familia, y aunque sus intereses habían sufrido
bastante por culpa de los malos administradores, no quería
salir de Madrid, porque sus amigas, la marquesa de acá y la
duquesa de allá, la retenían. Sus dolencias eran lastimosa
epopeya, digna de que Homero se volviera Hipócrates para
cantarlas. Por último, en aquel segundo día y en los siguientes —pues antes faltara el sol en el cenit que Calígula en la
casa de Manso— demostró tal conocimiento y arte en materia de modas, que fue constituida en Consejo de Estado
de Lica y Chita, y ya no se escogió sombrero, ni tela, ni
cinta sin previa opinión de la de García Grande.

—¡Pobrecitas! —les decía—, no entren ustedes en las
tiendas a comprar nada. En seguida conocen que son americanas y les hacen pagar el doble, una cosa atroz... Yo me
encargo de hacerles las compras... No, no, hija, no hay que
agradecer nada. Eso a mí no me cuesta trabajo: no tengo
nada que hacer. Conozco a todos los tenderos y, como soy
tan buena parroquiana, saco las cosas muy arregladas.

Para que mi hermano se previniera contra los peligros económicos a que estaba expuesta la familia admitiendo los servicios de doña Cándida, le conté la dilatada y pintoresca historia de los sablazos, con lo que se rió mucho, diciendo sólo: "¡Pobre señora! ¡Si mamá la viera en tal estado...!"

A los pocos días hablé con Lica del mismo asunto, pero ella, rebelándose contra lo que juzgaba malicia mía, cortó mis amonestaciones, diciéndome con su lánguida expresión:

—No seas ponderativo... Tú tienes mala voluntad a la pobre doña Cándida. ¡Es más buena la pobre...! Sería riquísima si no fuera por los malos administradores... ¡Será que el refaccionista le hace malas cuentas!... Luego es tan delicada la pobre... Ayer tuve que enfadarme con ella para hacerle aceptar un favorcito, un pequeño anticipo hasta tanto que le vengan esas rentas del potrero..., no es potrero; en fin, lo que sea. ¡La pobre es más buena...! No quería tomarlo... ni por nada del mundo. Yo le pedí por la Virgen de la Caridad del Cobre que me hiciera el favor de tomar aquella poca cosa... Veo que te ríes; no seas sencillo... ¡La pobre!... Me ofendí con su resistencia y se me saltaron las lágrimas. Ella se echó a llorar entonces, y por fin se avino a no desairarme.

Lica era una criatura celeste, un corazón seráfico. No conocía el mal; ignoraba cuanto de falaz y malicioso encierra el mundo; a los demás medía por la tasa de su propia inocencia y bondad. Yo contemplaba con tanto gozo como asombro aquella flor pura de su alma, no contaminada de ninguna maleza y que ni siquiera sospechaba que a su lado existía la cizaña. Me daba tanta lástima de turbar la paz de aquel virginal espíritu, inoculándole el virus de la desconfianza, que decidí respetar su condición ingenua, más propia para la vida en las selvas que en las grandes ciudades, y no le hablé más del feroz Calígula.

En tanto, Irene había tomado la dirección intelectual, social y moral de las dos niñas y el pequeñuelo. Se les destinó, por acuerdo mío, un holgado aposento, donde todo el día estaba la maestra a solas con los alumnitos, y en una habitación cercana comía los cuatro. Yo previne que todas

las tardes salieran a paseo, no consagrando al estudio sedentario más que las horas de la mañana. La discreción, mesura,
recato y laboriosidad de la joven maestra enamoraban a Lica,
que, en tocando a este punto, me echaba mil bendiciones
por haber traído a su casa alhaja tan bella y de tal valor.
También mi hermano estaba contentísimo, y yo me con-
solaba así del mal que hice con llevarles la calamidad de
doña Cándida, y pensando en la útil abeja, olvidaba al
chupador vampiro.

11. ¿Cómo pintar mi confusión?

¿Cómo describir mi trastorno y las molestias mil que trajo a mi vida la que mi hermano llevaba? De nada me valía que yo me propusiese evadirme de aquella esfera, porque mis dichosos parientes me retenían a su lado casi todo el día, unas veces para consultarme sobre cualquier asunto y molerme a preguntas, otras para que los acompañase. Parecía que nada marchaba en aquella casa sin mí y que yo poseía la universalidad de los conocimientos, datos y noticias. Pues, ¿y el obligado tributo de comer con ellos un día sí y otro no, cuando no todos los del mes? Adiós mi dulce monotonía, mis libros, mis paseos, mi independencia, el recreo de mis horas, acomodada cada cual para su correspondiente tarea, su función o su descanso. Pero nada me desconcertaba como las reuniones de aquella casa, pues, habiéndome acostumbrado desde algún tiempo atrás a retirarme temprano, las horas avanzadas de tertulia entre tanto ruido y oyendo tanta necedad me producían malestar indecible. Además, el uso del frac ha sido siempre tan contrario

a mi gusto, que de buena gana le desterraría del orbe; pero
mi bendito hermano se había vuelto tan ceremonioso, que
no podía yo prescindir de tan antipática vestimenta.

Ansioso de fama, José María bebía los vientos por decorar sus salones con todas las personas notables y todas
las familias distinguidas que se pudieran atraer; pero no
lo conseguía fácilmente. Lica no había logrado hacerse simpática a la mayor parte de las familias cubanas que en
Madrid residen, y que en distinción y modales la superaban
sin medida. No veían su alma bondadosa, sino su rusticidad,
su llaneza campestre y sus equivocaciones funestas en materia de requisitos sociales. A mis oídos llegaron ciertos
rumores y chismes poco favorables a la pobre Lica. Por
toda la colonia corrían anécdotas punzantes y muy crueles.
Lo menos que decían de ella era que la *habían cogido con
lazo*. Y tanta era la inocencia de la guajirita, que no se
desazonaba por hacer a veces ridículo papel, o no caía en
ello. Ponía, sí, mucha atención a lo que mi hermano o yo
le advertíamos para que fuera adquiriendo ciertos perfiles
y se adaptara a la nueva vida, y al poco tiempo su penetración natural triunfó un poco de su inveterada rudeza. El
origen humildísimo, la educación mala y la permanencia
de Lica en un pueblo agreste del interior de la isla no eran
circunstancias favorables para hacer de ella una dama europea. Y no obstante estos diversos antecedentes, la excelente
esposa de mi hermano, con el delicado instinto que comple-
taba sus virtudes, iba entrando poco a poco en el nuevo
sendero y adquiría los disimulos, las delicadezas, las prácticas sutiles y mañosas de la buena Sociedad.

José María me suplicaba que le llevase buena gente; pero
yo, ¡triste de mí!, ¿a quién podía llevar, como no fuese
a dos desapacibles catedráticos que iban a fastidiarse y a
fastidiar a los demás? Es verdad que presenté a mi amado
discípulo, a mi hijo espiritual, Manuel Peña, que fue muy
bien recibido, no obstante su humilde procedencia. Pero
¿cómo no, si además de tener en su abono las tendencias
igualitarias de la Sociedad moderna se redimía personalmente de su bajo origen, por ser el más simpático, el más
guapo, el más listo, el más airoso, el más inteligente y

dominador que podría imaginarse, en términos que descollaba sobre todos los de su edad, y no había ninguno que le igualara?

Mi hermano simpatizó con él, tasándole en lo que valía; pero aún no estaba satisfecho el dueño de la casa, y, a pesar de haberse afiliado a un partido que tiene en su escudo la *democracia rampante,* quería, ante todo, ver en su salón gente con título, aunque éste fuese pontificio, y hombres notables de la política, sin exceptuar los más desacreditados. Los poetas y literatos famosos también le agradaban, y Lica estimaba particularmente a los primeros, porque para ella no había nada más delicioso que el sonsonete del verso. No seré indiscreto diciendo que ella también pulsaba la lira, y que en su tierra había hecho *natales* y algunas décimas, que tenían todo el rústico candor del alma de su autora y la aspereza salvaje de la manigua. Desde las primeras reuniones se hizo amigo de la casa, y al poco tiempo llegó a ser concurrente infalible a ella, un poeta de los de tres por un cuarto...

12.   Pero ¡qué poeta!

Era de estos que entre los de su numerosa clase podía ser colocado, favoreciéndole mucho, en octavo o noveno lugar. Veinticinco años, desparpajo, figura escueta, un nombre muy largo formado con diez palabras; un desmedido repertorio de composiciones varias, distribuidas por todos los álbumes de la cursilería; soberbia y raquitismo componían las tres cuartas partes de su persona: lo demás lo hacían cuello estirado, barbas amarillentas y una voz agria y dificultosa, como si manos impías le estuvieran apretando el gaznate. Aquel pariente lejano de las Musas (no vacilo en decirlo groseramente) me reventaba. La idea pomposa que de sí mismo tenía, su ignorancia absoluta y el desenfado con que hablaba de cuestiones de arte y crítica me causaban mareos y un malestar grande en todo el cuerpo. Vivía de un mísero empleíllo de seis mil reales, y tal tono se daba, que a muchos hacía creer que llevaba sobre sí el peso de la Administración. Hay hombres que se pintan en un hecho, otros en una frase. Este se pintaba en sus tarjetas.

Parece que el director general le había elegido para que le escribiese las cartas, y estimando él esto como el mayor de los honores, redactaba sus tarjetas así:

FRANCISCO DE PAULA DE LA COSTA
Y SAINZ DEL BARDAL

*Jefe del Gabinete particular del
Excmo. Sr. Director general de
Beneficencia y Sanidad*

Luego venían las señas: *Aguardiente, 1.*

Y a la cabeza de esta retahíla, la cruz de Carlos III, no porque él la tuviese, sino porque su padre había tenido la encomienda de dicha Orden. Cuando este caballerito daba su tarjeta por cualquier motivo, creía uno recibir una biblioteca. Yo pensaba que si llegaba un día en que por artes del Demonio hubiera de inscribirse el nombre de aquel poeta en el templo del arte, se había de coger un friso entero.

Actualmente han variado las tarjetas, pero la persona, no. Es de estos afortunados seres que concurren a todos los certámenes poéticos y juegos florales que se celebran por ahí, y se ha ganado repetidas veces el pensamiento de oro o la violeta de plata. Sus odas son del dominio de la farmacia, por la virtud somnífera y papaverácea que tienen; sus baladas son como el diaquilón, sustancia admirable para resolver diviesos. Hace *pequeños poemas,* fabrica poemas grandes, recorta *suspirillos germánicos* y todo lo demás que cae debajo del fuero de la rima. Desvalija sin piedad a los demás poetas y tima ideas: cuanto pasa por sus manos se hace vulgar y necio, porque es el caño alambique por donde dos sublimes pensamientos se truecan en necedades huecas. En todos los álbumes pone sus endechas, expresando la duda o la melancolía, o sonetos emolientes seguidos de metro y medio de firma. Trae sofocados a los directores de ilustraciones para que inserten sus versos, y se los insertan por ser gratuitos; pero no los lee nadie más que el autor, que es el público de sí mismo.

Este tipo, que aún suele visitarme y regalarme alguna jaqueca o dolor de estómago, era uno de los principales ornamentos de los salones de mi hermano, pues si éste no le hacía caso, Lica y su hermana le traían en palmitas por la pícara inclinación que ambas tenían al verso. Excuso decir que a los dos días de conocimiento, ya don Francisco de Paula de la Costa y Sainz del Bardal..., ¡Dios nos asista!..., les había compuesto y dedicado una caterva de elegías, doloras, meditaciones y nocturnos, en que salían a relucir los cocoteros, manglares, hamacas, sinsontes, cucuyos y la bonita languidez de las americanas.

Pero la gran adquisición de mi hermano fue don Ramón María Pez. Cuando este hombre asistió a las reuniones, todas las demás figuras quedaron en segundo término; toda luz palideció ante un astro de tal magnitud. Hasta el poeta sufrió algo de eclipse. Pez era el oráculo de toda aquella gente, y cuando se dignaba expresar su opinión sobre lo que había pasado aquel día en el Congreso, sobre el arreglo de la Hacienda o el uso de la regia prerrogativa, reinaba en torno de él un silencio tan respetuoso, que no lo tuvo igual Platón en el célebre jardín de Academos. El buen señor, diputado ministerial y encargado de una Dirección, tenía tal idea de sí mismo, que sus palabras salían revestidas de autoridad sibilina. Obligado por las exigencias sociales, yo no tenía más remedio que poner atención a sus huecos párrafos, que resonaban en mi espíritu con rumor semejante al de un cascarón de huevo vacío cuando se cae al suelo y se aplasta por sí solo. La cortesía me obligaba a escucharle; pero mi corazón le despreciaba como despreciamos esa artimaña de feria que llaman la *cabeza parlante*. El no debía de tenerme gran estima; pero, como hombre de mundo, afectaba respeto a los estudios serios, que eran mi tarea constante. Así, siempre que venía rodando a la conversación algún grave tema, decía con cierta benevolencia un poquillo socarrona: "Eso, al amigo Manso..."

Llevado por Pez fue también Federico Cimarra, hombre que conocen en Madrid hasta las piedras, como le conocían antes los garitos, también diputado de la mayoría, de estos que no hablan nunca, pero que saben intrigar por 70 y, afectando independencia, andan a caza de todo negocio no limpio. Constituyen éstos, antes que una clase, una determinación cancerosa, que secretamente se difunde por todo el cuerpo de la Patria, desde la última aldea hasta los Cuerpos Colegisladores. Hombre de malísimos antecedentes políticos y domésticos, pero admitido en todas partes y amigo de todo el mundo, solicitado por servicial y respetado por astuto, Cimarra no tenía las formas enfáticas del señor De Pez; antes bien, era simpático y ameno. Solíamos echar grandes párrafos; él, mostrándome su escepticismo tan brutal como chispeante: yo, poniendo a las cosas políticas algún comentario que concordaba, ¡extraña cosa!, con los suyos. De esta clase de gentes está lleno Madrid: con su flor y su escoria, porque al mismo tiempo le alegran y le pudren. No busquemos nunca la compañía de estos hombres más que para un rato de solaz. Estudiémoslos de lejos, porque estos apestados tienen notorio poder de contagio, y es fácil que el observador demasiado atento se encuentre manchado de su gangrenoso cinismo cuando menos lo piense.

Y las recepciones de mi hermano ganaban en importancia de día en día, y no faltó un periodiquín que se salió con que allí *reinaba el buen tono,* y dijo que todos éramos muy distinguidos. José María vio con gozo que entraban títulos en sus salones, cosa que a mí nunca me pareció difícil. El primero a quien tuvimos el honor de recibir fue al conde de Casa-Bajío, hijo de los marqueses de Tellería, casado con una cubana millonaria y distinguidísima. Se esperaba que no tardaría en ir también la marquesa de Tellería, y quizá, quizá, el marqués de Fúcar.

Pero lo más digno de consignarse, y aun de ser transmitido a la Historia, es que en las tertulias de Manso nació una de las más ilustres Asociaciones que en estos tiempos se han formado y que más dignifican a la Humanidad. Me refiero a esa *Sociedad general para Socorro de los Inválidos de la Industria,* que hoy parece tiene vida robusta y presta eficaces servicios a los obreros que se inutilizan por enfermedad o cualquier accidente. Yo no sé de quién partió la idea, pero ello es que tuvo feliz acogida, y en pocas noches se constituyó la Junta de Gobierno y se hicieron los estatutos. Don Ramón Pez, que tocante a la Estadística, a la Administración, a la Beneficencia, era un verdadero coloso y combinaba estas tres materias para sacar estados llenos de números, y de los números, pasmosas enseñanzas, fue nombrado presidente. A Cimarra hiciéronle vicepresidente; a mi hermano, tesorero, y Sainz del Bardal, que era quien más mangoneaba en esto, se hizo a sí mismo secretario. ¡Que siempre, oh bondad de Dios, han de andar los poetas en estas cosas! Yo, por más que luché para no ser más que soldado raso en aquella batalla filantrópica, no pude evitar que me nombraran consiliario. No me molestaba el cargo ni su objeto, sino la negra suerte de tener que bregar con el poeta y de sufrir a toda hora de ingestión de sus increíbles necedades. Era su trato como sucesivas absorciones de no sé qué miasmas morbosos. Yo me ponía malo con aquel dichoso hombre. Manuel Peña le odiaba tanto, que le había puesto por nombre el tifus, y huía de él como de un foco de intoxicación.

Y ya que hablo de Peña, diré que era muy considerado en la tertulia y que se apreciaban sus méritos y condiciones. Algo, y aun algos a veces, se transparentaba del antecedente de la tabla de carne; pero la cortesía de todos, el tufillo democrático de algunos tertulianos, y más que nada la finura corrección y caballerosidad de Peña, ponían las cosas en buen terreno. ¡Cosa rara!..., el que más parecía estimarnos a Peña y a mí era el cínico Cimarra, despreocupadísimo, apasionado, según decía, de la gente que vale. Era de estos que se burlan del saber y admiran a los que saben. Pero no me gustó que el mismo Cimarra fuese quien por primera vez dio en llamar a mi discípulo *Peñita,* diminutivo que le quedó fijo y estampado, y que, digan lo que quieran, siempre lleva en sí algo de desdén.

José María pasaba el día rumiando lo que por la noche se había dicho en la tertulia, y no se ocupaba más que de fortificar sus ideas y de organizarlas de modo que estuvieran conformes con el credo del partido.

—¿Qué te parece el partido? —me preguntaba con frecuencia.

Y yo le respondía que el partido era el mejor que hasta

la fecha se había visto. A lo que él decía: "Yo quisiera que se organizase a lo inglés..., porque esto es lo verdaderamente práctico, ¿eh? Es verdaderamente lamentable que aquí no estudie nadie la política inglesa y que vivamos en un tejer y destejer verdaderamente estéril."

Yo le oía, y, alabando a Dios, le daba cuerda para que siguiese adelante en sus apreciaciones y me mostrase, como asunto de estudio, la asombrosa variedad de las manías humanas.

Volviendo alguna vez los ojos a los asuntos de su casa y de sus hijos, me decía:

—Bueno será que des una vuelta por el cuarto de los chicos, ¿eh?..., a ver qué tal se porta esa institutriz verdaderamente notable.

Yo lo hacía de muy buen grado. Iba por un rato, y, sin darme cuenta de ello, me pasaba allí un par de horas, inspeccionando las lecciones y contemplando como un tonto a la maestra, cuya belleza, talento y sobriedad me agradaban en extremo.

13. Siempre era pálida

Tan pálida como en su niñez, de buen talle, muy esbelta, delgada de cintura, de lo demás, proporcionadísima en todos sus contornos, admirable de forma, y con un aire... Sin ser belleza de primer orden, agradaba probablemente a cuantos la veían, y con seguridad me agradaba a mí, y aun me encantaba un poquillo, para decírlo de una vez. Bien se podían poner reparos a sus facciones; pero ¿qué rígido profesor de Estética se atrevería a criticar su expresión, aquella superficie temblorosa del alma, que se veía en toda ella y en ninguna parte de ella, siempre y nunca, en los ojos y en el eco de la voz, donde estaba y donde no estaba, aquel viso del aire en derredor suyo, aquel hueco que dejaba cuando partía?... Era, hablando más llanamente, todo lo que en ella revelaba el contento de su propia suerte, la serenidad y temple del ánimo. Formando como el núcleo de todos estos modos de expresión, veía yo su conciencia pura y la rectitud de sus principios morales. La persona tiene su fondo y su estilo; aquél se ve en el carácter y en las

El amigo Manso

acciones, éste se observa no sólo en el lenguaje, sino en los modales, en el vestir. El traje de Irene era correcto de moda y sin afectación, de una sencillez y limpieza que triunfaría de la crítica más rebuscona.

Desde mis primeras visitas de inspección, sorprendióme el sensato juicio de la maestra, su exacto golpe de vista para apreciar las cosas de esta vida y poner a respetuosa distancia las que son de otra. Su aplomo declaraba una naturaleza superior, compuesta de maravillosos equilibrios. Parecía una mujer del Norte, nacida y criada lejos de nuestro enervante clima y de este dañino ambiente moral.

Desde que los chicos se dormían, Irene se retiraba a la habitación que Lica le había destinado en la casa, y nadie volvía a verla hasta el día siguiente muy temprano. Por la mulata supe que parte de aquellas horas de la noche las empleaba en arreglar sus cosas y en reparar sus vestidos; de aquí que su persona se mantuviera siempre en aquel estado de compostura y aseo, que la realzaba del mismo modo que un cielo puro y diáfano realza un bello paisaje. Su honrada pobreza la obligaba a esto, y en verdad, ¿qué mejor escuela para llegar a la perfección? Este detalle me cautivaba y fue, en el trato, grande motivo de la admiración que despertó en mí.

Otro encanto. Tenía finísimo tacto para tratar a los niños, que, aunque de buena índole, eran, antes de caer en sus manos, voluntariosos, díscolos, y estaban llenos de los más feos resabios. ¿Cómo llegó a domar a aquellas tres fierecillas? Con su penetración hizo milagros, con su innata sabiduría de las condiciones de la infancia, los pequeños, jamás castigados por ella corporalmente, la querían con delirio. La persuasión, la paciencia, la dulzura eran frutos naturales de aquella alma privilegiada.

Un día que hablábamos de varias cosas, concluida la lección, traje a la memoria los tiempos en que Irene iba a mi casa. Me parecía verla, aún garabateando en mi mesa y revolviéndome libros y cuartillas. Pues aunque no hice mención de los infaustos papelitos de doña Cándida, este recuerdo fue muy poco agradable a la maestra. Lo conocí, y varié al punto la conversación.

Había yo cometido la torpeza de lastimar su dignidad, que aún debía de resentirse de las crueles heridas hechas en ella por la degradación postulante de su tía, por las escaseces de ambas y por el hambre de la pobre niña, mal calzada y peor vestida.

Más encantos. Noté que la imaginación tenía en ella lugar secundario. Su claro juicio sabía descartar las cosas triviales y de relumbrón, y no se pagaba de fantasmagorías, como la mayor parte de los hombres. ¿Consistía esto en cualidades originales, o en las enseñanzas de la desgracia? Creo que en ambas cosas raras. Rara vez sorprendí en sus palabras el entusiasmo, y éste era siempre por cosas grandes, serias y nobles. He aquí la mujer perfecta, la mujer positiva, la mujer razón, contrapuesta a la mujer frivolidad, a la mujer capricho. Me encontraba en la situación de aquel que después de vagar solitario por desamparados y negros abismos, tropieza con una mina de oro, plata o piedras preciosas y se figura que la Naturaleza ha guardado aquel tesoro para que él lo goce, y lo coge, y a la calladita se lo lleva a su casa; primero lo disfruta y aprecia a solas; después, publica su hallazgo, para que todo el mundo lo alabe y sea motivo de general maravilla y contento. Y de esta situación mía nacieron pensamientos varios que a mí mismo me sorprendían, poniéndome como fuera de mí y haciéndome como diferente a mí mismo, en términos que noté un brioso movimiento en mi voluntad, la cual se encabritó (no hallo otra palabra) como corcel no domado, y esparció por todo mi ser impulsos semejantes a los que en otro orden resultan de la plétora sanguínea, y...

14.	Pero ¿cómo, Dios mío, nació en mí aquel propósito?

¿Nació del sentimiento o de la razón? Hoy mismo no lo sé, aunque trato de sondear el problema, ayudado de la serenidad de espíritu de que disfruto en este momento.

—Esta joven es un tesoro —dije a mi hermano y a Lica, que estaban muy contentos con los progresos de los niños. En los días buenos, Irene y las tres criaturas salían a paseo. Yo cuidaba mucho de que no se alterara aquella costumbre, recomendada por la higiene, y me agregaba a tan buena compañía las más de las tardes, unas veces porque hacía propósito de ello, otras porque los encontraba —no sé si casualmente— en la calle. Estas casualidades ocurrían con orden tan infalible, que dejaron de serlo. Hablando con Irene, pude observar que no era mujer con pretensiones de sabia, sino que poseía la cultura apropiada a su sexo, y superior indisputablemente a toda la que pudieran mostrar las mujeres de nuestro tiempo. Tenía rudimentos de algunas ciencias, y siempre que hablaba de cosas de estudio lo hacía con tanto tino, que más se la admiraba por lo que no quería saber que por lo que no ignoraba.

Nuestras conversaciones en aquellos gratos paseos eran de asuntos generales, de aficiones, de gustos y, a veces, del grado de instrucción que se debe dar a las mujeres. Conformándose con mi opinión y apartándose del dictamen de tanto propagandista indigesto, manifestando antipatía a la sabiduría facultativa de las mujeres y a que anduviese en faldas el ejercicio de las profesiones propias del hombre; pero al mismo tiempo vituperaba la ignorancia, superstición y atraso en que viven la mayor parte de las españolas, de lo que tanto ella como yo deducíamos que el toque está en hallar un buen término medio.

Y a medida que me iba mostrando su interior riquísimo, encontraba yo mayor consonancia y parentesco entre su alma y la mía. No le gustaban los toros, y aborrecía todo lo que tuviera visos de cosa chulesca. Era profunda y elevadamente religiosa; pero no rezona, ni gustaba de pasar más de un rato en las iglesias. Adoraba las bellas artes y se dolía de no tener aptitud para cultivarlas. Tenía afanes de decorar bien el recinto donde viviese y de labrarse el agradable y cómodo rincón doméstico que los ingleses llaman *home*. Sabía poner a raya el sentimentalismo huero que desnaturaliza las cosas y evocar el sano criterio para juzgarlas, pesarlas y medirlas como realmente son.

Cuando hubo adquirido más franqueza, me contaba algunas anécdotas de doña Cándida que me hacían morir de risa. Comprendí cuánto debió de sufrir la pobre joven en compañía de persona tan contraria a su natural recto y a sus gustos delicados. Confianza tras confianza, fue contándome poco a poco, en sucesivos paseos y sesiones interesantes, cosas de su infancia y pormenores mil, que así revelaban su talento como su exquisita sensibilidad.

Y en esto se echaron encima las Pascuas. Lica había dado a luz el 15 de diciembre un enteco niño, de quien fui padrino, y a quien pusimos por nombre Máximo. Mi hermano, gozoso del crecimiento de la familia, se extremó tanto en dar propinas y en hacer regalos, que yo estaba asustado y le aconsejé que se refrenara, porque los excesos

de su liberalidad tocaban ya en el mal gusto. Pero él, con
tal de oír las manifestaciones de gratitud y de que se
alabara su desprendimiento, no vacilaba en exprimir sus
bolsillos. Aquellos días hubo en casa una reunión magna
de la Sociedad para Socorro de los Inválidos de la Industria, y se nombraron no sé cuántas comisiones y subcomi-
siones, las cuales eligieron sus respectivas ponencias para
emitir pronto y luminoso dictamen sobre los gravísimos
puntos de doctrina y aplicación que se habían de tratar.
¡Bienaventurados obreros, y qué felices iban a ser cuando
aquella máquina, todavía no armada, echase a andar, llenan-
do a España con su admirable movimiento y esparciendo
rayos de beneficencia por todas partes!

Las tardes de la semana de Navidad, que para algunos
es tan alegre y para mí ha sido siempre muy sosa, las
pasábamos acompañando a Lica. Doña Cándida no faltaba
nunca, y demostraba a mi cuñada y a su niño una ternura
idolátrica, cuya última nota era quedarse a comer. La admiración táctica de Calígula por el cocinero de la casa, si discreta, no era nada platónica.

Una tarde se les antojó a los chicos ir al teatro, y como
el de Martín está tan cerca y daban El Nacimiento del hijo
de Dios y La degollación de los Inocentes, tomé un palco
y nos fuimos allá Irene, yo y la familia menuda. Chita, que
se dispuso a ir también y llegó hasta la escalera con un
sombrerote tan grande que no se le veía la cara, se volvió
adentro porque se sentía muy fluxionada. Yo estaba alegre
aquella tarde, y el aspecto del teatro, poblado de criaturas
de todas edades y sexos, aumentaba mi regocijo, el cual no
sé si provenía de una recóndita admiración de la fecundidad
y aumento de la especie humana. Hacía bastante calor allí
dentro, y las estrechas galerías, donde tanta gente se aco-
modaba, parecían guirnaldas de cabezas humanas, entre las
cuales descollaban las de los chiquillos. No he visto algazara
como aquélla: arriba, uno pedía la teta; abajo, berraqueaba
otro, y en palcos y butacas las pataditas, el palmoteo y aquel
continuo mover de caras producían confusión, mareo y como
un principio de demencia. Las luces rojizas del gas daban
a aquel recinto, donde hervían ardientes apetitos de emo-

ciones y tanta bulliciosa y febril impaciencia, no sé qué
graciosa similitud con calderas infernales o con un infiernito
de juego y miniatura, improvisado en el Limbo en una
tarde de Carnaval.

Mucho terror causó a Pepito María ver salir al Demonio
luego que se alzó el telón. Era el más feo mamarracho que
he visto en mi vida. El pobre niño escondía su cara para
no verlo; sus hermanitas se reían, y él, excitado por todos
para que perdiese el miedo, no se aventuraba más que a
entreabrir un poquito de un ojo, hasta que viendo los
horribles cuernos del actor que hacía de Demonio, volvíalos
a cerrar, y pedía que le sacaran de allí. Felizmente, la salida
de un ángel, armado de lanza y escudo, que con cuatro
palabras supo acoquinar al Diablo y darle media docena de
patadas, tranquilizó a Pepito, el cual se animó mucho oyendo las exclamaciones de contento que de todos los puntos
del teatro salían.

A medida que adelantaba la exposición del drama, Irene
y yo nos admirábamos de que tan serio asunto, poético y
respetable, se pusiera en indecente farsa. Sale allí un templo con una ceremonia del casamiento de la Virgen, que es
lo que hay que ver y oír. El sacerdote, envuelto en una
sábana con tiras de papel dorado, tenía todo el empaque
de un mozo de cuerda que acabase de llegar de la esquina
próxima. Vimos a San José, representado por un comiquejo
de estos que lucen en los sainetes, y que allí era más
ridículo por la enfática gravedad que quería dar al tipo
incoloro y poco teatral del esposo de María; vimos a ésta que
era una actriz de fisonomía graciosa, con más de maja
que de señora, y que se esforzaba en poner cara inocente
y dulzona. Vestida impropiamente, no podía acomodar su
desfigurado talle de modo que desapareciesen los indicios
de próxima maternidad. Pero lo más repugnante de aquella
farsa increíble era un pastor zafio y bestial, pretendiente
a la mano de María, y que en la escena del templo y en
el resto de la obra se permitía groseras libertades de lenguaje a propósito de la mansedumbre de San José. Irene
opinaba, como yo, que tales espectáculos no debían permi-
tirse, y hacía consideraciones bien tristes sobre los senti-

mientos religiosos de un pueblo que semejantes caricaturas
tolera y aplaude.

Esto me llevó a decir algo del teatro en general, de su
convencionalismo, de las falsedades que le informan, y hablaba de esto porque no se me ocurría la manera de introducir en la conversación otros temas más en armonía con
el estado de mis sentimientos. Yo buscaba fórmulas de tran-
sición y hallaba en mí increíble torpeza. Creo que el calor,
el bullicio de los entreactos y el tedio de aquel sacrílego
sainetón ponían en mi mente un aturdimiento espantoso.
No sé qué fatal y desconocida fuerza me llevaba a no poder tratar más que asuntos comunes, desabridos y áridos,
como una lección de mi cátedra. La misma belleza y gracia
de Irene, lejos de espolearme, ponía como un sello en mi
boca, y en todo mi espíritu no sé qué misteriosas ligaduras.

Ignoro cómo rodó la conversación a cosas y hechos de
su infancia. Irene me habló de su padre, que fue caballerizo;
recordaba vagamente su uniforme con bordados, una pechera roja, un tricornio sobre una cara que se inclinaba
hacia ella, chiquita, para darle besos. Recordaba que en los
albores de su conocimiento todo respiraba junto a ella profundo respeto hacia la Casa Real. Una tía suya paterna,
más humana que doña Cándida, la amaba entrañablemente.
Esta señora recibía una pensión de la Casa Real, porque
su esposo, sus padres, abuelos y tatarabuelos habían sido
también caballerizos, sumilleres, guardamangieres o no sé
qué. El entusiasmo de esta señora por la regia familia era
una idolatría. Cuando sobrevino la Revolución del 68, la
tía de Irene perdió la pensión y el juicio, porque se volvió
loca de pena, y al poco tiempo murió, dejando a su tierna
sobrina en las garras de doña Cándida.

Verdaderamente, estas cosas tenían para mí un interés
secundario, y más cuando mi espíritu me atormentaba con la
idea de una urgente manifestación de sentimientos. Por natural simpatía, mi cabeza se asimilaba y hacía suyo aquel
estado de congoja moral, y empezaba a molestarme con una
obstrucción dolorosa. Y permanecí callado en un ángulo
del palco, mientras los chicos miraban embobecidos el cuadro de la Anunciación, el del Empadronamiento y el viaje

a Belén. Irene conoció en mi silencio que me dolía la cabeza, y me dijo que saliendo un poquito a la calle para que me diera el aire se me quitaría.

Pero no quise salir, y durante el segundo entreacto hablamos..., ¿de qué?; pues del caballerizo, de la tía de Irene, que padecía jaqueca de tres días, con vómito, delirio y síncope. Poco después, alzado otra vez el telón, vimos el monte, la cascada de *agua natural,* que caía de lo alto del escenario y escurría entre hojadelata; los pastores y el rebaño vivo, compuesto de una docena de blancos borregos. En aquel momento parecía que se iba a hundir el teatro: tan loco entusiasmo suscitaban los chorros de agua y los corderos. Yo, como artista, consideraba la índole de unos tiempos en que se hacen zarzuelas del Nuevo Testamento, y luego, mientras se presentaba a los admirados ojos de la chiquillería, de las criadas y nodrizas el bonito cuadro del Portal, dejéme ir a un orden de juicios que no eran totalmente distintos de los anteriores. Viendo en caricatura los hechos más sagrados y puesto en farsa lo que la religión llama misterio para hacerlo más respetable, se despertó en mí un prurito de crítica que, en cierto modo, no dejaba de relacionarse con el pícaro dolor de cabeza, pues parecía que éste lo estimulaba, dando a mi criterio pesimista la agudeza de aquel filo que me cortaba el cráneo. Y lo más raro fue que mi crítica implacable se cebaba en aquello que más admiraban mis ojos y que a mi espíritu traía tan risueñas esperanzas. Sin duda aquel feo demonio que tanto había asustado a Pepito se metió en mí, porque yo no cesaba de contemplar a Irene, no para saciarme en la vista de sus perfecciones, sino para buscarle defectos y encontrárselos en gran número, que esto era lo más grave. Su nariz me parecía de una incorrección escandalosa; sus cejas, demasiado tenues, no permitían que luciera bastante la proyección melancólica de sus ojos. ¿No era su boca, quizás o sin quizás, más grande de lo conveniente? Luego dejaba correr mi despiadada regla por el cuello abajo, y encontraba que en tal o cual parte hacía el vestido demasiados pliegues, que el corsé no acusaba perfiles estéticos, que la cintura se doblaba más de lo regular, y al mismo tiempo no había

en su traje un corte muy esmerado, y sus guantes tenían
una roturilla, y sus orejas estaban demasiado rojas, no sé
si por el calor, y su sombrero era deforme, y sus cabellos...
Pero ¿a qué seguir? Mi cruel observación no perdonaba
nada, perseguía los defectos hasta en las regiones menos
visibles, y al hallarlos, cierta complacencia impía daba descanso a mi espíritu y alivio a mi dolor de cabeza... ¡Tontería grande aquel trabajo mío, y cómo me reí de él más
tarde! ¡Ni qué cosa humana habrá que a tal análisis resista!
Pero es una desdicha conocer el amargo placer de la crítica
y ser llevado por impulsos de la mente a deshojar la misma
flor que admiramos. Vale más ser niño y mirar con loco
asombro las imperfecciones de un rudo juguete, o sentar
plaza para siempre en la infantería del vulgo. Esto me lleva
a sospechar si el ideal estético será puro convencionalismo,
nacido de la finitud o determinación individual, y si tendrán
razón los tontos al reírse de nosotros, o, lo que es lo mismo,
si los tontos serán en definitiva los discretos.

—¡Pobrecito Máximo! —me dijo de improviso Irene, en
el momento que caía el telón—. ¿No se alivia esa cabeza?

Estas palabras me hicieron el efecto de un disciplinazo.
Diríase que me habían despertado de un letargo. La miré,
parecióme entonces tan acabada como yo torpe, malicioso
y zambo de cuerpo y alma.

—Me duele mucho... El calor..., el ruido...

En aquel momento llamaban al autor, que no era San
Lucas.

—Pues vámonos —dijo Irene.

Fue preciso hacer creer a las niñas que se había acabado
todo. Pero Belica, la mayor, estaba bien enterada del programa y nos decía muy afligida: "Si falta la degollación..."

Irene las convenció de que no faltaba nada, y salimos.

—Le pondré a usted paños de agua sedativa —me dijo la
profesora al atravesar la calle de Santa Águeda.

¡Me pondría paños! Al oírla me pareció, no ya perfecta,
sino puramente ideal, hermana o sobrina de los ángeles
que asisten en el Cielo a los santos achacosos y les dan el
brazo para andar, y vendan y curan a los que fueron márti-
res, cuando se les recrudecen sus heridas.

—El agua sedativa no me hace bien. Veremos si puedo dormir un poco.

—¿Se va usted a casa?

—No; me echaré en el sofá del despacho de José María.

Y así lo hice. Muy entrada la noche, cuando desperté y me dieron una taza de té, y despejada la cabeza, sentí vivos deseos de ver a Irene, pero no me atreví a preguntar por ella. Al salir para retirarme a mi casa, doña Jesusa, como si adivinara mi pensamiento, me dijo:

—Esa niña, esa Irenita vale un Perú. ¡Es más buena...! Hasta hace un rato ha estado cosiendo. Ya se encerró en su cuarto. Pero ¿creerá usted que duerme? Está leyendo acostada.

Al pasar vi claridad en el montante de la puerta. ¡Luz en su cuarto! ¿Qué leería?

Este fue el objeto de mis profundas cavilaciones en el tiempo que tardé en llegar a mi casa, y aún me persiguió aquel enigma hasta que me dormí, después de leer yo también un rato. ¿Y cuál fue mi lectura? Abrí no sé qué libros de mi más ardiente devoción, y me harté de poesía y de idealidad.

Al despertar volví a preguntarme: "¿Qué leería?" Y en clase, cuando explicaba mi lección, veía por entre las cláusulas y pensamientos de ésta, como se ve la luz por entre las mallas de un tamiz, la cuestión de lo que Irene leía.

Cumplidos mis deberes profesionales, fui a almorzar a casa de mi hermano; y ved aquí cómo llegó a serme agradable aquella mansión que al principio tantas antipatías despertaba en mí, por el trastorno que sus habitantes habían causado en mis costumbres. Pero yo empezaba a formarme una segunda rutina de vida, acomodándome al medio local y atmosférico; que es ley que el mundo sea nuestro molde y no nuestra hechura.

Favorecía mis visitas a la casa del hermano su proximidad a la mía, pues en seis minutos y con sólo quinientos sesenta pasos salvaba la distancia, por un itinerario que parecía camino celestial, formado de las calles del Espíritu Santo, Corredera de San Pablo y calles de San Joaquín, San Mateo y San Lorenzo. Esto era pasearme por las páginas del *Año Cristiano*. ¡Y la casa me parecía tan bonita, con sus nueve balcones de antepecho corridos, que semejaban pentagrama de música! ¡Y eran tan interesantes la tienda, muestra y escaparates del estuquista que habitaba en el piso bajo...! La gran escalera blanquecina me acogía con paternal agasajo, y al entrar me recibía el huésped eterno y fijo de la casa, un fuerte olor de café retinto, que se asociaba entonces a todas las imágenes, ideas y sucesos de la familia, y aun hoy viene a formar en el fondo de mi memoria, siempre que repite aquellos días, como un ambiente sensorio que envuelve y perfuma mis recuerdos.

El primero que aparecía ante mí era Rupertico haciendo cabriolas, besándome la mano y llamándome *Taita*. Aquel día me dijo:

—Mi ama Lica se ha levantado hoy.

Entré a verla. Allí estaba doña Cándida, hecha un caramelo de amabilidad, atendiendo a Lica, arreglándole las almohadas en el sillón, cerrando las puertas para que no le diera aire, y al mismo tiempo poniendo sus cinco sentidos en la criatura y en el ama. Las reglas y preceptos que Calígula dictaba a cada momento para que el niño y la nodriza no sufrieran el menor percance, llenarían tantos volúmenes como la *Nuevísima recopilación*. Ella había buscado el ama y la había vestido, poniéndole más galones que a un féretro, collares rojos y todo lo demás que constituye el traje de pasiega; ella le había marcado el régimen y regulaba las hartazgas que tomaba aquella humana vaca, de cuya voracidad no puede darse idea. Ella corría con todo lo de ropitas, fajas y abrigos para mi tierno ahijado.

—Tiene toda la cara de su madre —me decía—, y éste se me figura que va a ser un sabio como tú. Pero, ¿has visto cosa más rica que este ángel?

A mí me parecía bastante feo. Tenía por nariz la trompeta que es característica de todos los Mansos, y un aire de mal humor, un gesto avinagrado, un mohín tan displicente, que me le figuraba echando pestes de los fastidiosos obsequios de doña Cándida.

Esta se multiplicaba para atender a todo; y como al muchacho se le ocurriese dar uno de esos estornudos de pájaro que dan los niños, ya estaba mi cínife con las manos en la cabeza, cerrando puertas y riñéndonos, porque decía que hacíamos aire al pasar. Cuando Maximín bostezaba abriendo su desmedida boca sin dientes, al punto gritaba ella: "¡Ama, la teta, la teta!"

Era el ama rolliza y montaraz, grande y hombruna, de color atezado, ojos grandes y terroríficos, que miraban absortos a las personas como si nunca hubieran visto más que animales. Se asombraba de todo, se expresaba con un como ladrido entre vascuence y castellano que sólo mi cínife entendía, y si algo revelaba su ruda carátula era la astucia y desconfianza del salvaje. Cuando obediente a la consigna de doña Cándida, tomaba al chiquillo para alimentarle y se sacaba del pecho con dificultad un enorme zurrón negro, creía yo que aquello iba a sonar como las gaitas de mi país. Lica estaba muy contenta del ama, y cuando ésta no podía oírlo, decía doña Cándida, radiante de orgullo:

—No hay mujer como ésta, no la hay… Le digo a usted, Lica, que ha sido una adquisición… ¡Gracias a mí, que la he buscado como pan bendito!… Hija, estas gangas no se encuentran a la vuelta de la esquina. ¡Qué leche más rica! ¡Y qué formalota!… Una cosa atroz, ¿ha visto usted? No dice esta boca es mía.

Débil, más indolente que nunca, pero risueña y feliz, mi cuñada manifestaba su gratitud con expresiones cariñosas, y Calígula le decía:

—¡Qué bien está usted!… ¡Qué bonito color! Vamos, está usted muy mona.

Y Lica me dijo, como siempre:

—Máximo, cuéntame cosas.

—¿Qué cosas ha de contar este sosón? —zumbó mi cínife con humor picaresco—. Que empiece a echar filosofías, y nos dormimos todas.

A pesar de esta sátira, yo contaba cosas a Lica, le hablaba de teatros, actualidades y de las noticias de Cuba.

La peinadora entró a peinar a Chita, que, mientras le arreglaban el pelo, me obligó a darle cuenta de todas las funciones que en la última quincena se habían dado en los teatros. Yo, que no había ido a ninguna, le decía lo que se me antojaba. Lo mismo Chita que mi cuñada tenían pasión por los dramas y horror a la música y a las comedias de costumbres. Para ellas no había goce en ningún espectáculo si no veían brillar espadas y lanzas, y si no salían los actores muy bien cargados de barbas y vestidos de verde, o forrados de hojadelata imitando armaduras. Odiaban la llaneza de la prosa, y se dormían cuando los actores no declamaban cortando la frase con hipos y el sonajeo de las rimas. Compraba Chita todos los dramas del moderno repertorio, y ambas hermanas los leían con deleite entre sorbos de café. Después se les veía esparcidos sobre la chimenea y el velador, en las banquetas o en el suelo, a veces enteros, otras partidos en actos o en escenas, cada pliego por su lado, revuelta la catástrofe con la prótasis y la anagnórisis con la peripecia. Aquel día, además del desbarajuste dramático, observé en el gabinete los desórdenes que, por ser cotidianos, no me llamaban ya la atención. Sobre mesillas y taburetes se veían las tazas de café; unas, sucias, mostrando el sedimento de azúcar; otras, a medio beber y frías como el hielo; sobre tal silla, un sombrero de señora; un abrigo, en el suelo; sobre la chimenea, una bota; el devocionario encima de un plato, y cucharillas de café dentro de un florerito de porcelana.

El gabinete estaba adornado aprisa y por contrata, con objetos ricos y al mismo tiempo vulgares, pagados al doble de su natural. Doña Cándida se había encargado del cortinaje y de varias chucherías que sobre la chimenea estaban, ofreciéndolas como una de esas gangas que rara vez se presentan. Un día que yo no estaba allí, acudió —creo que llevado también por Calígula— un mercader de objetos de arte, y supo endosarle a Lica media docena de cuadros sin mérito, que a todos los de la casa parecieron admirables por el rabioso y brillante color de los trajes, pintados con cierta habilidad.

Había un reloj de música que a cada hora soltaba una tocata; pero a los ocho días se plantó, y no hubo forma humana de que tocase más ni de que diese hora. Y como los demás relojes de la casa marchaban en espantosa anarquía, allí no se tenían nunca datos del tiempo, y había huelga de horas e insurrección de minutos.

—Máximo, ¿qué hora es?... Chinito, llégate a ver qué hace José María. No le he visto hoy. Todita la mañana ha estado en el despacho con Sainz del Bardal. Verdad que es hoy correo de Cuba. Pero ya debe de ser hora de almorzar.

En el despacho encontré a José María atareadísimo con el correo de Cuba. Ayudábale Sainz del Bardal, y entre los dos tenían escritas ya cantidad de cartas bastante a cargar un vapor correo.

—Ya sabes —me dijo mi hermano— que creo tener segura mi elección en uno de los distritos de la isla que están vacantes. El Ministro se ha empeñado en ello. Me tiene verdaderamente acosado. Yo ¿qué he de hacer?... Luego, de allá me escriben... Mira todas las cartas de Sagua; entérate... Dicen que sólo yo les inspiro confianza... Estoy verdaderamente agradecido a estos señores... Querido Sainz, descanse usted, y vámonos a almorzar. ¡Ea!, camaradas: a la mesa.

Almorzamos. Tan afanado estaba José María con su elección y con la política que ni en la mesa descansaba, y apoyando el periódico en una copa, leía como a bocados y a sorbos la sesión del día anterior.

—Ese Cimarra —manifestó en su respiro— es hombre verdaderamente notable. Dicen que es inmoral... Mira, tú: yo no quiero meterme en la vida privada, ¿eh? En la pública, Cimarra es verdaderamente activo, hábil, muy amigo de sus amigos. Anoche estuvimos hasta las dos en el despacho del Ministro... y ahora que me acuerdo hablamos de ti. Ya es hora de que pases a una cátedra de Universidad, y bien podría ser que dentro de algún tiempo te calzaras la Dirección de Instrucción Pública... ¡Ea, ea!, no vengas con modestias ridículas. Eres, verdaderamente, una calamidad. Con ese genio nunca saldrás de tu pasito corto.

Y cuando mi hermano volvía a engolfarse en la lectura del periódico, que era uno de los del partido, el poeta me tomaba por su cuenta, para comunicarme, sin dejar de engullir, los progresos de la Sociedad filantrópica, de que era secretario. Ya había dado dictamen una de las comisiones. Los debates serían reñidísimos. Había voto particular, y los pareceres de los vocales estaban muy divididos.

Se trataba de un problema muy importante sin cuya aclaración no tenía la Sociedad fundamento sólido en qué apoyarse; se trataba de establecer el grado de eficacia que podría alcanzar la campaña filantrópica, mientras no variasen las actuales relaciones entre el capital y el trabajo, y no hubiese una disposición legislativa que de una vez para siempre...

El condenado quería hacerme un resumen del dictamen, pero yo le corté la palabra; temía que me hiciera daño el almuerzo. Volvimos al despacho. Sainz del Bardal, que se había prestado a ser secretario de su protector, continuó escribiendo cartas, y José María, mientras fumaba, me dejó ver con más claridad las ambiciones y vanidades que se habían despertado en él. Aunque hacía alarde de sencillez y retraimiento, bien se le conocía su anhelo de notoriedad política. ¡Bendito José! Me lo figuraba en primera línea y a la cabeza de un partido, fracción o grupillo, que se llamaría de *los Mansistas*. Cuando yo así lo decía, él reía a carcajadas, demostrándome, a través de su jovialidad, el gusto que esta suposición le causaba.

—Todo me lo dan hecho —dijo—, yo no me muevo, yo no pido nada... Pero se empeñan... Es verdaderamente honroso para mí, y estoy verdaderamente agradecido... Anoche recibí un besalamano del Ministro... Ese señor no me deja a sol ni sombra... Yo no busco a nadie; me buscan. Yo quiero estar metido en mi casa, y no me dejan.

Estos alardes de modestia eran un nuevo síntoma de la intoxicación política que empezaba a padecer José, pues es muy propio de los ambiciosos hacer el papel de que no buscan, ni piden, ni quieren salir de las cuatro paredes, y

siempre dan, como explicación de sus intrigas, la disculpa
de que se les solicita y obliga a ser grandes hombres contra
su voluntad. Con este síntoma notaba yo en mi hermano el
no menos claro de usar constantemente ciertas formulillas
y modos de decir de los políticos. La facilidad con que se
había asimilado estos dicharachos probaba su vocación. Decía: *Estamos a ver venir; los señores que se sientan en
aquellos bancos; esto se va; lo primero es hacer país; hay
mar de fondo; las minorías tiran a dar*, etcétera. Llamaba
cogida a los fracasos parlamentarios de un orador, y *enchi-
querado* al Ministro que estaba bajo la amenaza de una interpelación grave. Nuestro Congreso, que tan alto está en
la oratoria, tiene también su estilo flamenco. A mi neófito
no se le escapaba tampoco ninguno de los profundos apoteg-
mas que son la única muestra intelectual de muchas cele-
bridades, como por ejemplo: *Las cosas caen del lado a que
se inclinan.*

En sus costumbres no se advertía menos su conversación
rápida a un nuevo orden de ideas y de vida. Ya la pobre
Lica había empezado a quejarse de las largas ausencias de
su marido, el cual, siempre que no tenía convidados, comía
fuera de casa, y entraba a las dos de la noche. Se había vuelto un sí es no es áspero y gruñón dentro de casa, y exigentí-
simo en todo lo referente a menudencias sociales y al aparato doméstico. El menor descuido de la servidumbre traía
sobre Lica agrias amonestaciones; y no digo nada de los
malísimos ratos que sufrió la pobrecita para corregirse de
su rusticidad y olvidar todas las palabras de la Tierra, y no
hablar ni pensar más que a la europea. Dócil y aplicada, la
infeliz ponía tanta atención a las fraternas de su marido,
que logró reformar sus modales y lenguaje, y ya no llamaba
túnico al vestido, ni a las enaguas *sayuelas*, ni al polisón *bu-
llarengue*. Por este mismo tiempo empezó a restituirse la
dicción castellana en los nombres de todos, y ya no se le
decía Lica, sino Manuela, y su hermana fue Mercedes, y la
niña mayor, que se nombraba Isabel, como mi madre, no se
llamó más Belica. Sólo la *niña Chucha* era refractaria a
estas novedades, y no respondía cuando la llamaban doña
Jesusa, porque dejar su lengua —decía— era arrojar a las

calles de Madrid lo único que le quedaba de su querida Patria.

Y aquella misma mañana observé en el despacho otros indicios de demencia que me dieron mucha tristeza, porque ya no me quedaba duda de que el mal de José María era fulminante y de que pronto se perdería la esperanza de su remedio. Sobre la mesa había muestras de garabatos heráldicos hechos en distintos colores. Esto, unido a ciertos rumores que habían llegado a mí y a las tonterías que escribió un revistero de periódicos, confirmó mis sospechas, y no pudiendo resistir la curiosidad, pregunté:

—Pero ¿es cierto que vas a titularte?

—Yo no sé... Si he de decirte la verdad..., estas cosas me fastidian... —repuso, algo turbado—. Es empeño de ellos; yo me resisto. Luego, los del partido... lo han tomado como asunto propio... Es verdaderamente una tontería, pero ¿cómo les voy a decir que no? Sería verdaderamente ridículo... ¡Si me hicieras el favor de no quitarme el tiempo, camarada! Estamos verdaderamente sofocados con este dichoso correo de Cuba.

Dejéle con sus cartas y su poeta-secretario. Pronto sería yo hermano de un marqués de Casa-Manso o cosa tal. En verdad, esto me era de todo punto indiferente, y no debía preocuparme semejante cosa; pero pensaba en ella porque venía a confirmar el diagnóstico que hice de la creciente locura de mi hermano. Lo del título era un fenómeno infalible en el proceso psicológico, en la evolución mental de sus vanidades. José reproducía en su desenvolvimiento personal la serie de fenómenos generales que caracterizan a estas oligarquías eclécticas, producto de un estado de crisis intelectual y política que eslabona el mundo destruido con el que se está elaborando. Es curioso estudiar la filosofía de la Historia en el individuo, en el corpúsculo, en la célula. Como las ciencias naturales, aquélla exige también el uso del microscopio.

Indudablemente, estas democracias blasonadas; estas monarquías de transacción sostenidas en el cabello de un artificio legal; este sistema de responsabilidades y de poderes, colocado sobre una cuerda floja y sostenido a fuerza de balancines retóricos; esta Sociedad que despedaza la aristocracia antigua y crea otra nueva con hombres que han pasado su juventud detrás de un mostrador; estos estados latinos que respiran a pulmón lleno el aire de la igualdad, llevando este principio no sólo a las leyes, sino a la formación de los ejércitos más formidables que ha visto el mundo; estos días que vemos y en los cuales actuamos, siendo todos víctimas de resabios tiránicos y al mismo tiempo señores de algo, partícipes de una soberanía que lentamente se nos infiltra, todo, en fin, reclama y quizás anuncia un paso o transformación, que será la más grande que ha visto la Historia. Mi hermano, que había fregado platos, liado cigarrillos, azotado negros, vendido sombreros y zapatos, racionado tropas y traficado en estiércoles, iba a entrar en esa acogida falange de próceres que son la imagen del poder histórico inamovible y como su garantía y permanencia y solidez. Digamos con el otro: "O el Universo se desquicia, o el Hijo de Dios perece."

Pensando en estas cosas, fui al cuarto de Irene, y todo lo olvidé desde que la vi. Sin oír su respuesta a mi primer saludo, le pregunté:

Y como quien ve descubierto un secreto querido, se tur-
bó, no supo responder, vaciló un momento, dijo dos o tres
frases evasivas, y a su vez me preguntó no sé qué cosa. In-
terpreté su turbación de un modo favorable a mi persona,
y me dije: "Quizás leería algo mío." Pero al punto pensé
que no habiendo yo escrito ninguna obra de entretenimiento si algo mío leía, había de ser, o la *Memoria sobre la
psicogénesis y la neurosis,* o los *Comentarios a Du-Bois-Ray-
mond,* o la *Traducción de Wundt,* o quizás los artículos re-
futando el *Transformismo* y las locuras de Hæckel. Precisamente la aridez de estas materias venía a dar una sutil
explicación al rubor y disgusto que noté en el rostro de mi
amiga, porque, "sin duda —calculé yo— no ha querido decirme que leía estas cosas por no aparecer ante mí como
pedantesca y marisabidilla".

Las dos niñas corrieron hacia mí. Eran monísimas, se
llamaban mis novias y se disputaban mis besos. Pepito
también corrió saltando a mi encuentro. Sólo tenía tres

años, aún no estudiaba nada, y le tenían allí para que estuviese sujeto y no alborotase en la casa. Era un gracioso animalito que no pensaba más que en comer, y luchaba por la existencia de una manera furibunda. Cuando le preguntaba qué carrera quería seguir, respondía que la de confitero. Isabelita y Jesusita eran muy juiciosas; estudiaban sus lecciones con amor y hacían sus palotes con ese esfuerzo infantil que pone en ejercicio los músculos de la boca y de los ojos.

La habitación de estudio era la única de la casa en que había orden y al propio tiempo la menos clara, pues siempre se encendía luz en ella a las tres de la tarde. ¡Qué hermoso tinte de poesía y de serenidad marmórea tomaba a mis ojos, maestra pálida, a la compuesta luz de la llama y de la claridad expirante del día! Por ti salía mi espíritu de su normal centro para lanzarse a divagaciones pueriles y hacer cabriolas, impropias de todo ser bien educado. La estancia aquella había sido comedor y estaba forrado de papel imitando roble con listones negros claveteados. En un testero estaba el pupitre donde las niñas escribían; no lejos de allí, una mesa grande, un sofá de gutapercha y algunas sillas negras. En la pared había algunos mapas nuevos y dos viejísimos, de la Oceanía y de la Tierra Santa, que yo recordaba haber visto en la casa de doña Cándida. Es de suponer que mi cínife le endosaría aquellas dos piezas a Lica, haciéndolas pagar al precio de las demás gangas que a la casa llevaba.

—Vamos a ver, Isabel —decía Irene—, los verbos irregulares.

La ocasión y el sitio imponíanme la mayor seriedad; así, para aproximarme en espíritu a Irene, tenía que ayudarla en su tarea escolástica, facilitándole la conjugación y declinación, o compartiendo con ella las descripciones del mundo en la Geografía. La Historia Sagrada nos consumía mucha parte del tiempo, y la vida de José y sus hermanos, contada por mí, tenía vivísimo encanto para las niñas, y aun para la maestra. Luego venían las lecciones de francés y en los temas les ayudaba un poco, así como en la Analogía y Sintaxis castellanas, partes del saber en que la misma profesora, dígase con imparcialidad, solía dormir *aliquando,* como el buen Homero.

Mientras escribían, había un poco más de libertad. Isabel y Jesusa, al trazar sus letras, embadurnaban los dedos de tinta. Pepito, a quien era preciso dar un lápiz y un papel para que estuviera callado, hacía rayas y jeroglíficos en un rincón, y a cada momento venía a enseñarme sus obras, llamándolas caballos, burros y casas. Irene descansaba, y cogiendo su labor de *frivolité,* poníase a hacer nudos con la lanzadera, y yo a mirarle los dedos, que eran preciosos. Con aquel trabajillo se ayudaba, reforzando su mísero peculio. ¡Bendita laboriosidad, que era el remate o coronamiento glorioso de sus múltiples atractivos! Yo inspeccionaba las planas de las niñas, y decía a cada instante:

—Más delgado, niñas; más grueso: aprieta ahora...

De repente, un prurito irresistible del alma me hacía volver hacia Irene y decirle:

—¿Está usted contenta con esta vida?

Y ella alzaba los hombros, me miraba, sonreía, y... ¿por qué negarlo, si quiero que la verdad más pura resplandezca en mi relato? Sí, me parecía sorprender en ella cansancio y aburrimiento. Pero sus palabras, llenas de profundo sentido, me revelaban cuán pronto triunfaba la voluntad de la flaqueza de ánimo.

—Es preciso tomar la vida como se presenta. Estoy contenta, Máximo, ¿qué más puedo desear por ahora?

—Usted está llamada a grandes destinos, Irene... Por Dios, Jesusita, no pintes, no pintes; haz el trazo con libertad, y salga lo que saliere. Si sale mal, se hace otro, y adelante... Las cualidades superiores que resplandecen en usted... Pero Isabel, ¿adónde vas con ese codo? ¿Lo quieres poner en el techo? Anda, anda; parece que vas a dar un abrazo a la mesa... No mojes tanto la pluma, criatura. Estás chorreando tinta... Ese codo, ese codo... Pues sí, las cualidades superiores...

Y aquí me detuve, porque, a semejanza de lo que la tarde anterior me había pasado en el teatro, sentí obstrucciones en mi mente, como si ciertas y determinadas ideas no quisieran prestarse a ser expresadas y se escondieran con ver-

güenza huyendo de la palabra, que a tirones quería echarlas
fuera. El requiebro vulgar repugnaba a mi espíritu, y no
sé por qué intervenía cruelmente en ello mi gusto literario.
Y como al mismo tiempo no hallaba una fórmula escogida,
graciosa, de exquisita intención y originalidad que respondiese a mi pensamiento, estableciendo insuperable diferencia entre mi sensibilidad y la de los mozalbetes y estudiantes, no tuve más remedio que adoptar el grandioso estilo
del silencio, poniendo de vez en cuando en él la pincelada
de un elogio.

—Usted, Irene, es de lo más perfecto que conozco.

Ella siguió haciendo nudos y más nudos, y no respondió a
mis alabanzas, sino echándome otras tan hiperbólicas que
me ofendían. Según ella, yo era el hombre acabado, el hombre sin pero, el hombre único. ¡Y cuidado con los elogios
que hacían de mí todas las personas que me trataban!...
No, no podía existir tal perfección en la persona humana,
y por fuerza habían de descubrir algún defectillo los que
me trataran de cerca. Contestando a esto, creo que estuve
oportuno y algo chispeante, decidiéndome a lanzar algunas
ideas preparatorias, que ella, a mi parecer, comprendió perfectamente. Nuevos elogios de Irene, dirigidos en particular
a lo que ella calificaba de originalidad en mi ingenio. "Es
usted tremendo", me dijo, y a esta frase siguió prolongado
silencio de ambos.

La tarde estaba hermosa, y salimos a paseo. No sé si fue
aquella tarde u otra cuando me retiré a casa con la idea y
el propósito de no precipitarme en la realización de mi plan,
hasta que el tiempo y un largo trato no me revelaran con
toda claridad las condiciones del suelo que pisaba.

"No conviene ir demasiado aprisa —pensaba yo—. El
hecho, el hecho me guiará y la serie de fenómenos observa-
dos me trazará seguro camino. Procedamos en este asunto
gravísimo con el riguroso método que empleamos hasta en
las cosas triviales. Así tendré la seguridad de no equivocarme. Poniendo un freno a mis afectos, que se dejarían
llevar de impetuoso movimiento, conviene seguir observando. ¿Acaso la conozco bien? No; cada día noto que hay
algo en ella que permanece velado a mis ojos. Lo que más

claro veo es su prodigioso tacto para no decir sino aquello
que bien le cuadra, ocultando lo demás. Demos tiempo al
tiempo, que así como el trato ha de producir el descubrimiento de las regiones morales que aún están entre brumas,
la amistad que del trato resulte y el coloquio frecuente han
de traer espontaneidades que le revelen a ella mis propósitos y a mí su aquiescencia, sin necesidad de esa palabrería
de mal gusto que tanto repugna a mi organización intelectual y estética."

Tal como lo pensaba lo hice. Muchas mañanas asistí a
las lecciones y muchas tardes a los paseos, mostrando indiferencia y aun sequedad. La digna reserva de ella me agradaba más cada vez. Un día nos cogió un chaparrón en el
Retiro. Tomé un coche, y con la estrechez consiguiente nos
metimos en él los cinco y nos fuimos a casa. Chorreábamos
agua, y nuestras ropas estaban caladas. Yo tenía un gran
disgusto; temía que ella y los niños se constipasen.

—Por mí no tema usted —me dijo Irene—. Jamás he
estado mala. Yo tengo una salud... tremenda.

¡Bendita Providencia que a tantos dones eminentes añadió en aquella criatura el de la salud, para que respondiese
mejor a los fines humanos en la familia! El que tuviese la
dicha de ser esposo de aquella escogida entre las escogidas,
no se vería en el caso de confiar la crianza de sus hijos a
una madre postiza y mercenaria; no vería entronizado en
su casa ese monstruo que llaman nodriza, vilipendio de la
maternidad del siglo.

—Cuídese usted, cuídese, Irene —le dije, con afán pre-
visor—, para que su hermosa salud no se altere nunca.

Dos días estuve sin ir a casa de mi hermano. ¿Fue casualidad o plan astuto? Crea el lector lo que quiera. Mi
metódico afecto tenía también sus tácticas, y algo se entendía de emboscadas amorosas. Cuando fui, después de ausencia que tan larga me parecía, sorprendí en el rostro de
Irene alegría muy viva.

—Me parece —repliqué yo— que hace siglos que no nos
vemos... ¡He pensado tanto en usted!... Ayer hablamos...
No nos vimos, y, sin embargo, le dije a usted estas y estas
cosas.

—Es usted... tremendo.

—No quisiera equivocarme; pero me parece que noto en usted algo de tristeza... ¿Le ha pasado a usted algo desagradable?

—No, no, nada —respondió, con precipitación y un poco de sobresalto.

—Pues me parecía... No, no puede estar usted satisfecha de este género de vida, de esta rutina impropia de un alma superior.

—Ya se ve que no —dijo con vehemencia.

—Hábleme usted con franqueza, revéleme todo lo que piense, y no me oculte nada... Esta vida...

—Es tremenda.

—Usted merece otra cosa, y lo que usted merece lo tendrá. No puede ser de otra manera.

—Pues qué, ¿había de pasar toda mi juventud enseñando a hacer palotes?

—¿Y cuidando chiquillos...?

—¿Y dando lecciones de lo que no entiendo bien...?

Echó sobre los libros que en la próxima mesa estaban una mirada tan desdeñosa, que me pareció verlos apenados y confundidos bajo el peso de la excomunión mayor.

—Usted se aburre, ¿no es verdad? Usted es demasiado inteligente, demasiado bella para vivir asalariada.

Me expresó con dulce mirada su gratitud por lo bien que había interpretado sus sentimientos.

—Esto se acabará, Irene. Yo respondo...

—Si no fuera por usted, Máximo —me dijo con acento de generosa amistad—, ya habría salido de aquí.

—Pero ¿qué?..., ¿está usted descontenta de la familia?

—No..., es decir... Sí..., pero no, no... —murmuró, contradiciéndose cuatro veces en seis palabras.

—Algo hay...

—No, no; digo a usted que no.

—Tiempo hace que nos conocemos. ¿Será posible que no tenga usted conmigo la confianza que merezco?...

—Sí, la tengo, la tendré —replicó, animándose—. Usted es mi único amigo, mi protector... Usted...

¡Qué hermosa espontaneidad se pintaba en su rostro! La verdad retozaba en su boca.

—Me interesa tanto usted, y su felicidad y su porvenir, que...

—Porque lo conozco, así tendré que consultar con usted algunas cosas... tremendas...

—¡Tremendas!

No daba yo gran importancia a este adjetivo, porque Irene lo usaba para todo.

—Y yo le juro a usted —añadió, cruzando las manos y poniéndose bellísima, asombrosa de sentimiento, de candor y de piedad—, yo juro que no haré sino lo que usted me mande.

—Pues...

El corazón se me salía con aquel *pues*... No sé hasta dónde habría llegado yo si no abriera la puerta Lica en aquel momento.

—Máximo —dijo sin entrar—, llégate aquí, chinito...

Quería que yo le redactase las invitaciones de aquella noche. ¡Pobre Lica, cómo me contrarió con su inoportunidad! No volví a ver a Irene aquella tarde; pero yo estaba tan contento como si la tuviera delante y la oyese sin cesar. El discursillo del cual no dije sino una palabra, sonaba en mí como si cien veces se hubiera pronunciado y otras cien hubiera recibido de ella la hermosa aprobación que yo esperaba.

Era como si la naturaleza de ella hubiera sido inoculada milagrosamente en la mía. La sentía compenetrada en mí, espíritu con espíritu; y esto me daba una alegría que se avivó por la noche, cuando fui a la reunión de jueves; y esta alegría radiosa salía de mí como inspiración chispeante, brotando de los labios, de los ojos, y aun creo que de los poros. Entróme de súbito un optimismo, algo semejante al delirio que le entra al calenturiento, y todo me parecía hermoso y placentero, como proyección de mí mismo. Con todos hablé y todos se transfiguraban a mis ojos, que, cual los de Don Quijote, hacía de las ventas castillos. Mi hermano me pareció un Bismarck; Cimarra se dejaba atrás a Catón; el poeta eclipsaba a Homero; Pez era un Malthus por la estadística, un Stuart Mill por la política, y mi cuñada Manuela, la mujer más aristocrática, más fina, más elegante y distinguida que había pisado alfombras en el mundo. Para que se vea hasta qué aberraciones morbosas me condujo mi loco optimismo, diré que el poeta mismo oyó de mis labios frases de benevolencia, y que casi llegué a prometerle que me ocuparía de sus versos en un próximo trabajo crítico. Esto le puso como fuera de sí, y rodando la conversación de personalidad en personalidad, afirmó que yo me dejaba muy atrás a Kant, a Schelling y a todos los padres de la Filosofía. Sus indignas lisonjas me abrieron los ojos y fueron correctivos de mi debilidad optimista. Yo creo que había en mí un desorden físico, no sé qué reblandecimiento de los órganos que más relación tienen con la entereza de carácter. De mucho sirvió para restituirme a mi ser el interminable solo que me dio Sainz del Bardal a propósito de los inmensos progresos de la *Sociedad de Inválidos de la Industria*. En servicio de ella desplegaba el poeta secretario una actividad demente, febril, y se multiplicaba para organizar los trabajos, para aumentar el número de socios y alcanzar la protección del Gobierno. Había logrado meter en ella a tres ex ministros, y a otro personaje muy conocido en Madrid, propagandista infatigable que pronunciaba seis discursos por semana en distintas sociedades.

Todo marchaba admirablemente, y marcharía mejor cuando los planes de los caritativos fundadores tuvieran completo desarrollo. Por de pronto, se había acordado destinar los cuantiosos fondos reunidos a imprimir los notabilísimos discursos que se pronunciaran en las turbulentas sesiones. ¡Lástima grande que tan admirables piezas de elocuencia se perdieran! Ante todo, España es el país clásico de la oratoria. Los autores del voto particular y la mayoría de la Comisión no habían logrado ponerse de acuerdo sobre aquel sutil tema; mas para salir del paso se había nombrado una Comisión mixta, compuesta de individuos de la de Propaganda y de la de Aplicación, para que redactasen el tema de nuevo. Reunida esta Junta magna, acordó que lo primero que debía hacerse era abrir un certamen poético, para premiar la mejor *oda al trabajo*. El primer premio consistía en coliflor de oro e impresión de quinientos ejemplares; el accésit, en girasol de plata e impresión de doscientos. Ya vi venir el nublado al enterarme de estos planes funestos, y, en efecto, me nombraron presidente del Jurado.

También se pensaba en una gran rifa, organizada por señoras, y en una soberbia y resonante velada, o quizá *matinée,* en la cual, después de leída por Bardal la Memoria de los trabajos de la Sociedad, habría música, discursos y lectura de versos, que son la sal de estos festejos filantrópicos.

Como pude me sacudí de encima el moscón que me aturdía, di una vuelta por los salones, y de repente sentí un golpecito en el hombro y una simpática voz que me dijo:

—Hola, maestro... Le vi a usted con *el tifus* y no quise acercarme.

—¡Ay! Peña, el ataque ha sido tan fuerte, que creo tendré convalecencia para toda la noche... Sentémonos; siento una debilidad...

—Esa es la *febris carnis*... Yo no me rindo a Sainz del Bardal. Cuando viene contra mí, le vuelvo la espalda. Si a pesar de esto me habla, le echo una rociada de ácido fénico, quiero decir que le llamo necio.

—Pero, hombre, ¿qué es de tu vida?

—Ya ve usted, maestro... Vámonos de aquí. *Achantémonos* en ese gabinete.

—¿Qué me cuentas?

—Nada de particular.

—¿Es cierto que no le haces la corte a Amalia Vendesol?

—¡Quia, maestro!... Si eso se acabó hace mil años. Es inaguantable. Unas exigencias, unas susceptibilidades... Verá usted: si un día dejaba de pasar a caballo por su casa, ¡María Santísima, la que se armaba! Si en el Retiro me distraía y miraba para alguien... En fin, tiene peor genio que su tía Rosaura, la que le sacó un ojo a su marido riñendo por celos. Yo he visto a Amalia morder un abanico y hacerlo en cincuenta pedazos...; ¿por qué creerá usted?... Porque una noche no pude tomar butaca impar en la Comedia, y tuve que ponerme en las pares. ¡Y qué educación la suya, amigo Manso! Escribe garabatos, dice *pedrominio* y tiene un cariño a las haches...

—Como todas..., como la mayoría... ¿Y es cierto que te has dedicado a una de las De Pez?

—Ahí están las dos. ¿Las ha visto usted? Me entretengo

con ellas, principalmente con la menor, que es graciosísima. Están bien educadas, es decir, tienen un barniz...

—Eso es, nada más que un barniz. Ignoran todo lo ignorable; pero se les ha pegado algo de lo que oyen, y parecen muñecas, de las que dicen *papá* y *mamá*.

—Pero éstas no dicen *papá* y *mamá*, sino *marido, marido*. La mayor, sobre todo, es muy despabilada. ¡Cuidado que sabe unas cosas...! Anoche me quedé aterrado oyéndola. Hablando con verdad, no sé si decirle a usted que son monísimas o muy cargantes. Hay en ellas algo de los visos del tornasol o de los reflejos metálicos de una mayólica. A veces marean, a veces deslumbran; cansan y enamoran. Dan alegría y amor. La mayor, Adela, es de una vanidad que no se concibe. Yo creo que si un príncipe se dirige a ella, aún será poca cosa.

—Verás cómo concluye por casarse con un distinguido teniente.

—Lo creo. Tiene un tupé la niña... Algo se le ha pegado a la pequeña. ¡Ya se ve!! Con aquella tiesa mamá, que parece figura arrancada a una tabla de la Edad Media...

—Con aquel soplado papá, que es el sincretismo de las pretensiones más enfáticas...

—Pero ¿no le llama la atención el lujo de esa gente?

—A mí, en materia de estupidez humana, nada me llama ya la atención.

—Es un lujo inverosímil, misterioso. ¿Qué hay detrás de todo esto? Los cincuenta mil reales del señor De Pez, y pare usted de contar.

—Madrid es un valle de problemas.

—Yo creo que las pretensiones de las niñas dejan muy atrás a las de los papás. La ley de herencia se ha cumplido con exceso. Y no sé yo quién va a cargar con esos apuntes. El desgraciado que se case con cualquiera de ellas, ya puede hacer la cuenta que se casa con las modistas, con los tapiceros, con los empresarios de teatros, con Binder el de los coches, con Worth el de los trajes, y con todos los arruinadores de la Humanidad. Acostumbradas esas niñas al lujo, ¿dónde encontrarán capital bastante fuerte para sostenerlo? Maestro, esto está perdido, aquí va a venir un desquiciamiento. Hablan de la juventud masculina y de su corrupción, de su alejamiento de la familia, de la tendencia antidoméstica que determinan en nosotros el estudio, los cafés, los casinos... ¿Pues y qué me dice usted de las niñas? La frivolidad, el lujo y cierta precocidad de mal gusto imposibilitan a la doncella de estos países latinos para la constitución de las familias futuras. ¿Qué vendrá aquí? ¿La destrucción de la familia, la organización de la sociedad sobre la base de un individualismo atomístico, el desenfreno de la variedad, sin unidad ni armonía, la patria potestad en la mujer...?

—Lo femenino eterno —dije yo gravemente— tiene leyes que no pueden dejar de cumplirse. No seas pesimista, ni generalices fundándote en hechos que, por múltiples que sean, no dejan de ser aislados.

—¡Aislados!

—Conoces poco el mundo. Eres un niño. Antes consistía la inocencia en el desconocimiento del mal; ahora, en plena edad de paradojas, suele ir unido el estado de inocencia al conocimiento de todos los males y a la ignorancia del bien, del bien que luce poco y se esconde, como todo lo que está en minoría. Créeme, créeme, te hablo con el corazón...

Y tomando entre mis dedos —¡cómo me acuerdo de esto!— el ojal de la solapa de su frac, proseguí hablándole de este modo:

—...Hay mucho tesoro, mucho bien, mucha ventura que tú no ves, porque te tapa los ojos la inocencia, porque te ciega el vivo resplandor del mal. Hay seres excepcionales, criaturas privilegiadas, dotadas de cuanto la Naturaleza puede crear de más perfecto, de cuanto la educación puede ofrecer de más refinado y exquisito. Flaquearía por su base el santo, el sólido principio de armonía si así no fuera, y sin armonía, adiós variedad, adiós unidad suprema...

—No digo que no...

Y distraído, pero atento a mis palabras, se metió la mano en el bolsillo del faldón y sacó una petaquilla.

—¡Ah!, ya no me acordaba de que usted no fuma... Yo tengo unas ganas rabiosas de fumar. Con su permiso, maestro, me voy por ahí dentro a echar un pitillo. ¿Viene usted?

No le seguí porque solicitaba mi curiosidad un grupo entusiástico que se había formado en torno de mi hermano. Parecíame oír felicitaciones, y el señor De Pez tenía un aire de protección tal que no sé cómo todo el género humano no se arrojaba contrito y agradecido a sus plantas.

El motivo de tantos plácemes y de bullanga tan estrepitosa era que se había recibido un telegrama de Cuba manifestando estar asegurada la elección de José María.

Dijo mi hermano; y atascado en su exordio por la obstrucción mental que padecía en los momentos críticos, repitió al poco rato:

"Verdaderamente..."

Pudo, al fin, formular un premioso discursejo, cuyas cláusulas iban saliendo a golpecitos, como el agua de una fuente en cuyo caño se hubiese atragantado una piedra. Acerquéme un poco y oí frases sueltas como: "Yo no quiero salir de mis cuatro paredes..., porque también se puede servir al país desde el rincón de una casa... Pero estos señores se empeñan... A la benevolencia de estos señores debo... En fin, esto es para mí un verdadero sacrificio; pero estoy verdaderamente dispuesto a defender los sagrados intereses..."

Desde entonces tomó el sarao un aspecto político que le daba extraordinario brillo. Había tres ex ministros y muchos diputados y periodistas, que hablaban por los codos. La sala del tresillo parecía un rinconcito del Salón de Conferencias. Los que más bulla metían eran los de la *democra-*

cia rampante, partido tan joven como inquieto, al cual se
había afiliado José, llevado de sus preferencias por todo lo
que fuera transacción.

El espíritu reconciliatorio de José llega hasta el delirio,
y sueña con acoplar y emparejar las cosas más heterogéneas.
Esto, según él, es lo *verdaderamente inglés.* Lo de la *suce-*
siva serie de transacciones no se le cae de la boca: es su
Padrenuestro político, y así, todo lo transige y siempre
halla modo de aplicar sus ideales casamenteros. No existe
rivalidad histórica y fatal que él no se proponga resolver
con un abrazo de Vergara. Eso es: abrácense como hermanos el separatismo y la nacionalidad, la insurrección y el
Ejército, la Monarquía y la República, la Iglesia y el libre
examen, la Aristocracia y la Igualdad. Toda idea pura es
para él *una verdadera exageración,* y corta las cuestiones diciendo: *Basta de exclusivismos.* Para él no conviene que
haya exclusivismos en el arte, ni en Religión, ni en Filosofía. Toda idea, toda teoría artística o moral debe ceder una
parte de sus regios dominios a la teoría y a la idea contra-
rias. Lo bello deja de serlo si este fenómeno no cruza con
lo vulgar el famoso abrazo de Vergara. Jesús y los Santos
Padres son unos exagerados y exclusivistas por no haber
intentado un arreglito con la herejía.

Las majaderías de aquella gente me aburrían tanto, que
me alejé del salón y me interné en la casa. Harto de poetas,
periodistas y políticos, mi espíritu me pedía el descanso de
un párrafo con doña Jesusa. En el lejano aposento donde
residía, estaba aquella noche, fija en su butaca, envuelta en
su mantón y acompañada de Rupertito, a quien contaba
cuentos.

—No me quiero acostar —me dijo—, porque el *sambe-*
que del salón y esta bulla de criados que van y vienen no
me dejan dormir. Esta casa parece un trapiche los jueves
por la noche. ¡Jesús qué terremoto! A usted no le gusta
esto; ya lo sé. ¡Y qué gente tan comilona! Con el té, los
dulces, los fiambres, las pastas, los helados que se han comido ya, habría para mantener un ejército. La pobre Lica
no es para esto; si sigue así, va a perder la salud... Le
contaré a usted lo de anoche, si me promete ser reserva-

do... Pues tuvieron ella y José María una peleíta. ¡Jesús qué jarana!..., por si ella no sabía hacer los honores. Yo bien sé que Lica está muy *chiqueada*. Pero José ha echado un genio... No sé cuánta cosa sacaron: que él no piensa más que en sencilleces; que se pasa la noche en el Casino, y quién sabe si en otras partes peores... Parece que hay descubrimiento...

Acercó su sillón al mío y casi al oído me dijo:

—Faldicas, ¿eh?... José María es como todos. Esta vida de Madrid... Tenemos calaveradas... Ya se ve, un hombre que va a ser diputado y ministro... Hay en Madrid cada gancho... ¡Ay!, qué mujeres las de esta tierra; son capaces de pervertir al cordero de San Juan. Yo les diría si las viera: "Grandísimas *sinvergüenzas*, ¿para qué engatusáis a un padre de familia, a un sencillo, a un hombre tan bueno?... Porque José María ha sido muy bueno hasta ahora; pero, niño, de algún tiempo acá, no le conocemos.

Yo defendí a mi hermano como pude y tranquilicé a su suegra, tratando de hacerle comprender que la licencia de nuestras costumbres está más en la forma que en el fondo, y que no debía tomar como señales de pecado ciertos desenfados corrientes... Fue lo único que se me ocurrió.

—Yo —dijo ella, bajando más la voz— no me meto en nada. Allá se entiendan; allá se las hayan. No me muevo de este sillón, porque no tengo salud para nada. Aquí me acompaña Ruperto. Esta noche, mientras allá reían y alborotaban, Irene y yo hemos rezado el rosario y hemos hablado de cosas pasadas... Pero ¿dónde se ha ido ese ángel de Dios?

Miraba a todos los lados de la pieza.

—Pero ¿no se ha recogido aún? —pregunté—. Esto es contrario a sus costumbres.

—Calle, niño; si debe de andar por ahí. Algunos ratos se va al corredor a ver un poquito de la sala.

Ya iba yo a buscarla, cuando entró ella. Su fisonomía revelaba gozo y estaba menos pálida. Parecía agitada, con mucho brillo en los ojos y algo de ardor en las mejillas, como si volviese de una larga carrera.

—Irene, ¿qué tal? ¿Ha visto usted...?

—Un poquito..., desde el pasillo... ¡Qué lujo, qué trajes! Es cosa que deslumbra...

—Yo creí que a estas horas..., es la una, estaba usted recogida.

—Me he quedado aquí para acompañar un poco a doña Jesusa... Luego, es preciso ver algo, amigo Manso, ver algo de estas cosas que no conocemos.

—¡Oh!, es justo —dije, pensando en lo mucho que luciría Irene si penetrara en los círculos de la sociedad elegante, y en el valor que sus grandes atractivos tomarían, realzados por el lujo—. Pero es cuestión de carácter; ni a usted ni a mí nos agrada esto. Por fortuna, estamos conformados de manera que no echamos de menos estos ruidosos y brillantes placeres, y preferimos los goces tranquilos de la vida doméstica, el modesto pan de cada día con su natural mixtura de pena y felicidad, siempre dentro del inalterable círculo del orden.

—¡Jesús de mi alma! ¡Qué talento tiene este hombre, y qué bien dice las cosas! —exclamó doña Jesusa.

Irene se reía del entusiasmo de *la niña Chucha,* y con enérgicos movimientos de cabeza daba su aprobación a los elogios.

—Máximo —dijo de súbito la señora—, ¿por qué no se casa usted? ¿A cuándo espera, niño?

—Todavía hay tiempo, señora. Ya veremos...

Mirando a Irene, que atenta me miraba, le dije, por decir algo:

—¿Y las niñas?

—Han estado muy desveladas. Ya se ve..., con la bulla...

También han querido ver algo. Después han estado jugando, de broma y fiesta, pasándose de una cama a otra y arrojándose las almohadas... Pero se han dormido.

—¿Y usted no tiene sueño?

—Ni chispa.

—Pero es muy tarde.

—Me voy a mi cuarto.

—¿Va usted a leer? —dije, siguiéndola y llevándole la luz.

—Es tardísimo... Veré si me duermo al momento. Mañana...

—¿Mañana, qué?

—Digo que mañana será otro día, y hablaremos de aquello...

—Hablaremos de aquello... —repetí sintiendo en mi pensamiento el estímulo que los novelistas llaman *un mundo de ideas*, y en mis labios cosquilleo de palabras impacientes.

Pero ella me quitó de las manos la luz, entró en su cuarto con una presteza que me parecía resbaladiza, dióme las buenas noches, y a poco sentí el ruido de la llave cerrando por dentro. Después dio un golpecito en la madera, como para llamarme, si me alejaba, y dijo:

—Tráigame usted lo que me prometió.

—¿Qué, criatura? —le pregunté, sospechando, en un momento de ansiedad, que le había prometido mi vida toda entera.

—¡Qué memoria! La Gramática inglesa de Ahn...

—¡Ah!, ya... Bueno...

—Y los dos lápices de Faber, números dos y tres.

—Vamos, acabe usted de pedir. Pida usted el sol y la luna...

—No sea usted tremendo... Abur.

—No se fatigue usted la imaginación con la lectura...

—Si me estoy durmiendo ya.

—Eso es, descansar..., buenas noches.

—Pero qué, ¿todavía está usted ahí, amigo Manso?

—Creí que ya estaba usted dormida.

—Hombre, si estoy rezando... Adiós.

Retiréme. Algo me daba que pensar aquel humorismo de Irene, un poquito disconforme con la seriedad y mesura que yo había observado en ella; pero reflexionando más, consideré que este fenómeno contingente no alteraba el hecho en sí, o mejor dicho, que un desentono pasajero y accidental no destruía la admirable armonía de su carácter.

Era ya hora de abandonar la reunión; pero Cimarra y mi hermano me entretuvieron, dando una batida en toda regla a mi modestia para que consintiese en ser hombre político y en lanzarme con ellos por la única senda que conduce a la prosperidad. Yo me resistí, alegando razones de carácter, de conveniencia y de ideas. Cimarra me aseguraba que era posible facilitarme la entrada en el Congreso, arreglándome uno de los distritos que estaban vacantes. Ya José había hecho algunas indicaciones al ministro, el cual había dicho: "¡Oh!, sí, verdaderamente..." Mi hermano se prestaba benévolo a arreglar la incompatibilidad de mis ideas con el régimen oligárquico que hoy priva, y me incitaba con empeño a ser hombre verdaderamente práctico y a abandonar de una vez para siempre las utopías y exageraciones, buscando en el ancho campo de mi saber una fórmula de transacción, una manera de reconciliar la teoría con el uso y el pensamiento con el hecho.

De la misma opinión era el marqués de Tellería, que se hallaba presente, encarnizado enemigo de las utopías, hombre esencialmente práctico, y tan práctico que vivía a costa del prójimo; santo varón que llamaba *logomaquias* a todo lo que no éntendía. Este señor me dio, después, un solo, adulándome sin tasa y diciéndome, en conclusión, que los hombres como yo debían consagrarse a defender los intereses de las clases productoras contra las amenazas del proletariado, las creencias venerandas de nuestros mayores contra la irrupción de la barbarie librepensadora, y las buenas prácticas de gobierno contra los delirios de los teóricos. Yo ocultaba con frases de cortesía el desprecio que me merecía este sujeto, a quien de oídas conocía desde algunos años atrás por lo que me había contado su yerno y mi amigo León Roch. Al soltarme, me dijo:

—Le voy a mandar a usted un folletito en que he reproducido todos los discursos, todos los incidentes que motivó la proposición de ley que presenté al Senado sobre la vagancia. Me hará usted el favor de leerlo y decirme su opinión imparcial.

Manuela, que se enteró de que me querían enjaretar la diputación, no me ocultaba su gozo. Pero no le cabía en la cabeza mi resistencia a entrar por las vías políticas, y, riñéndome por mi carácter retraído y mi amor a la vida oscura, me decía:

—Pero, chinito, no seas *follullo*.

Haciendo el cómputo que el desorden de los relojes de aquella casa exigía, resultaba que las ocho campanadas marcaban las tres. ¡Qué tarde! Retirarme yo a casa a tal hora me parecía tan absurdo, una chanza, un criminal secuestro del tiempo. Me vi como figura de pesadilla, o como si yo fuera otro y con ese otro estuviera soñando en la plácida quietud de mi cama. Salí. La somnolencia me producía síntomas parecidos a los de la embriaguez. Cuando fui al comedor para tomar un vaso de agua vi con asombro que aún había luz en el cuarto de Irene. El rectángulo de claridad sobre la puerta atrajo mis miradas, y breve rato estuve clavado en mitad del pasillo. "Pero ¿no me dijo usted hace dos horas que tenía muchísimo sueño y que se iba a dormir en seguida?" Esto no lo dije en voz alta. Hice la pregunta de espíritu a espíritu, porque dar voces a tal hora me parecía inconveniente. ¿Rezaba? ¿Qué hacía? ¿Leer novelas? ¿Devorar mis obras filosóficas?...

Bebiendo agua me tranquilicé sobre aquel punto. En

verdad, yo era un impertinente exigiendo un método imposible en los actos de Irene. ¿Qué tenía de particular que apagase la luz dos horas más tarde de lo que había dicho? Podía ser que estuviera cosiendo sus vestidos, o preparando las lecciones del día siguiente... ¡Las tres y media!... ¿Cuántas horas dormía aquella criatura, que se levantaba a las siete? ¡Deplorable costumbre la de calentarse el cerebro en las horas de la noche! ¡Oh! Yo haría cumplir en mi familia con estricta rigidez los preceptos de la Higiene.

En el portal se me unió Peña. Embozados, acometimos el frío glacial de la calle.

—Maestro, ¿se va usted a su casa?

—Desalmado, ¿adónde he de ir? Y tú, ¿adónde vas?

—Yo no me acuesto todavía. Es temprano.

—¡Es temprano y van a dar las cuatro!

Andando aprisa, le eché una filípica sobre el desarreglo de sus costumbres y la antihigiénica de hacer de la noche día, motivo de tantas enfermedades y del raquitismo de la generación presente. El se reía.

—Por respeto a usted, maestro —me dijo—, voy a acompañarle hasta casa. Después me voy a la *Farmacia*.

—¡Y tu madre esperándote, desvelada y llena de temores! Manuel, no te conozco. Parece mentira que seas mi discípulo.

—Buen barbián está usted, maestro... ¿Pues no se retira usted tan tarde como yo? En un metafísico eso es imperdonable. ¡Si está usted hecho un gomoso!... Concluirá usted por ir a la cátedra antes de acostarse y presentarse de frac ante los alumnos. ¡Cómo cunde el mal ejemplo!

Sus bromitas me desconcertaron un poco, pero no quise ceder.

—Mira, perdido —le dije, tomándole por un brazo—. Que quieras que no, te llevo a casa. No irás a la *Farmacia*. Yo lo mando y tienes que obedecer a tu maestro.

—Transacción... Procuremos conciliarlo todo, como dice su hermano de usted. No iré a la *Farmacia;* pero no puedo acostarme sin tomar algo.

—Pero, gandul, ¿no has cenado en casa de José?

—Sí... Distingamos; no es precisamente porque tenga apetito. Es por aquello de ir a alguna parte.

—¿Y adónde quieres ir?

—Renuncio a la *Farmacia* con tal de que usted me acompañe a tomar buñuelos.

—¿Dónde, libertino?

—Aquí, en la buñolería de la calle de San Joaquín. Está fría la noche, y una copita de aguardiente no viene mal.

—¿Estás loco? ¿Crees que yo...?

—Vamos, *magíster,* sea usted amable. Ya ve usted que por complacerle renuncio a ir a mi círculo. Es cuestión de diez minutos. Luego nos iremos juntos a nuestra casita, como las personas más arregladas del mundo.

Y tirando de mi capa hizo tales esfuerzos por meterme consigo en aquel local innoble, que no pude resistirme, ni creí oportuno disputar más con él por un acto que, en verdad, era insignificante.

—¡Caprichoso!

—Sentémonos, maestro.

¡Yo sentado en el banco de una buñolería, a las cuatro de la mañana, teniendo delante un plato de churros y una copa de aguardiente!... Vamos, era para echarse a reír, y así lo hice. ¿Quién se llamará dueño de sí, quién blasonará de informar con la idea la vida, que no se vea desmentido, cuando menos lo piense, por la despótica imposición de la misma vida, y por mil fatalidades que salen a sorprendernos en las encrucijadas de la sociedad, o nos secuestran como cobardes ladrones? La pícara sociedad, blandamente y como quien no hace nada, me había estafado mi serenidad filosófica, y tiempo llegaría, si Dios no lo remediaba, en que yo no hallaría en mí nada de lo que formó mi vigorosa personalidad en días más venturosos.

Estas reflexiones hacía yo, mirando a dos parejas que en las mesillas de enfrente estaban, y asombrándome de verme en tal compañía. Eran cuatro artistas del género flamenco, dos machos y dos hembras que acababan de salir del café-teatro de la esquina, donde cantaban todas las noches. Ellas

eran graciosas, insolentes; la una, gordinflona; espiritual, la
otra; ambas, con mantones pardos, pañuelos a la cabeza,
liados con desaliño y formando teja sobre la frente; las
manos bonitas, los pies calzados con perfección. De capa,
pavero y chaqueta peluda, afeitados como curas, peinados
como toreros sin coleta, los hombres eran de lo más antipático que puede verse en la Creación. Las cuatro voces
roncas sostenían un diálogo picado, zumbante y lleno de
interjecciones, del cual no se entendían más que las gro-
serías y barbarismos. Era la primera vez que yo me veía
tan cerca de semejantes tipos, y no les quitaba los ojos.

—¡Qué guapa es la gorda! —me dijo Manuel—. Maestro, veo que se entusiasma usted.

—¿Yo?...

—Si parece que quiere usted comérsela con los ojos...

—No seas necio.

—Y ella no lo lleva a mal, maestro. También le echa
a usted los ojazos. Esto que allá por otras regiones se llama
flirtation, se llama aquí *tomar varas.*

—¿Has acabado ya de beber tu aguardiente, vicioso?
—le dije con vivos deseos de salir de allí.

—¿Y usted no toma?

—¿Yo? Quita allá este asco, este veneno...

—¿Sabe usted, maestro, que estoy esta noche así como
excitado de nervios, enardecido de sangre, y parece que
una electricidad se me pasea por todo el cuerpo?... Siento
apetito de acción, de violencia; no sé lo que pasa en mí...

Yo le miraba atentamente y reflexionaba sobre aquel
estado de mi discípulo, que era cosa nueva en él, y desagradable para mí, que tanto le quería.

—Porque sí, señor —siguió—; hay ocasiones en que nos
es necesario hacer cualquier barbaridad, como compensa-
ción de las tonterías y sosadas que informan nuestra vida
habitual; algo violento, algo dramático. Suprima usted de
la vida el elemento dramático, y adiós juventud. ¿No le
parece a usted que nos divertiríamos si ahora armase yo
camorra con esta gente?

—¡Con éstos!... Por Dios, Manuel, a ti te pasa algo. Tú
estás loco, o has bebido...

—Después de todo, ¿qué pasaría? Nada. Esta es gente cobarde. Iríamos todos a la Prevención, y mañana, mejor dicho, hoy, faltaría usted a clase, y quizá tendrían que ir el rector y el decano a sacarle de las uñas de la policía.

—Si tuviera aquí palmeta y disciplinas, te trataría como trata un maestro de escuela al más pillo de sus alumnos. No mereces otra cosa. Desde que no estás bajo mi dirección has variado tanto, que a veces me cuesta trabajo conocerte. Piensas y hablas tan bajamente, que me aflige considerar la esterilidad de lo que te enseñé.

—¡Oh!, no —exclamó Peña con vehemencia, dándose una puñada sobre el corazón y un palmetazo en la frente—. Algo queda. Mucho hay aquí y aquí, maestro, que permanecerá por tiempo infinito. Esta luz no se extinguirá jamás, y mientras haya espacio, mientras haya tiempo...

Los cuatro flamencos se levantaron para marcharse. Viendo el entusiasmo de Manuel, ellos se miraron asombrados, ellas sofocaban la risa. Se me parecieron a las dos célebres mozas que estaban a la puerta de la venta cuando llegó Don Quijote y dijo aquellas retumbantes expresiones, que tanto disonaban del lugar y la ocasión. Yo vi el cielo abierto cuando se fueron los del *cante,* porque así no tenía Manuel con quien armar la trapisonda que deseaba.

La buñolería estaba pintada de rojo, a estilo de las tabernas de Madrid. Las paredes sucias, forradas de un papel con casetones repetidos, llenos de pastorcitas, ofrecían una superficie rameada y pringosa. Un mostrador chapeado de latón, varias sillas desvencijadas, un reloj y un calendario americano, que no sé para qué servían, formaban el mueblaje, y el vaho de aceite frito espesaba la atmósfera.

—Vámonos, Manuel; esto es un escándalo.

—Un ratito más...

—Yo me caigo de sueño.

—Pues yo estoy tan desvelado, que se me figura no he de dormir más en mi vida.

—A ti te pasa algo.

—Lo que dije a usted: que me anda, no sé si por el cuerpo o por el alma, el prurito dramático, dándome cosquillas y picazones. Yo quiero hacer algo, *magister;* yo necesito acción. Esta vida de tiesura social y de pasividad sosa me cansa, me aburre. Estoy en la edad dramática, voy a ser pedante, en el momento histórico que no vacilo en llamar florentino, porque su determinación es arte, pasiones, violencia. Los Médicis se me han metido en el cuerpo y se han posesionado de él como los diablillos que atormentan al endemoniado.

No pude menos de reír.

—Vamos a ver, ¿qué lees ahora, en qué te ocupas?

—Leo a Maquiavelo. Su *Historia de Florencia,* su *Mandrágora,* sus *Comentarios a Tito Livio* y su *Tratado del Príncipe* son los libros más asombrosos que han salido de manos del hombre.

—Mala, perversa lectura si no va precedida de la preparación conveniente. Es mi tema, querido Manuel; si no haces caso de mí, tu inteligencia se llenará de vicios. Dedícate al estudio de los principios generales...

—¡Oh, maestro, por favor, no siga usted! La Filosofía me apesta. La Metafísica no entra en mí. Es un juego de palabras. ¡La Ontología! Por Dios, aparte usted de mí ese cáliz emético. Cuando tomo una pócima de su sustancia, ser y causa, estoy malo tres días. Me gustan los hechos, la vida, las particularidades. No me hable usted de teorías, hábleme de sucesos; no me hable usted de sistema, hábleme de hombres. Maquiavelo me presenta el panorama rico y verdadero de la naturaleza humana, y por él doy a todos los filosofistas habidos y por haber.

—Estamos haciendo el tonto, Peña; estamos discutiendo en una buñolería el tema radical y eterno. No profanemos la inteligencia, y vámonos a dormir... En otra ocasión discutiremos. Tú has variado mucho y has crecido lozano y vigoroso, pero algo torcido. Yo necesito enderezarte. Algo hay en ti que no me gusta, que no procede de mis lecciones. Quizás alguna pasajera florescencia del espíritu, de esas que marcan el período culminante de la juventud... En fin, sea lo que quiera, vámonos ya.

Al fin logré que se levantara del tabernario banquetillo.

—Voy a revelarle a usted un secreto —me dijo, cuando pasábamos junto al mercado, en cuyas galerías y puestos

algún rumor, alguna lucecilla triste anunciaban los primeros desperezos de la faena del día—. Desde que estoy así...
—¿Cómo?
—Así, nervioso, excitado con estos estímulos musculares
que me piden la violencia, la arbitrariedad, el drama... Pues
desde que estoy así, mis antipatías son tan atroces, que al
que me desagrada le aborrezco con toda mi alma. ¿Sabe
usted quién es la persona que más me carga de cuantos hay
sobre la Tierra?
—¿Quién?
—Su hermano de usted, nuestro anfitrión de esta noche,
el señor don José María Manso, marqués presunto, según
dicen.
Lastimado de esta cruel antipatía, defendí a mi hermano
con calor, diciendo a Peña que si aquél tenía ciertas ridiculeces y manías, era bueno y leal. Pero mi defensa exasperó
más al joven, el cual sostuvo que toda la rectitud y lealtad
de José no valían dos pepinos. Sospeché que Manuel había
oído en los corrillos políticos del salón de mi hermano algún comentario picante, alguna frase alusiva a su humildísimo origen, y que, mortificado por esto, confundía en
un solo aborrecimiento al dueño de la casa y a los murmu-
radores. Así se lo dije, y me confesó que, en efecto, había oído cosillas que lastimaban su dignidad horriblemente;
pero que en este orden de agravios, el delincuente era Leopoldito Tellería, marqués de Casa-Bojío, por lo cual mi
buen amigo guardaba una coyuntura propicia para romperle
el bautismo.
—¿Duelito tenemos? —dije, no pudiendo consentir que
mi discípulo, a quien yo había inculcado las más severas
nociones de moral, me viniese hablando de resolver sus
asuntos de honor con el bárbaro e ineficaz procedimiento
del desafío, herencia del vandalismo y de la ignorancia.
—Usted no vive en el mundo, maestro —replicó él—.
Su sombra de usted se pasea por el salón de Manso; pero
usted permanece en la grandiosa Babia del pensamiento,
donde todo es ontológico, donde el hombre es un ser in-
corpóreo, sin sangre ni nervios, más hijo de la idea que de
la Historia y de la Naturaleza; un ser que no tiene edad,

ni patria, ni padres, ni novia. Diga usted lo que quiera;
pero me parece que si yo tuviera ocasión de ponerle la
mano en la cara al marqués de Casa-Bojío, y de echarle al
suelo y de pasearme luego por su cuerpo, llegaría a creer
que el universo está desequilibrado y que el orden de la
Naturaleza se ha destruido... ¿Y lo creerá usted? Hay otro
sujeto que me encocora más que Leopoldito, y es el benemérito hermano de mi maestro.

—¿Y también quieres desafiarle? Pero ¿estás loco? Anda..., has declarado la guerra al género humano... Manuel,
Manuel, niño, modera esos impulsitos, o será preciso poner-
te un chaleco de fuerza. Estás hecho un pisaverde, un monstruo de alfeñique, un calaverilla de estos que se estilan hoy,
verdaderos muñecos desvergonzados que representan el Don
Juan con los trapos y la voz de Polichinela.

Cuando subíamos la escalera, la señora De Peña abrió la
puerta. Nunca se acostaba hasta que volvía de la calle su
hijo. Aquella noche, la célebre doña Javiera, soñolienta y
malhumorada por la tardanza del nene, nos echó un mediano réspice a los dos.

—¡Ay, qué horas, qué horas de venir a casa!... Pero
¿también usted, amigo Manso, anda en estos pasos? ¿Usted,
tan pacífico, tan casero, tan madrugador, se descuelga aquí
a las cuatro y media de la mañana? ¡Vaya con el maestrito,
con el padrote!...

—Este pillo, señora, este pillo es quien me pervierte.

—¡Ay!, hijo, qué pálido estás... ¿Qué tienes? ¿Te ha
pasado algo?

—Nada, mamá; no tengo nada.

—Pero ¿no entras a acostarte?

—Voy un momento arriba con el amigo Manso. Quiero
que me deje unos libros que necesito.

—¡Libros tú! —le dije, entrando en mi casa.

—¿Para qué quieres libros?

—Para preparar mi discurso.

—¿Qué discurso? ¿Ahora sales con eso?

—Usted sí que está en Belén. ¿No le he dicho a usted
que pienso hablar en la gran velada?

—¿Qué gran velada esa ésa?

—La que dará la *Sociedad para Socorro de los Inválidos de la Industria.*

—¡Ah!, es verdad. ¿Sobre qué tema vas a hablar? Toma los libros que quieras...

Yo me caía de sueño. Dejéle en el despacho y me fui a mi alcoba, que era la pieza contigua. Desde mi cama le veía revolviendo en los estantes, tomando y dejando este o el otro libro.

Antes de dormirme, le dije:

—Mañana me contarás los motivos de ese resentimiento que sientes contra mi pobre hermano.

—No lo puedo decir, es un secreto... ¿Le parece a usted que me lleve a Spencer?

—Hombre, llévate al moro Muza y déjame descansar.

Ya desvanecido en el primer sueño, le oí decir:

—Es un canalla, es un canalla.

Y dormido profundamente, en mi cerebro no había más reminiscencias de la vida exterior que aquellas palabras rielando en la superficie oscura y temblorosa de mi sueño, como el fulgor de las estrellas sobre el mar.

Pero antes quiero hacer una confidencia. El hecho que
voy a declarar me favorece poco, me pintará quizá como
hombre vulgar, insensible a los delicados gustos de nuestra
sociedad reformista; pero pongo mi deber de historiador
por delante de todo, y así se apreciará por esta franqueza la
sinceridad de las demás partes de mi narración. Vamos a
ello. Las buenas comidas y los platos selectos de la mesa de
mi hermano llegaron a empacharme, y como transcurrían
semanas enteras sin que pudiera librarme de comer allá,
concluí por echar de menos mi habitual mesa humilde y el
manjar preferente de ella, los garbanzos, que para mí, como
he dicho antes, no tienen sustitución posible. El apetito de
aquella legumbre me fue ganando, y llegó a ser irresistible.
Estaba yo como el fumador vicioso, cuando por mucho
tiempo se ve privado de tabaco. Siempre que pasaba por
la Corredera de San Pablo y por la tienda de que soy pa-
rroquiano, titulada la Aduana en Comestibles, se me iban
los ojos al gran saco de garbanzos colocado en la puerta, y

no por verlos crudos se me antojaban menos sabrosos. No pudiendo refrenar más mi deseo, resistíme un día a comer con Lica, y previne a Petra que me pusiera el cocido de reglamento. No tengo más que decir sino que me desquité bárbaramente de la privación que había sufrido. Y ahora, adelante.

Al día siguiente encontré a mi hermano en el cuarto de estudio. Quería enterarse personalmente de los adelantos de los niños. Festivo con la maestra, y afectando hacia los alumnos una severidad enfática, que me pareció fuera de lugar, el futuro marqués me estorbó para decir a Irene varias cosillas que pensadas llevaba. A ella la encontré cohibida y como atontada con la presencia, con las preguntas y con la amabilidad del amo de la casa. No daba pie con bola en las lecciones, y las alumnas corregían a la maestra. Para mayor desgracia, también me privó mi hermano de pasear, llevándome, que quieras que no, a ver al director de Instrucción Pública para un asunto que no me interesaba.

Por fin me convencí de que José María no era un modelo de maridos. Varias veces me había hecho Lica algunas indicaciones sobre este particular, pero me parecieron extravagancias y mimos. Una tarde, ¡ay!, dispuso mi cuñada que Irene, los niños y el ama salieran en el coche. Mercedes había salido con sus amigas. Yo permanecí en la casa, pues aunque mi gusto habría sido ir al Retiro con Irene, no tuve más remedio que quedarme acompañando a Manuela. Esta me manifestó vivos deseos de hablarme a solas, y yo dije para mí: "Prepárate, amigo Máximo; ya te cayó que hacer. Despabílate y refresca tus conocimientos de ornamentación doméstica y gastronomía suntuaria."

Pero Lica se ocupó muy poco de estas cosas, y parecía haber tomado en aborrecimiento los saraos y los comistrajos, según el desprecio con que de ellos hablaba. Sus cuitas de esposa no le permitían atender a tonterías de vanidad, y apenas hubo tocado el delicado punto donde estaba su herida comenzó a llorar. Oía yo sus quejas y no acertaba a darle ningún consuelo eficaz. ¡Pobre Lica! Sus palabras exóticas, sus cláusulas truncadas, a las que el dolor y la verdad daban persuasiva elocuencia; sus hipérboles americanas no

se me han olvidado ni se me olvidarán nunca. Estaba muy
brava; tenía el alma abrasada y la vida en salmuera con las
cosas de Pepe María. Ya no le valía quejarse y llorar, porque él no hacía maldito caso de sus quejas ni de sus lágrimas. Se había vuelto *muy guachinango,* muy pillo, y siempre encontraba palabras para escaparse y aun para probar
que no rompía un plato. Tenía olvidada a su mujer, olvidados a sus hijos: todo el santo día se lo pasaba en la calle,
y, por la noche, salía después de la reunión y ya no se le
veía hasta el día siguiente a la hora de almorzar. Marido y
mujer sólo cambiaban algunas palabras tocante a la invitación, al té, a la comida, y pare usted de contar...
     Esto podría pasar si no hubiera otras cosas peores, faltas
graves. José María estaba echado a perder; la compañía y
el trato de Cimarra le habían *enciguatado;* se había corrompido como la fruta sana al contacto de la podrida... Ya no
le quedaba duda a la pobrecita de la atroz infidelidad de su
esposo. Ella se sentía tan afrentada, que sólo de pensarlo se
le salían los colores a la cara, y no encontraba palabras para
contarlo... Pero a mí podría decírmelo todo. Sí; revolviendo una mañana los bolsillos de la ropa de José María,
había encontrado una carta de una *sinvergüenza...* ¡Una
carta pidiéndole dinero!... Se volvía loca pensando que la
plata de sus hijos iba a manos de una...
     Pero a la infeliz esposa no le importaba la plata, sino la
sinvergüencería... ¡Ay! Estaba bramando. Con ser ella una
persona decente, si cogiera delante a la bribona que le ro-
baba a su marido, le había de dar una buena soba y un par
de galletas bien dadas. ¡Ay qué Madrid, qué Madrid éste!
Vale más andar en comisión por el monte, vivir en un
bohío, comer vianda, jutía y naranjas cajeles, que peinar
a la moda, arrastrar cola, hablar fino y comer con ministros... Mejor estaba ella en su bendita tierra que en Madrid. Allí era reina y señora del pueblo; aquí no le hacían
caso más que los que venían a comerle los codos, y después
de vivir a su costa se burlaban de ella. Luego esta vida,
Señor, esta vida en que todo es forzarse una, fingir y ponerse en tormento para hacer todo a la moda de acá, y
tener que olvidar las palabras cubanas para saber otras,

y aprender a saludar, a recibir, a mil tontadas y boberías...
No, no; esto no iba con ella. Si José no se enmendaba, ella
se plantaba de un salto en su tierra, llevándose a sus hijos.

Yo la consolé diciéndole lo que tantas veces me había
dicho ella a mí; a saber: que no fuera ponderativa. Su imaginación, hecha a las tintas y a las magnitudes tropicales,
agrandaba las cosas. ¿No podría ser que la carta descubierta
no tuviera la significación pecaminosa que ella quería darle?... A esto me respondió con ciertas aclaraciones y datos
que no me dejaron dudas acerca de los malos pasos de mi
hermano. Su amistad con Cimarra, que había llegado a ser
muy íntima, me anunciaba desastres sin cuento y quizá rá-
pidas mermas en el peculio del esposo de Lica. Esta no
concluyó sus confidencias con lo que dejo escrito, sino que
fue sacando a relucir otras grandes picardías del futuro
marqués que me dejaron absorto. En su propia casa se atrevía el indigno... a ciertas cosas que resultaban en desdoro
de toda la familia, y, principalmente, de su digna esposa...
¿Pues no tenía el atrevimiento de galantear a Irene?...

¡A Irene!

¡Sí; el muy...! La pobre Lica se ponía fuera de sí al
tocar este punto. No acertaba a expresar su furor sino a
medias palabras... ¡En su propia casa, en su misma cara!
Pues sí, era una persecución no bien disimulada... ¡Ultimamente lo hacía con un descaro...! Por las mañanas se
metía en la salita de estudio y se estaba allí las horas
muertas... Una noche entró en el cuarto de Irene, cuando
ésta se retiraba. En fin, ¿para qué hablar más de una cosa
tan desagradable?... La tarde anterior hubo una escena
fuerte entre marido y mujer en la puerta misma... ¡Cómo
se le atragantaban las palabras a la buena Lica!...; en la
puerta misma del cuartito de la institutriz. Era indudable
que ésta no alentaba ni poco ni mucho el indecoroso ga-
lanteo del dueño de la casa. Por el contrario, Irene no
disimulaba su pena; era una muchacha honesta, dignísima,
que no podía tener responsabilidad de los atrevimientos de
un hombre tan... En fin, aquella misma mañana Irene
había manifestado a la señora que deseaba salir de la casa.
Ambas habían llorado... Era una buena de Dios...

Y para concluir, yo, Máximo Manso, el hombre recto, el hombre sin tacha, el pensamiento de la familia, el filósofo, el sabio, era llamado a arreglarlo todo, haciendo ver a José la fealdad y atroces consecuencias de su conducta inicua; pintándole...; yo no sé cuántas cosas dijo Lica que debía yo pintarle. La cuitada no guardaría rencor si su esposo se enmendaba, y estaba decidida a perdonarle, sí, a perdonarle de todo corazón, si volvía al buen camino, porque ella quería mucho a su marido, y era toda alma, sentimiento, cariño, mimito y dulzura... Y ya no me dijo más, ni era preciso que más dijera, porque bastante había sabido yo aquella tarde, y tenía materia sobrada para poner en ejercicio mis facultades de consejo.

"Esto se complica", pensé al retirarme. Henos aquí en plena evolución de los sucesos, asistiendo a su natural desarrollo y con el fatal deber de figurar en ellos, bien como simple testigo, lo cual no es muy agradable a veces, bien como víctima, lo que es menos agradable todavía. Ya tenemos que las energías morales, o llámense caracteres, actuando en la reducida escena de un círculo doméstico o de un grupo social, han concluido lo que podríamos llamar en términos dramáticos su período de prótasis, y ahora, maduradas y crecidas las tales energías, principian a estorbarse y se disputan el espacio, dando origen a razonamientos primero, a choques después y quizás a furiosas embestidas. Tengamos calma y ojo certero. Conservemos la serenidad de espíritu que tan útil es en medio de una batalla, y si la suerte o las sugestiones de los demás o el propio interés nos llevan a desempeñar el papel de general en jefe, procuremos llevar al terreno toda la táctica aprendida en el estudio y todo el golpe de vista adquirido en la topografía comparada del corazón humano.

Desveláronme aquella noche la idea de lo que pasaba y las presunciones de lo que pasaría. Al día siguiente corrí a casa de mi hermano y dije a Lica:

—Vigila tú a doña Cándida, que yo vigilaré a Irene.

Ella extrañó que yo recelase de Calígula, y me dijo que no sospechaba cosa mala de amiga tan cariñosa y servicial.

—Cuidado, cuidado con esa mujer... —le respondí, creyendo hallarme en lo firme—. A pesar de la protección que se le da en esta casa, mi cínife no ha variado de fortuna y se crea todos los días nuevas necesidades. Nada le basta, y mientras más tiene, más quiere. Se le ha matado el hambre, y ahora aspira a ciertas comodidades que antes no tenía. Proporciónale las comodidades y aspirará al lujo. Dale lujo, y pretenderá la opulencia. Es insaciable. Sus apetitos adquieren con los años cierta ferocidad.

—Pero ¿qué tiene que ver, chinito...?

—Vigila, te digo; observa sin decir una palabra.

—¿Y tú observarás a Irene?

—Sí. La creo buena, la tengo por excepcional entre las jóvenes del día. Es superior a cuanto conozco, es una maravilla; pero...

—A todo has de poner pero...

—¡Ay! Manuela, no sabes a qué tentaciones vive expuesta la virtud en nuestros días. Tú figúrate. Se dan casos de criaturas inocentes, angelicales, que en un momento de desfallecimiento han cedido a una sugestión de vanidad, y desde la altura de un mérito casi sobrehumano han descendido al abismo del pecado. La serpiente las ha mordido, inoculando en su sangre pura el virus de un loco apetito. ¿Sabes cuál? El lujo. El lujo es lo que antes se llamaba el demonio, la serpiente, el ángel caído, porque el lujo fue también querubín, fue arte, generosidad, realeza, y ahora es un maleficio mesocrático, al alcance de la burguesía, pues con la industria y las máquinas se han puesto en condiciones perfectas para corromper a todo el género humano, sin distinción de clases.

—*Aguaita,* Máximo; si quieres que te diga la verdad, no entiendo lo que has hablado; pero ello será cierto, pues tú lo dices... Bueno, cuidadito con la maestra...

Y en mi cerebro se estampó aquello de *cuidadito con la maestra,* de tal modo, que sólo la idea de mi papel de vigía aumentaba mi suspicacia.

Porque en mí habían surgido terribles desconfianzas, ¿a qué negarlo? Mi fe en Irene se había quebrantado un poco sin ningún motivo racional. Es que el procedimiento de duda que he cultivado en mis estudios como punto de apoyo para llegar al descubrimiento de la verdad sostiene en mi espíritu esta levadura de malicia, que es como el planteamiento de todos los problemas. Y en aquel caso, mientras más me mortificaba la duda, más quería yo dudar, seguro de la eficacia de este modo del pensamiento; y de la misma manera que éste ha realizado grandes progresos por el camino de la duda, mi suspicacia sería precursora del triunfo moral de Irene, y tras de mi poca fe vendría la evidencia de su virtud, y tras de las pruebas rigurosas a que la sometería mi espíritu de hipótesis resultarían probadas racionalmente las perfecciones de su alma preciosa. Por otra parte, aquel desasosiego en que yo estaba desde que supe las acometidas de José, me revelaba el profundo interés, el amor, digámoslo de una vez, que Irene me inspiraba, y que hasta entonces podía haberse confundido ante mi conciencia con cualquier aberración caprichosa del sentimiento o de los sentidos. Yo tenía ardientes celos; luego yo quería con igual ardor a la persona que los motivaba.

Lo primero que resolví fue ocultar a Irene lo que sentía, mientras no fuera para mí claro como la luz del sol que la maestra resistiría las torpes asechanzas de mi hermano. Entré a verla. ¡Qué confusión se apoderó de mí al hallarla meditabunda, tristísima, más pálida que nunca, como si embargaran su alma graves y contradictorios pensamientos! ¿Qué le pasaba? Toda mi habilidad y mi charla capciosa no consiguieron abrir el sagrario de su alma, ni sorprender por una frase el misterio encerrado en ella. Aquel día funesto no la vi sonreír. Desmintió por completo la idea que yo tenía de su ecuanimidad y del reposo y sereno equilibrio de su carácter. No pude obtener de ella más que monosílabos. Fija su vista en la labor, hacía nudos y más nudos y yo me figuraba que cada uno de éstos era un *ergo* de la enmarañada dialéctica que había en su cabeza, porque indudablemente pensaba, y discutía, y ergotizaba, y hacía prodigios de sofística.

Muy mal impresionado me retiré a mi casa, y tan inquieto estuve, tan hostigado del recelo, de la curiosidad, que a la siguiente mañana, luego que concluyó la lección de los niños, abordé mi asunto y le dije:

—Ya sé todo lo que le pasa a usted. Manuela me ha contado las locuras de José María.

Oyóme tranquila y se sonrió un poco. Yo esperaba sorprender en ella turbación grande.

—Su hermanito de usted —me contestó— es muy particular. Qué poco se parece a usted, amigo Manso. Son ustedes el día y la noche.

Yo seguí hablando de mi hermano, de su carácter ligero y vanidoso; le disculpé un poco; puse en las nubes a Lica, y...

Irene me interrumpió, diciéndome:

—Aunque don José no ha vuelto a entrar aquí, ni me ha dirigido una palabra desde la escena aquella, me parece que no puedo seguir en esta casa.

No hice más que un signo de sorpresa, porque no me atreví a contestarle negativamente. Comprendí que tenía razón. Preguntéle si el motivo de la tristeza que había notado en ella el día anterior tenía por causa las desagradables galanterías del amo de la casa, y me contestó:

—Sí y no... Sería largo de explicar, pues... sí y no.

¡Sí y no! Admirable fórmula para llegar al colmo de la confusión o la locura misma.

—Pero sea usted sincera conmigo. Usted me ha dicho que me consultaría no sé qué asunto grave, y aun creo que dijo: "Juro hacer lo que usted me mande."

Entonces me miró muy atenta. Sus ojos penetraban en mi alma como una espada luminosa. Nunca me había parecido tan guapa, ni se me había revelado en ella, como entonces, aquella hermosura inteligente que los más excelsos artistas han sabido remedar en esas pinturas alegóricas que representan la Teología o la Astronomía. Yo me sentí inferior a ella, tan inferior que casi temblaba cuando le oí decir:

—Usted ha dudado de mí... Luego no es usted digno de que yo le consulte nada.

Era verdad, era verdad. Mis preguntas capciosas, mis inquisitoriales averiguaciones del día anterior debieron de serle poco gratas. Su resentimiento me pareció bellísimo y dióme tanto placer, que no pude ocultarle cuánto me agradaba el noble tesón suyo. Hícele declaraciones de firme amistad; pero sin excederme ni dar a entender otra cosa, pues no era llegada la ocasión, ni había logrado yo la evidencia que buscaba, aunque tenía el presentimiento de ella.

Salimos de paseo. Mostróse apacible y cordial; pero en nuestra conversación, en nuestros escarceos y juegos de diálogo me manifestaba que algo había que no estaba dispuesta a revelarme, y ese algo era lo que se me ponía a mí entre ceja y ceja, mortificándome mucho.

—Yo haré méritos —le dije— para ganar otra vez su confianza y oír las consultillas que quiere hacerme.

—Veremos. Por de pronto...

—¿Qué?

—Por de pronto no me ametralle usted a preguntas. Quien mucho pregunta poco averigua. Tenga usted más paciencia y confianza en mi espontaneidad. En esto soy tremenda; quiero decir que cuando no me chistan me entran en mí deseos de contar algo. Y en cuanto a las consultillas, pierden toda su sal si no se hacen en tiempo oportuno y cuando ellas solas se salen del corazón.

Esto me hizo reír, y cuando nos despedimos en casa de Lica, me reí más con esta salida de Irene:

—Para que haga usted más méritos, le voy a pedir otro favor... ¡Cuánto le agradecería que me hiciera una notita, un resumen, pues, en un papelito así..., de la Historia de España! ¿Creerá usted que me confunden los once Alfonsos y no los distingo bien? Todos me parece que han hecho lo mismo. Luego se me forma en la cabeza una ensalada de Castilla con León que no sé lo que me pasa. ¿Hará usted la nota?...

—Pero, criatura, ¿la Historia de España en un papelito?

—Nada más que los once Alfonsos. De don Pedro *el cruel* para acá ya me las manejo bien... ¡Qué cosa más aburrida! Aquellas guerras de moros, siempre lo mismo, y luego los casamientos del de acá con la de allí, y reinos que se juntan, y reinos que se separan, y tanto Alfonso para arriba y para abajo... Es tremendo. Le soy a usted franca. Si yo fuera el Gobierno, suprimiría todo eso.

—¿La Historia?

—Eso, eso que he dicho. No se enfade usted por estas herejías, y abur.

23. ¡La Historia en un papelito!

¿Cuándo se ha visto extravagancia semejante? Me parece que menudean demasiado los antojos. Un día la Gramática de la Academia, que apenas entiende; otro día, lápices y dibujos que no usa; primero, las poesías en bable; después, la canción de Tosti, y ahora la historia de los Alfonsos en un papelito... Al demonio se le ocurre... Vaya, vaya, que es tran grande en ella el dominio de la razón; que no hay en su espíritu la fijeza que imaginé ni aquel desprecio de las frivolidades y caprichos que tanto me agradaba cuando en ella lo suponía. Pero lo extraño es que no por perder a mis ojos alguna de las raras cualidades de que la creí dotada amengua la vivísima inclinación que siento hacia ella; al contrario... Parece que a medida que es menos perfecta es más mujer, y mientras más se altera y rebaja el ideal soñado, más la quiero y...

Esto pensaba yo aquella noche. Hondamente abstraído, no asistía a la reunión. Ocupóme completamente al otro día un asunto universitario, que me tuvo no sé cuántas horas de Herodes a Pilatos, desde el despacho del Rector a la Dirección de Instrucción Pública. Asistí a una comida dada por mis discípulos a tres catedráticos, y antes de retirarme a mi casa di una vuelta por la de mi hermano, donde encontré una gran novedad, que me refirió puntualmente Lica. La noche anterior habían cruzado palabras bastante agrias Manuel Peña y el marqués de Casa-Bojío. Fue cuestión de etiqueta que trajo al punto la cuestión de clases, y prontamente la de personas; tres cuestiones que se encerraban en una, en la necesidad de que ambos jóvenes se descriminaran a sablazos o a tiros en lo que llaman el campo del honor. La dureza provocativa de las frases dichas por Peña en la malhadada disputa, y su resistencia a dar explicaciones, hacían inevitable el duelo.

Había querido José María arreglar el asunto hurgándose el caletre para buscar fórmulas de transacción, que tal era su fuerte; mas por aquella vez el abrazo de Vergara no vendría como en 1839, sino después de la efusión de sangre, y ya estaba todo concertado para el día siguiente muy temprano. Cimarra y no sé qué otro caballerito eran padrinos de mi discípulo. El disgusto de Lica era grande, y yo deploraba con toda mi alma que un joven de talento claro y de sanas ideas, educado por mí en el aborrecimiento de la barbarie humana, incurriera en la estúpida flaqueza de desafiarse. Lo que yo hablé aquella noche sobre este particular no es para contarlo aquí. Estuve casi elocuente, y Lica aprobaba con toda su alma mis ideas, y me admiraba de que un criterio tan sano no triunfara en la Sociedad anonadando el error y las preocupaciones.

Grande era la pena que yo sentía aquella noche para que no respondiera de malísimo gusto al insufrible y cada vez más pesado poeta, secretario de la *Sociedad de Inválidos*. Pero él, rechazado fuertemente por mi desvío, a la carga volvía con más empuje, y me acribillaba con sus inhumanas pretensiones. Quería, ni más ni menos, que yo tomase parte en la gran velada que se estaba organizando, y que echase también mi discursito, rivalizando con los demás oradores que ya estaban comprometidos, entre los cuales los había de primera fuerza. Resistíme a todo trance, me

brindé con la razón de mi escaso poder oratorio; pero ni
aun esto me valía, porque mi hermano, Pez y otros dos
graves señores (uno de ellos ex-ministro) que presentes estaban, me atacaron de flanco, diciéndome que no hacían
falta discursos brillantes, sino sólidos y razonados, que con
mi palabra tendría la solemne fiesta una autoridad que no
le darían los cantorrios y los discursos floridos; y, por
último, que la *Sociedad,* si yo la desairaba negándole mi
valioso concurso, vería en mi ausencia de la velada un vacío imposible de llenar con otros discursos ni con poesías
ni con música.

Estas lisonjas no hacían mella en mi rígido carácter, y
obstinadamente negué mi concurso. Díjome mi hermanito
que yo era una calamidad; llamóme Lica *jollullo,* y la *cabeza parlante* me agradeció con un juicio bastante duro acerca del poco sentido práctico de los filósofos y de la escasa
ayuda que prestan al movimiento de la civilización. El párrafo que este señor me echó, como una rociada de sabiduría, algo semejante al vinagrillo aromático, parecía un ar-
tículo de periódico, de esos que se escriben por el vulgo
y para el vulgo, y que constituyen la escuela diaria y constante de la vulgaridad. No hice caso y me marché a casa.

Deseaba saber si Manuel Peña estaba en la suya, y si
doña Javiera se había enterado de las andanzas caballeres-
cas de su niño. Buen sermón preparaba yo a mi discípulo,
aunque en rigor de verdad, ya no había medio de retroce-
der en el lance, y la feroz preocupación social, verruga de
la cultura moderna y escándalo de la Filosofía, sería inevi-
tablemente respetada y cumplida. La idolatría del punto de
honra me parece tan absurda hoy, como si a mis contemporáneos les diera de repente la humorada de restablecer
los sacrificios humanos y de inmolar a sus semejantes en el
altar de un muñeco de barro que presentase cualquier di-
vinidad salvaje. Pero tal es la fuerza del medio social, que
yo, con todo el rigor y pureza intolerante de mis ideas, no
habría osado alejar a Peña del bárbaro terreno ni sugerirle
la idea de faltar al emplazamiento. ¿Qué más? Siendo
quien soy, creo que no podría ni sabría eximirme de acudir al llamado *campo del honor,* si me viera impulsado a

ello por circunstancias excepcionales. No olvidemos nunca los grandes ejemplos de la debilidad humana, mejor dicho, de transacciones de la conciencia, determinadas por el medio ambiente. Sócrates sacrificó un gallo a Esculapio; San Pedro negó a Jesús.

Doña Javiera no sabía nada. Manuel había tenido el buen acuerdo de engañarla diciéndole que iba a Toledo con unos amigos, y que allí pasaría la noche.

Con esto, la pobre señora estaba tranquila. Yo no lo estaba, pues aunque en la generalidad de los casos los duelos del día son verdaderos sainetes, y éste es la tendencia de cuantos intervienen en ellos como padrinos o componedores, bien podría suceder que las leyes físicas, con su fatalidad profundamente seria y enemiga de bromitas, nos regalasen una tragedia.

Desde muy temprano salí, al siguiente día, para enterarme de lo ocurrido, mas nada pude averiguar. A las diez no había entrado Peña en su casa, lo que me puso en cuidado; pero doña Javiera, sin sospechar cosa mala, decía:

—Vendrá en el tren de la noche. Figúrese usted, en un día no tienen tiempo de ver nada, pues sólo en la Catedral dicen que hay para una semana.

Corrí a casa de José, donde Lica, atrozmente inmutada, me dio la tremenda noticia de que Peñita había matado al marqués de Casa-Bojío. Sentí pena y terror tan grandes que no acerté a comentar el lamentable suceso, prueba evidente de la injusticia y barbarie del duelo. ¡Aquel joven, dotado de corazón noble, de inteligencia tan clara y simpática, interesantísimo y amable por su figura, por su trato, por las prendas todas de su alma, había quitado la vida a un infeliz inocente de todo delito que no fuera el ser tonto!... ¿Y por qué? Por unas palabras vanas, comunes y baldías, accidente de la voz y producto de la necedad; ¡palabras que no tenían valor bastante para que la Naturaleza permitiera, por causa de ellas, la muerte de un mosquito, ni el cambio más insignificante en el estado de los seres!

Pero, ¡qué demonio!, la noticia la había traído Sainz del Bardal. ¿No era el conducto motivo bastante para dudar?...

—Sí, sí —me dijo Lica—. Corre a enterarte en casa de
Cimarra. José María salió muy temprano. No le he visto
hoy. Dijo que no volvería hasta la noche.

¡Que todos los demonios juntos, si es que hay demonios,
o todos los genios del mal, si es que existe genio del mal
fuera del alma humana, carguen con Sainz del Bardal, y le
puncen y le rajen y le pinchen, y le corten, y le sajen y
acribillen, y le arañen, y le acogoten, y le estrangulen y le
muelan, y le pulvericen, y le machaquen, hasta reducirle
a pedacitos tan pequeños que no puedan juntarse otra
vez, y hasta lograr la imposibilidad de que vuelvan a
existir en el mundo poetas de su ralea!... ¡Valiente susto
nos dio el maldito!... ¿De dónde sacaste, infernal criatura,
que el escogido entre los escogidos, Manolo Peña, había
quitado la preciosa vida al pobrecito Leopoldito, que por
estar blindado de candeces, como lo está de conchas un
galápago, tiene en su inútil condición garantías sólidas de
inmortalidad? ¿En qué fuente bebiste, poeta miasmático,
peste del Parnaso y sarampión de las Musas? ¿Quién te engañó, quién te sopló, trompa de sandeces?
—¡Si no pasó nada, si no hubo más sino que el filo
del sable de Peña rozó la oreja derecha del espejo de los
mentecatos y le hizo un rasguño, del cual brotaron obra de
catorce gotas de sangre de Tellería!
Y como la cosa era *a primera sangre,* aquí paró el lance,
y ambos caballeros se quedaron repletos de honor hasta re-
ventar, y luego se dieron las manos, y el que hacía de
médico sacó un pedacito de tafetán inglés y lo aplicó a la
oreja de Leopoldito, dejándosela como nueva, y todo quedó así felizmente terminado para regocijo de la Humanidad y descrédito de las malditas ideas de la Edad Media
que aún viven.
Me contó todo el mismo Cimarra, extremando los elogios de la serenidad y generosa bravura de Manuel Peña.
Faltóme tiempo para llevar la buena noticia a Lica, que se
había tomado ya cinco tazas de café para quitar el susto.

Doña Jesusa dio gracias a Dios en voz alta, Mercedes cantó de alegría, y hasta el ama, Rupertico y la mulata se alegraron de que no hubiera pasado nada.

Después de almorzar entramos Manuela y yo en el cuarto de estudio para ver escribir a las niñas. Recibiónos Irene con vivo gozo. ¿Por qué estaba tan poco pálida que casi, casi eran sonrosadas sus mejillas? La observé inquieta, con no sé qué viveza infantil en sus bellos ojos, decidora y de humor más festivo, pronto y locuaz que de ordinario.

—Perdóneme usted —le dije—, pero he tenido muchas ocupaciones y no he podido traerle la *Historia en un papelito*.

—¡Ah, qué tontería! No se incomode usted... No merece la pena... La verdad, no sé cómo usted me aguanta... Soy de lo más impertinente... En fin, como usted es tan bueno y yo tan ignorante, me permito a veces molestarle con preguntas. Pero no haga caso de mí. ¿No es verdad, señora, que no debe hacer caso?

—¡Oh, no!, que trabaje, que le ayude, niña... Pues no faltaba más. ¿Para qué le sirve todo lo que sabe?

—Pero qué soso, ¡qué soso es! —dijo Irene, mirándome y riendo, fusilándome con el fuego de sus ojos y haciéndome temblar con escalofrío nervioso—. ¿Ve usted cómo no quiere tomar parte en la velada?... Lo que yo digo: es de lo más tremendo...

—¡Jollullo!

—Pues tiene usted que hablar, sí, señor. Mándeselo usted, señora; mándeselo usted, pues no hace caso de nadie...

—Pues sí, tienes que hablar, Máximo.

—Se deslucirá la fiesta si no habla —añadió Irene—. Ya le he dicho: "Si usted no abre el pico, amigo Manso, yo me voy", y la señora ha prometido llevarme a un palquito de los de arriba.

—Sí, iremos a un palquito de los altos, donde podamos estar con comodidad... Mamá dice que si hablas irá también.

Una voz gangosa, lánguida, que arrastraba perezosamente las sílabas, resonó en la puerta, murmurando:

—Tiene que hablar, sí, señó...

Era doña Jesusa que pasaba. Y al mismo tiempo Isabelita se abrazaba a mis piernas y se colgaba de mis manos, chillando también:

—Tienes que hablar, tiíto.

Miróme Irene de un modo terrible y dulce... Debió de mirarme como siempre, pero mi espíritu, desencajado en aquellos días, estaba dispuesto a la poesía y a las hipérboles, y lo menos que vio en los ojos de la maestra fue toda la miel del monte Himeto mezclada a toda la amargura de las olas del mar... Y de estos océanos agridulces emergían, como náufragos que se salvan en una pastilla, estas palabras de acíbar y mazapán:

—Es preciso que hable..., tiene usted que hablar...

Pues tengo que hablar; no hay más remedio. Hay en sus palabras no sé qué de imperioso, de irresistible, que corta la retirada a mi modestia, y me deja indefenso y solo ante los ataques de los organizadores de la velada. Al fin sucumbiré. Es necesario hablar. ¿Y sobre qué?

Esto pensaba al retirarme aquella noche, después de un paseo con Manuela, Irene y los niños, y cuando me acercaba a mi casa iba pensando qué orden de ideas elegiría para componer un bonito discurso. Lo mismo fue entrar en mi despacho y ver mis libros, que se encendió de súbito mi mente y de ella brotó inspiración esplendorosa. El saber archivado en mi biblioteca parecía venir a mí en rayos, como las voces celestes que algunos pintores ponen en sus cuadros, y yo sentí en mí aquellas voces, tonos y ecos distintos de la erudición, que me decían cada cual su idea o su frase. ¡Qué admirable discurso el mío! ¡Panorama inmenso, síntesis grandiosa, riqueza de particularidades! Ocurrióseme la exposición del concepto cristiano de la caridad, uno de los más bellos alcázares que ha construido el pensamiento humano.

Yo analizaría la definición dogmática de aquella virtud teologal y sobrenatural por la que amamos a Dios por Sí mismo y al prójimo como a nosotros mismos por amor de Dios. Después me metería con los Santos Padres... ¡Oh, mi memoria no me era fiel en este punto; sólo recordaba la gradación de San Francisco de Sales, que dice: "El hombre es la perfección del Universo; el espíritu es la perfección del hombre; el amor, la del espíritu, y la caridad, la del amor..." Después de apurar bien la caridad católica, yo, por medio de una transacción apoyada en la hermosa frase de Newton: "Sin la caridad, la virtud es un nombre vano", me pasaría al campo filosófico: establecería el principio de fraternidad, y pasito a pasito me iría al terreno económico-político, donde las teorías sobre asistencia pública y socorros mutuos me darían materia riquísima... Luego la Sociología... En fin, me sobraba asunto, tenía ideas con qué hacer siete discursos para siete veladas. La dificultad estaba en condensar. No hay nada más difícil que hablar poco de una cosa grande. Sólo los espíritus verdaderamente grandes tienen el secreto de encerrar en el término de escasas palabras espacios inmensurables. Yo estaba, pues, confuso; no sabía qué escoger entre tanta tesis, entre tan variadas riquezas. Después de reflexionar largo rato, vi claro, y consideré que sería el colmo de la pedantería sacar a relucir el dogmatismo cristiano, los Santos Padres, la Filosofía, la ciencia social, la fraternidad y la economía política. Parecióme ridícula la fiebre de erudición que me entró al ver mi biblioteca, y consideré a qué locos extravíos conduce la manía de hacinamiento de libros. La erudición es un vino que casi siempre embriaga. Librémonos de ella, mayormente en ciertos actos, y aprendamos el arte de llevar a cada sitio y a cada momento lo que sea propio de uno y de otro y encaje en ambos con maravillosa precisión. Volví la espalda a mi biblioteca y me dije: "Cuidado, amigo Manso, con lo que haces. Si en esa famosa velada te descuelgas como un mosaico de erudición tediosa o con un catafalco de filosofía trascendente, el públi-

co se reirá de ti. Considera que hablarás ante un senado de
señoras, que éstas y los pollos y todas las demás personas
insustanciales que a tales fiestas asisten, estarán deseando
que acabes pronto para oír tocar el violín o recitar una
poesía. Prepara una oración breve, discreta, con su golpecito de sentimiento y su toque de galantería a las damas;
es decir, que cuando se te escape alguna filosofía, haces luego una borlada de polvos de arroz. Di cosas claras, si puede
ser, bonitas y sonoras. Proporciónate un par de metáforas,
para lo cual no tienes más que hojear cualquier poeta de
los buenos. Sé muy breve; ensalza mucho a las señoras que
se desviven organizando funciones para los pobres; habla
de generalidades fáciles de entender, y ten presente que si
te apartas tanto así de la línea del vulgo bien vestido que
ha de oírte, harás un mal papel, y los periódicos no te lla-
marán inspirado ni elocuente."

Esto me dije, y dicho esto, me callé y me puse a comer,
pues aquel día pude también evadirme, por rara suerte, de
la comida oficial de mi hermano, para consagrarme con sa-
brosa tranquilidad a la olla doméstica.

La próxima velada y el compromiso que contraje me tenían preocupado. No han sido nunca de mi gusto estas ce-
remonias que con pretextos de un fin caritativo sirven para
que se exhiban multitud de tipos ávidos de notoriedad. Si
algún tiempo antes me hubieran dicho: "Hablarás en una
velada caritativa", lo habría juzgado tan absurdo como si
dijeran: "Volarás", y sin embargo, ¡oh Dios!, yo volé.

Pero un desasosiego mayor que este de pensar en mi discurso me entristeció por aquellos días. Una tarde fui a casa
de José María con intención decidida de ver a Irene y de
hablarle un poco más explícitamente, porque mi propia reserva empezó a enojarme, y me cansaba del papel de observador que yo mismo me había impuesto. La determinación
de sentimiento iba tomando tal fuerza en mí de día en día,
que andaba la razón algo desconcertada, como autoridad que
pierde su prestigio ante la insolencia popular. Y doy por
buena esta figura porque el sentimiento se expansionaba
en mí al modo de un plebeyo instinto pidiendo libertad,
vida, reformas y mostrándome la conciencia de su valer y

las muestras de su pujanza, mientras la rutinaria y glacial razón hacía débiles concesiones, evocaba el pasado a cada instante, y no soltaba el códice de sus rancias pragmáticas. Yo estaba, pues, en plena revolución, motivada por ley fatal de mi historia íntima, por la tiranía de mí propio y por aquella manera especial de absolutismo o inquisición filosófica con que me había venido gobernando desde la niñez.

Aquel día, pues, el brío popular era terrible, se habían desbordado las masas, y la Bastilla de mis planes había sido tomada con estruendo y bullanga. Acordándome de Peña y de sus ideas sobre la necesidad de lo dramático en cierta parte de la vida, me parecía que tenía razón. Era preciso ser joven una vez y permitir al espíritu algo de ese inevitable proceso reformador y educativo que en Historia se llama revoluciones.

"Basta de sabidurías —me dije—; acábense los estudios de carácter, y las disecciones de palabras que me enredan en mil tormentosas suspicacias y cavilaciones. ¡Al hecho, a la cosa, al fin! Planteada la cuestión y manifestados mis deseos, toda la claridad que haya en mí se repetirá en ella, y la veré y apreciaré mejor. Así no se puede vivir. ¡Ay de aquel que en esto de mujeres imite al botánico que estudia una flor! ¡Necio! Aspira su fragancia, contempla sus colores; pero no cuentes sus pistilos, no midas sus pétalos ni analices su cáliz, porque así, mientras más sepas, más ignoras, y sabrás lo menos digno de saberse que guarda en sus inmensos talleres la Naturaleza."

Así pensaba, y con estas ideas me fui derecho a su cuarto. ¡Desilusión! Irene no estaba. Las niñas, tampoco. Lica salió a mi encuentro y me explicó el motivo de la ausencia de la maestra. Había ido a casa de su tía con la idea de arreglar sus cosas. Parece que estaban de mudanza. Doña Cándida había tomado un cuartito muy mono y recorría las almonedas para procurarse muebles baratos con que adecentarlo. Irene estaba en la antigua casa de mi cínife poniendo en orden los objetos para la mudanza, y ayudando a su tía.

Quise ir allá, pero Lica me detuvo. Tenía que darme

cuenta de los malos ratos que estaba pasando con el ama
de cría, cuya bestial codicia, iracundo genio y feroces exigencias no se podían soportar. Todos los días armaba pe-
loteras con la mulata, y se ponía tan furiosa, que la leche
se le echaba a perder, y mi buen ahijado se envenenaba
paulatinamente. Cuanto veía se le antojaba, y como Manuela le hacía el gusto en todo, llegó un momento en que
ni con faldas de terciopelo, ni con joyas falsas o finas se
la podía contentar. Cuando la contrariaban en algo ponía
el hocico de a cuarta, y era preciso echarle memoriales para sacarle una palabra. No mostraba ningún cariño a su hijo postizo, y hablaba de marcharse a su casa con su
hombre y los sus mozucos. Varios objetos de valor que habían desaparecido fueron descubiertos sigilosamente en el
baúl de la bestia. Lica le tenía miedo, temblaba delante de
ella, y no se atrevía a mostrarle carácter ni contrariarla en
lo más ligero.

—Que se lleve todo —me decía, lloriqueando, a solas
los dos—, con tal de que críe al hijo de mis entrañas. Ella
es el ama; yo, la criada: no me atrevo a resollar delante de
ella por miedo de que haga una brutalidad y me mate al hijo.

—¡Buen punto te ha traído doña Cándida! ¿Ves? De mi
cínife no puede salir cosa buena.

—Y doña Cándida, ¿qué culpa tiene? ¡La pobre...! No
seas ponderativo... ¡Si yo pudiera buscar otra criandera
sin que ésta se maliciara, pues, y plantarla en la calle...!
¡Ay! Máximo, tú que eres tan bueno, ayúdame. No cuento
para nada con José María. ¿Ese?, como si no existiera. No
parece por aquí. Conque, Máximo, chinito...

—Pero, Lica..., y esa doña Cándida, ¿qué dice?

—Si apenas viene a casa... desde que ha vendido las
tierras de Zamora y tiene moneda...

—¡Dinero, doña Cándida! —exclamé, más asombrado
que si me dijeran que Manzanedo pedía limosna—. ¡Dinero, Calígula!

—Sí, está rica; pues si vieras, niño..., gasta unas fanta-
sías...

—¡Ay Lica, Lica!, yo te encargué que vigilaras bien a
mi cínife. ¿Lo has hecho?

—Pero ven acá, ponderativo.

Yo no sabía qué pensar. La necesidad de ver a Irene y no sé qué instinto suspicaz, que me impulsaba a observar de cerca los pasos de doña Cándida, lleváronme a la casa de ésta. Llegué: mi espíritu estaba preñado de temores y desconfianzas. Llamé repetidas veces tirando, hasta romperlo, del seboso cordón de aquella campanilla ronca; pero nadie me respondía. La portera gritó desde arriba que la señora y su sobrina estaban en la otra casa. Pero ¿adónde estaba esa casa? Ni la portera ni los vecinos 'o sabían.

Volví junto a Lica. Irene llegó muy tarde, cansada, ojerosa, más pálida que nunca. La nueva casa de su tía estaba en la barriada moderna de Santa Bárbara, con vistas a las Salesas y al Saladero. Tía y sobrina habían trabajado mucho aquella tarde.

—¡He cogido tanto polvo...! —me dijo Irene—. Estoy rendida de sueño y cansancio. Hasta mañana, amigo Manso.

¡Hasta mañana! Y aquella mañana vino, y también desapareció Irene. Vivísima curiosidad me impelía hacia la nueva casa, alquilada y amueblada con el producto de aquellas tierras de Zamora que no existían más que en el siempre inspirado numen del fiero Calígula.

Salí, recorrí las nuevas calles del barrio de Santa Bárbara; pero no di con la casa. Según me había dicho Irene, ni el edificio tenía número todavía, ni la calle nombre; pregunté en varios portales, subí a varios pisos, y en ninguno me daban razón. Parecíame viajar por una ciudad humorística como las tierras de doña Cándida, y aun me ocurrió si el *cuartito muy mono* estaría en uno de los yermos solares en que no se había edificado todavía. Volví hacia el centro. En la calle de San Mateo, ya cerca de anochecer, me encontré a Manuel Peña que me dijo: "Ahora van la de García Grande y su sobrina por la calle de Fuencarral."

Nos separamos después de haber hablado un momento de su discurso y del mío. Me fui a casa, volví a salir. Era de noche...

Me atormentaron toda la noche dentro y fuera de mi casa. No sé cómo vino a mí aquella imagen. La encontré, la vi pasar sola y acelerada delante de mí por la otra acera, por la acera del Tribunal de Cuentas. Yo estaba al amparo de una de las acacias que adornan la puerta del Hospicio, y ella no me vio. La seguí... Apresurada iba y como recelosa... A veces se detenía para ver los escaparates. Cuando se paró delante de uno muy iluminado, la miré bien, para cerciorarme de que era ella. Sí, ella era; llevaba el vestido azul marino, sombrero oscuro, como un gran cuervo disecado, que daba sombra a la cara. Su aire elegante y algo extranjero distinguíala de las demás mujeres que iban por la calle.

Pasó junto a la esterería, junto al estanco, entretúvose un momento viendo las telas en el *Comercio del Catalán*. Después acortó el paso, había descarrilado el tranvía, y un coche de plaza se había metido en la acera. El tumulto era grande. Irene miró un poco y pasó a la otra acera, alzándose

ligeramente las faldas porque había mucho barro. Aquella
tarde había llovido. Tomó la acera de los pares por junto
a la botica dosimétrica y siguió luego con alguna prisa,
como persona que no quiere hacer esperar a otra. Pasó junto a la capilla del Arco de Santa María, y mirando hacia
adentro, se persignó. ¡También mojigata...! Siguió adelante. Crueles sospechas me mordían el corazón. Para ob-
servarla mejor, yo seguía por la acera contraria. Pasó por
una esquina, luego por otra. Detúvose para reconocer una
casa. En el ángulo se ve el pilastrón de un registro de
agua, y arriba, una chapa verde de hierro con un letrero
que dice: *Viaje de la Alcubilla. Registro núm. 6, B. Arca núm 18, B.* Leyó el letrero, y yo también lo leí. Era el
rótulo del infierno... Dio algunos pasos y se escurrió por el
portal oscuro... Yo estaba anonadado, presa del más vivo
terror, y sentía agonías de muerte. Clavado en la acera de
enfrente, miraba al lóbrego, angosto y antipático portal,
cuando llegó un coche y se paró también allí. Abrióse la
portezuela, salió un hombre... ¡Era mi hermano...!

   Concluiré esta febril jornada diciendo con la candidez
de los autores de cuentos, después de que se han despacha-
do a su gusto narrando los más locos desatinos: "Entonces
desperté. Todo había sido un sueño."

   Pero este atroz sueño mío que me atormentó a la mañana, fue nacido de mis hipótesis de la noche anterior, y
llevaba en sí no sé qué probabilidad terrible. Me impresionó tanto, que después recordaba el soñado paseo por la
calle de Fuencarral y me parecían tan claros sus accidentes
como los de la misma verdad. No es puramente arbitrario y
vano el mundo del sueño, y analizando con paciencia los
fenómenos cerebrales que lo informan, se hallará quizás
una lógica recóndita. Y despierto me di a escudriñar la relación que podría existir entre la realidad y la serie de
impresiones que recibí. Si el sueño es el reposo intermi-
tente del pensamiento y de los órganos sensorios, ¿cómo
pensé y vi...? Pero ¡qué tontería! Me estaba yo tan fresco
en la cama, interpretando sueños como un Faraón, y eran
las nueve, y tenía que ir a clase, y después preparar mi discurso para la gran velada que habría de celebrarse aquella

noche... Las cavilaciones de los dos pasados días no me habían permitido ocuparme de semejante cosa, y aún no tenía plan ni ideas claras sobre lo que había de decir. Como improvisador, siempre he sido detestable. No quedaba, pues, más recurso que enjaretar de cualquier modo una oracioncilla en los términos de fácil claridad y sencillez que me habían parecido más propios.

Tal empeño puse, que al anochecer estaba todo concluido satisfactoriamente. Había escrito todo mi discurso y lo había leído tres o cuatro veces en voz alta para fijar en mi espíritu, si no las frases todas, las partes principales de él y de su armónica estructura. Hecho esto, podía salir del paso, pues fijando bien las ideas, estaba seguro de que no se me rebelaría el lenguaje.

Cuando llegó la hora me vestí, ¡y al teatro con mi persona! Dígolo así, porque me llevé como quien lleva a un criminal que quiere escaparse. Yo era polizonte de mí mismo, y necesité toda la fuerza de mi dignidad para no evadirme en mitad del camino y volverme a mi casa; pero el yo autoridad tenía tan fuertemente cogido y agarrotado al yo timidez, que éste no podía moverse. Bien se conocía, en la proximidad del teatro, que en éste había aquella noche solemnidad grande. Era aún temprano, y ya se agolpaba el público en las puertas. Aunque se habían tomado precauciones para evitar la reventa de billetes, diez o doce gandules con gorra galoneada entorpecían el paso, molestando a todo el mundo. Llegaban coches sin cesar, sonaban las portezuelas como disparos de armas de fuego, y cuando me venía al pensamiento que yo formaba parte del espectáculo que atraía tanta gente, se me paseaba por la espina dorsal un cosquilleo... El discurso se me borraba súbitamente del espíritu, y luego aparecía bien claro para eclipsarse de nuevo, como los letreros de gas encendidos sobre la puerta del Teatro, y cuyas luces a intervalos barría el fuerte viento sin apagarlas.

No había dado dos pasos dentro del vestíbulo, cuando tropecé con un objeto duro y atrozmente movedizo. Era Sainz del Bardal, que se multiplicaba aquella noche como nunca; tal era su actividad. En el espacio de un cuarto de hora le vi en diferentes partes del coliseo, y llegué a creer que las energías reproductoras del universo habían creado aquella noche una docena de Bardales para tormento y desesperación del humano linaje. El estaba en el escenario arreglando la decoración, los atriles, el piano; él, en el vestíbulo disponiendo los tiestos de plantas vivas que a última hora no habían sido bien colocados; él, en los palcos saludando a no sé cuántas familias; él, dentro, afuera, arriba y abajo, y aun creo que le vi colgado de la lucerna y saliendo por los agujeros de la caja de un contrabajo. Una de tantas veces que pasó junto a mí, como exhalación, me dijo:

—Arriba, en el palco segundo de proscenio, están Manuela, Mercedes, y... abur, abur.

Subí. Sorprendióme ver a Lica en lugar tan eminente, en un palco que lindaba con el paraíso. El público extrañaría seguramente no ver a la señora de Manso en uno de los proscenios bajos. Parecía aquello una deserción, harto chocante tratándose de la dama en cuya casa se había organizado la fiesta. Cuando entré, Irene estaba colgando los abrigos en el estrecho antepalco. Saludóme en voz baja, dulcísimamente, con algo como secreto o confidencia de amigo íntimo.

—Ya estaba yo con cuidado —dijo—, temiendo que usted...

—¿Qué?

—Nos hiciera una jugarreta, y a última hora no quisiera hablar.

—Pero ¿no prometí...?

Su discreción me pareció encantadora. Parecía decirme: "Ya hablaremos largamente de ello y de otras mil cosas agradables."

—¿No sabes? —me dijo Lica—. José María se ha puesto muy bravo porque no he querido ir al palco proscenio. Dice que esto es una gansada... Mejor, que rabie. No me da la gana de ponerme en evidencia. Aquí estamos muy bien... *Aguaita,* chinito; hemos venido de bata. No te chancees. Aquí vemos todo y nadie nos ve... ¡Jesús, cómo está mi marido! Dice que no sirvo más que para vivir en un potrero... ¡Qué cosa! En fin, que rabie.

Mercedes miraba hacia las butacas, y aquel animado panorama a vista de pájaro la desconsolaba un poco, por no encontrarse en medio de tanto brillo y hermosura. También estaba doña Jesusa; inaudito fenómeno, tan contrario a sus costumbres sedentarias.

—No he venido más que a oírle, niño —me dijo con toda la bondad del mundo—. Pues si no fuera porque usted

155

se va a lucir, no me sacarían de mi sillón ni *toíta*s las Potencias celestiales.

Estaba la buena señora horriblemente vestida de día de fiesta, con gruesas y relumbrantes alhajas, y un medallón en el pecho con la fotografía de su difunto esposo, casi tan grande como un mediano plato. Yo no me había enterado hasta aquella noche de las facciones del papá de Lica, que era un señor muy bien barbado, vestido de voluntario de Cuba.

—Parece que hay solo de arpa —me dijo Mercedes, ilusionada con los misteriosos atractivos del programa.

—Creo que sí. Y también...

—¡Ah! ¡Los versos de Sainz de Bardal son más lindos...! —indicó Manuela—. Me los leyó esta tarde. Hablan de Sócrates y de un tal... no sé cómo.

—¿Y quién más recita?

—Creo que recitarán los principales actores. Voy a que Sainz del Bardal les mande a ustedes un programa.

Irene no despegaba los labios. Sentada tan lejos del antepecho como del fondo del palco, manteníase a decorosa distancia de Lica, acusando su inferioridad, pero sin dar a conocer ni sombra de servilismo. Modesta y digna, me habría cautivado en aquella ocasión, si entonces la hubiera visto por primera vez. Al salir vi en la penumbra roja del palco un objeto, una cosa negra, una cara... Me eché a reír, reconociendo a Rupertico, que me miraba y se apretaba la nariz con los dedos para contener sus carcajadas. Estaba sentado en una banqueta, tieso, estirado por la circunspección y el respeto, sin atreverse a mover brazo ni pierna. No había en él más señales de vida que los ímpetus de risa, y para sofocarlos se apretaba la boca con las palmas de las manos.

—No hemos tenido más remedio que traerle —me dijo *la niña Chucha*—. ¡Ay, qué enemigo! Toda la tarde llorando porque quería venir a oírle a usted.

—Yo creo que le da un accidente si no le traemos —añadió Lica—. Nos tenía locas. "Yo quiero oír a mi amo Máximo; yo quiero oír a mi amo Máximo..." Y llora que llora.

Al tirarle de la oreja vi que en el rincón había un bulto

envuelto en un pañuelo rojo. El negrito, al observar que yo miraba al bulto, acudió con sus manos a acomodar el pañuelo y ocultarlo más. Reía convulsivamente, y Lica y Mercedes también reían...

—Fresco, *relambido,* márchate, márchate, que aquí no haces falta —me dijo Lica—. Después de que hables vendrás a vernos.

En el escenario no se podía dar un paso. Sainz del Bardal y los que le habían ayudado en la organización no supieron impedir que entrase allí el que quisiese, y todo era desorden y apreturas.

Periodistas que iban en busca de pormenores para redactar sus crónicas, oradores, los amigos de los oradores, músicos y todos los amigos de los músicos, actores que habían de recitar y poetas que iban a que les recitaran, individuos afiliados a la Sociedad y multitud de personas a quienes nadie conocía llenaban el escenario. Sainz del Bardal, rojo como un cangrejo, y otro señor filántropo y discursista que tiene la especialidad de estas cosas, se esforzaban por imponer orden y expulsaban galantemente a los intrusos.

A todas éstas terminaba la sinfonía, el telón se había descorrido, y los individuos de la Junta ocupaban una fila de sillas, junto a pomposa mesa, tras la cual aparecía la imagen más grave de todas las imágenes imaginables, don Manuel María Pez. Este señor debía pronunciar breves palabras explicando el objeto de la ceremonia y dando las gracias a las distinguidísimas y eminentes personas que se habían dignado *cooperar a su esplendor en bien de la Humanidad y de los pobres.* Era la oratoria de este señor acabado ejemplo del género ampuloso, hueco y vacío, formado de pleonasmos y amplificaciones, revestido de hojarasca y matizado de pedacitos de talco, oratoria que sirve a las nulidades para hacer un breve papel parlamentario, fatigar a los taquígrafos y macizar esa inmensa pirámide papirácea que se llama el *Diario de las Sesiones.* Para descubrir una idea del señor Pez era preciso demoler a pico un paredón de palabras, y aún no había seguridad de encontrar cosa de provecho. Decía así:

"Es ciertamente laudable, es altamente consolador, es en sumo grado lisonjero para nuestra edad, para nuestro tiempo, para nuestra generación, que tantas personas eminentes, que tantos varones ilustres en las artes y en las letras, que tantas glorias de la Patria, en uno y otro ramo del saber, se presten, se ofrezcan, se brinden a..." Todos estos miembros del discurso iban perfectamente espaciados con enfáticas pausas, entre graves compases, con cadencia pomposa y campanuda que fatigaba como las manos de un batán. No seguí prestándole atención, porque necesitaba enterarme aprisa del orden de la fiesta, para ver cuál era mi puesto y en qué momento me tocaba, ¡ay Dios mío!, salir a las candilejas.

El programa era vasto, inmenso, vario y completo como ningún otro. A la legua se conocía que había andado en ello Sainz del Bardal y su destornillada cabeza. Hablaríamos un célebre orador, Manuel Peña y yo; habría cuarteto por eminencias del Conservatorio; leerían versos de celebrados poetas tres actores de los mejorcitos. El único poeta que sería leído por sí mismo era Sainz del Bardal, quien por condiciones especiales de carácter no confiaba a boca ajena las hechuras de su ingenio. Habría, además, concierto de piano, desempeñado por una señorita de doce años, que era un prodigio en teclas; habría gran solo de arpa por un célebre profesor italiano que había llegado a Madrid pocos días antes. Por último, cantaría un tenor del Real la célebre aria de Mozart *Al mio tesoro intanto,* y entre el tenor y el barítono despacharían el dúo *I marinari...* No sé si había algo más. Creo que no.

Sainz del Bardal me notificó que mi puesto en el programa seguía inmediatamente al solo de arpa, lo que me desconcertó un poco, mucho más cuando acerté a ver al solista, que parecía sujeto de mala sombra. Estaba en el fondo del escenario, preparando su instrumento y rodeado de una nube de músicos y gente italiana del Real. Mirándole yo, consideré supersticiosamente que en la compañía de aquel maldito músico no podía haber cosa buena. Era bastante obeso, con cara de mujer gorda, el peinado en dos cuernecitos muy monos, el bigote pequeño y de moco retorcido, también en cuernecillos, y con dos chapitas en los carrillos que parecían de colorete.

Yo me paseaba solo, esperando mi turno. Un noticiero se me acercó y me dijo:

—¿Sobre qué va usted a hablar? ¿Quiere darme usted un extracto de su discurso?

—Cuatro generalidades...; en fin, ya lo verá usted.

—¡Qué poco feliz ha estado ese señor De Pez!

Otro llegó, y dijo:

—Ya se acabó el *Dies iræ*. Es un piporro ese señor De Pez... ¡Ah!, vea usted el arpa. ¡Qué figura, amigo Manso! Pues si eso sonara...

—Parece mentira —añadió un tercero, gomoso, discípulo mío por más señas, buen chico, ateneísta...—. ¡Qué escándalo con los revendedores! Esto no pasa más que en España. El Gobernador ha mandado detener alguno. Sería curioso saber quién les había dado los billetes que no se han vendido en el despacho y son todos personales...

Poco a poco iban llegando conocidos, y se formaba animado corrillo junto a mí.

—Señor De Manso, ¿cuándo va usted?

—Después del arpa. ¡Lástima que mi discurso sea tan pobre de arpegios!

—Yo, a ser usted, hubiera pedido un lugar más adelantado.

—¿Qué más da? Antes o después, lo he de hacer bastante mal.

—¡Hombre, hombre, qué pillín es usted...! ¿Conque mal?

—¡Pchs...!

—Demasiado sabe usted que...

—¡Quia! Si ese buen señor no sabe lo que vale.

—Diga usted, señor De Manso: ¿le convendría a usted darme su discurso para la *Revista*...? Lo pondremos en el número 15, y después, si usted quiere, se le puede hacer una tirada corta..., pues un folletito...

—¡Quia, hombre! Es demasiado breve.

—¡Ah!, mejor... De todos modos, para la *Revista* ya me sirve.

—¿De qué se trata?

—De nada, señores, de nada. ¿Se puede hablar de cosas serias delante de esta gente, entre un solo de arpa y una tirada de versos? Cuatro generalidades...

—Ya sale el actor a leer el poema de ***... Es soberbio. Me lo leyó su autor ayer tarde. Es un asombro...

—Sí; pero vean ustedes qué manera de leer.

—Ese hombre es un epiléptico. Se pone verde.

—Milagro será que no se le reviente una vena.

—Esa descripción del naufragio... ¿eh?

—Es la primera fuerza...

—Y ahora el incendio de la cabaña... ¡Bravísimo!

—El poema es de barba de pato.

—¡Calzones, qué verso!

—Pero esa manera de declamar... ¡Ah!, los actores italianos...

—En las transiciones saca una voz de vieja...

—¡Muy bien, muy bien!

Todos aplaudimos al final, rompiéndonos las palmas de las manos. De las localidades venía un rumor de aplausos que parecía una tempestad. De pronto, en el círculo amistoso que se había formado en derredor de mí, apareció Manuel Peña con las manos en los bolsillos y el sombrero echado atrás. Parecía un libertino que salía de la ruleta.

—¡Hola, perdis...!

—Maestro, dichoso usted que está tranquilo.

—Y tú, ¿tienes miedo?

—¿Miedo...? Estoy como el reo en capilla.

—¿Sobre qué vas a hablar?

—Sobre lo primero que se me ocurra...

—¿No has preparado nada?

—Este es lo más célebre... —indicó un amigo—. ¿Creerá usted, Manso, que esta mañana no tenía idea siquiera del discurso que va a pronunciar?

—Ni la tengo ahora... Veremos lo que sale. Yo me las arreglo de este modo. Esta tarde me he leído unos versos de Víctor Hugo y he tomado una docena de imágenes.

—De esas de patrón de mico..., ¿eh?

—Cada imagen como la copa de un pino. Y con esto

me basta... Hablaré de las damas, de la influencia de la mujer en la Historia, del Cristianismo...

—De la mujer cristiana, ¿eh?...

—Eso, y de la caridad... A ver, señores, ¿quién dijo aquello de *la caridad corre a la desgracia como el agua al mar?*

—Chateaubriand.

—No, hombre; me parece que es el padre Gratry.

—No, no. Usted, Manso, ¿sabe...?

—Pues no recuerdo...

—En fin, lo diré como mío.

—¡Ah...! Esa frase es de Víctor Cousin...

—Sea de quien fuere...; usted, maestro, pronto entra.

—Detrás del arpa... Ahí va.

El italiano y su comitiva italianesca pasaron junto a nosotros. Hacía mi benemérito predecesor gimnasia con los dedos, como si quisiera rasguñar el aire.

Hubo un silencio expectante que me impresionó, haciéndome pensar que pronto se abriría ante mí la cavidad muda y temerosa de un silencio semejante. Después oyéronse *pizzcatos*. Parecían pellizcos dados al aire, el cual cosquilloso, respondía con vibraciones de risa pueril. Luego oímos un rasgueado sonoro y firme como el romper de una tela; después, un caer de gotas tenues, lluvia de soniditos duros, puntiagudos, acerados, y al fin, una racha musical inmensa, flagelante, con armonías misteriosas.

—¡Caramba, que este hombre toca bien!

—¡Vaya!

—Ahora, ahora. ¡Qué melodía! Pero, ¿de dónde es esto?

—Es una fantasía sobre *La Estrella del Norte.*

—¡Qué dedos!

—Si parecen patas de araña corriendo por los hilos.

—¡Y cómo se sofoca el buen señor...! Mire usted, Manso, cómo se le mueven los cuernecitos del pelo.

—Pero ¿han visto ustedes las cruces que tiene ese hombre?

—¿Qué es eso del hombre? Si es la mujer con barbas..., esa que estaba en la feria...

—¡Pchs...! Silencio, señores; esas risas...

Cuando concluyó el solo y sonaron los aplausos parecía que se me arrugaba el corazón y que se me devanecía la vista. Mi hora había llegado. Di algunos pasos mecánicos.

—Todavía no. Va a repetir. Tocará otra pieza.

—¡Qué placer...! Cinco minutos de vida.

Para animarme afecté alegría, despreocupación y un valor que estaba muy lejos de tener. La reflexión de estos estímulos artificiales suele ser de momentánea eficacia. Y, por último, llegó el segundo fatal. El italiano entró, volvió a salir llamado por el público y, al fin, retiróse definitivamente. Yo le vi limpiándose el sudor de su amoratado rostro, que parecía un lustroso tomate, y oí felicitaciones de los músicos que le rodeaban. Cuando rompí por medio de ellos para salir, las piernas me temblaban.

Y me vi delante del dragón, como quien va a ser tragado, pues las candilejas eran como dentadura de fuego; las filas de butacas, surcos de una lengua replegada, y el cóncavo espacio rojo, cálido y halitoso de la sala, la capacidad de una horrenda boca. Pero la vista misma del peligro parecía restituirme mi valor y fortalecerme. "Verdaderamente —pensé— es una tontería tener miedo a esa buena gente. Ni lo he de hacer tan mal que me ponga en ridículo..."

Alcé la vista, y allá arriba, sobre el mal pintado celaje del techo, vi destacarse un grupo de cabezas.

O, por lo menos, fue la que más claramente vi. Cuando principié, con voz no muy segura, me hacía visajes en los ojos el decorado pseudomorisco de los palcos. La puntería de gemelos, así como el movimiento de tanto abanico, me distraían. En uno de los proscenios bajos había una bendita señora cuyo abanico, de colosal tamaño, se cerraba y se abría a cada momento con rasgueo impertinente. Parecía que me subrayaba algunas frases o que se reía de mí con carcajadas de trapo. ¡Maldito comentario! En el momento de concluir una frase, cuando yo la soltaba redonda y bien cortada, sonaba aquel *ras* que me ponía los nervios como alambres... Pero no había más remedio que tener paciencia y seguir adelante, porque yo no podía decirle a la dama del abanico, como a un alumno de mi clase: "¿Hace usted el favor de no enredar...?"

Y seguí, seguí. Un miembro tras otro, frase sobre frase, el discursito iba saliendo, limpio, claro, correcto, con aquella facilidad que me había costado tanto trabajo. Iba sa-

163

liendo, sí, señor, y no a disgusto mío; y a medida que lo iba pronunciando, mi facultad crítica decía: "No voy mal, no, señor. Me estoy gustando; adelante..."

¿Qué diré de mi discurso? Copiarlo aquí sería impertinente. Una de las muchas revistas que tenemos, y que se distinguen por su vano empeño de hacer suscripciones, lo publicó íntegro, y allí puede verlo el curioso. No ofrecía gran novedad, no contenía ningún pensamiento de primer orden. Era una disertación breve y sencilla, a propósito para esto que llaman público, que es como si dijéramos una reunión de muchos, de cuya suma resulta un *nadie*. Todo se reducía a unas cuantas consideraciones sobre la indigencia, sus causas, sus relaciones con la ley, las costumbres y la industria. Luego seguía una reseña de las instituciones benéficas, deteniéndome principalmente en las que tienen por objeto la protección de la infancia. En esta parte logré poner en mi discurso una nota de sentimiento que levantó lisonjeros murmullos. Pero lo demás fue severo, correcto, frío y exacto. Cuanto dije era de lo que yo sabía, y sabía bien. Nada de conocimientos pegados con saliva y adquiridos la noche anterior. Todo ello era sólido; el orden lógico reinaba en las varias partes de mi obra, y no holgaban en ella frase ni vocablo. La precisión y la igualdad lo informaban, y las ampliaciones y golpes de efecto faltaban en absoluto.

Hago estos elogios de mí mismo sin reparo alguno, porque me autoriza a ello la franqueza con que declaro que no había en mi oración ni chispa de brillantez oratoria. Era como si leyese un sesudo y docto informe, o un dictamen fiscal. Y el efecto de este defecto lo notaba yo claramente en el público. Sí, al través de la urdimbre de mi discurso, como por los claros de una tela, veía yo al dragoncito de mil cabezas, y observaba que en muchos palcos las damas y caballeros charlaban olvidados de mí y haciendo tanto caso de lo que decía como de las nubes de antaño. En cambio, vi un par de catedráticos en primera fila de butacas que me flechaban con el reflejo de sus gafas, y con movimientos de cabeza apoyaban mis apreciaciones... Y el *ras* del dichoso abanico seguía rasguñando la limpidez de mi lengua como punta de diamante que raya la superficie del cristal.

Se acercaba el fin. Mis conclusiones eran que los institutos oficiales de beneficencia no resuelven la cuestión del pauperismo sino en grado insignificante; que la iniciativa personal, que esas agrupaciones que se forman al calor de la idea cristiana..., en fin, mis conclusiones ofrecían escasa novedad, y el lector las sabe lo mismo que yo. Baste por ahora decir que terminé, cosa que yo deseaba ardientemente, y parte del público también. Un aplauso mecánico, oficial, sin entusiasmo, pero con bastante simpatía y respeto, me despidió. Había salido bien, discreción y verdad; por la del público, benevolencia y cortesía. Saludé satisfecho, y ya me retiraba cuando...

¿Qué era aquello que bajaba del techo volando y agitando cintas? Era un objeto de variados colores, un conjunto de ramos verdes, de cenefas rojas... ¡Una corona, cielos vengadores! Fue tan mal arrojada, que cayó sobre las candilejas.

No sé quién la cogió; no sé quién me entregó aquella descomunal pieza de hojas de trapo, de bellotas que parecían botones de librea, con más cintajos que la moña de un toro, claveles como girasoles, letras doradas, y qué sé yo... Recibí aquella ofrenda extemporánea, y no sé cómo la recibí. Me turbé tanto, que no supe lo que hacía, y por poco pongo la corona en la cabeza calva del señor De Pez, que me dijo al pasar:

—Muy bien ganada, muy bien ganada.

Murmullos del público me declaraban que el dragoncillo, como yo, había considerado aquella demostración absolutamente impropia, inoportuna y ridícula... Me dieron ganas de tirarla en medio de las butacas.

—Es obsequio de la familia —oí que decía no sé quién.

Quedé confuso, ¡y después me entró una ira...! ¡Ya comprendía lo que guardaba el pícaro negro dentro de aquel pañuelo! ¡Como si lo viera! Debió de ser idea de *la niña Cucha*...

Me interné en el escenario con mi fastidiosa carga de hojarasca de trapo. En verdad, lo mejor era tomarlo a risa, y así lo hice... Bien pronto, mientras continuaba el programa con la pieza de piano, se formó en torno mío el corrillo de amigos y oí las felicitaciones de unos, las sinceridades o malicias de otros.

—Muy bien, amigo Manso... Tales manos lo hilaron.

—Me ha gustado mucho..., pero mucho. No, no venga usted con modestias. Debe estar usted satisfecho.

—¡Orador laureado...!, nada menos.

—¡Qué lástima que no alzara usted un poco más la voz! Desde la fila 11 apenas se oía.

—Muy bien, muy bien... Mil enhorabuenas... Un poquito más de calor no hubiera estado mal.

—Pero ¡qué bien dicho..., qué claridad!

—Vaya, vaya, y decía usted que era cosa ligera...

—Al pelo, Mansito, al pelo.

—Caballero Manso, bravísimo.

—Hombre, ya podías haber esforzado un poco la voz, y dar nervio, dar nervio...

—Mira, otra vez mueve los brazos con más garbo... Pero ha gustado mucho tu discurso. Las señoras no lo han comprendido; pero les ha gustado...

—¿Conque coronita y todo...?

También vino el arpista a felicitarme, permitiéndose presentarse a sí mismo para tener *l'onore de stringere la mano d'un egregio professore.*

Estas lisonjas me obligaron, mal de mi grado, a dedicar algunas frases al panegírico del arpa, a sus bellos efectos y a sus dificultades, poniendo a los profesores de este instrumento por encima de todas las demás castas de músicos y danzantes.

Hablando con el italiano, con otros músicos, con algunos de mis amigos, me distraje de las partes siguientes del programa; pero hasta donde estábamos venían, como olores errantes de un próximo sahumerio, algunas emanaciones retóricas de los versos que leía Sainz del Bardal. Su declamación hinchada iba lanzando al aire bolas de jabón que admiraban las mujeres y los necios. Las bombillas estallaban, resonando de diversos modos, ya en tono grave, ya en el plañidero y sermonario; y entre el rumor de la cháchara

que en derredor mío zumbaba, oíamos: "Creed y esperad...
inmensidad sublime..., místicos ensueños..., salve, creencia
santa..." De varios vocablos sueltos y de frasecillas volantes
colegimos que el señor Del Bardal se guarecía *bajo el manto
de la religión; que bogaba en el mar de la vida;* que su
alma *rasgaba pujante el velo del misterio,* y que el muy
pillín iba a romper la cadena que le ataba a la *humana
impureza.* También oímos mucho de *faros de esperanza,* de
puertos de refugio, de *vientos bramadores* y del *golfo de
la duda,* lo que no significaba que Bardal se hubiera metido a patrón de lanchas, sino que le daba por ahí, por
embarcarse en la nave de su inspiración sin rumbo, y todo
era naufragios retóricos y chubascos retóricos.

—¡Si encallará de una vez este hombre!...

—Dejadle que le dé al remo... ¡Lástima que ya no tengamos galeras!

—¡Y cómo me le aplauden!...

—Ya... Mientras exista el sexo femenino, las Musas co-
torronas tendrán *alabarda* segura... El público aplaude más
estas vulgaridades que los versos sublimes de ***. Así es
el mundo.

—Así es el Arte... Vámonos, que ya viene.

—¡Que viene Bardal! ¿Quién le aguanta ahora?

—Temo ponerme malo. Estoy perdido del estómago, y
ese poeta emético siempre me produce náuseas... Hu-
yamos.

—¡Sálvese el que pueda!

Yo también me marché temeroso de que me acometiera
Bardal. Salí del escenario, y en el pasillo bajo encontré
mucha gente que había salido a fumar, haciendo de la lectura del poeta un cómodo entreacto. Algunos me felicitaron
con frialdad, otros me miraron curiosos. Allí supe que el
célebre orador que debía tomar parte en la velada se había
excusado a última hora por haber sido acometido de un
cólico. Faltaban ya pocos números, y era indudable que
parte del público se aburría soberanamente, y pensaba que a
los autores de la velada no les venía mal su poquito de
caridad, terminando la inhumana fiesta lo más pronto posible.

En la escalera encontré a mi hermano. Andaba visitando palcos, traía un ramito en un ojal y estrujaba en su mano *La Correspondencia*.

—Has estado verdaderamente filósofo —me dijo con pegadiza bondad—, pero con muchas metafísicas que no entendemos los tristes mortales. Lástima que no hicieras uso de los datos de mortalidad que te dio Pez a última hora, y del tanto por ciento de indigentes por mil habitantes que acusan las principales capitales de Europa. Yo he estudiado la cuestión, y resulta que las escuelas de Instrucción Primaria nos ofrecen cuatrocientos catorce niños, y tres cuartos de niño por cada...

—¿Has estado arriba, en el palco de la familia? —le pregunté para cortar el hilo funesto de su estadística.

—No; ni pienso ir. ¡Buena la han hecho! ¿Te parece?... *¡Guindarse* en ese palcucho! ¡Qué inconveniencia, qué tontería y qué estupidez! Mi mujer me pone en ridículo cien veces al día... Pues digo, ¿y a ti?... ¿Qué te ha parecido lo de la coronita?

La carcajada que soltó mi hermano trajo a mi espíritu la imagen del malhadado obsequio que recibí, y no pude disimular el disgusto que esto me causaba.

—¡Si es la gente más tonta...! Apuesto que la idea fue de *la niña Chucha*. En cuanto a Manuela, es verdaderamente la terquedad en figura humana. Basta que yo desee una cosa...

Yo disculpé a Lica; él se incomodó; díjome que yo, con mis tonterías de sabio, fomentaba la terquedad y los mimos de su esposa.

—Pero, José...

—Tú eres otra calamidad, otra calamidad, entiéndelo bien. Nunca serás nada..., porque no estás nunca en situación. ¿Ves tu discurso de esta noche, que es práctico y filosófico y todo lo que quieras? Pues no ha gustado, ni entusiasmará nunca al público nada de lo que escribas, ni harás carrera, ni pasarás de triste catedrático, ni tendrás fama... Y tú, tú eres el que hace en mi casa propaganda de modestia ridícula, de ñoñerías filosóficas y de necedades metódicas.

—¡Ay José, José!...

—Lo dicho, camarada...

En esto estábamos, cuando nos sorprendió un estrépito que de la sala del teatro venía. Al pronto nos asustamos. Pero ¡quia!...; eran aplausos, aplausos furibundos que declaraban entusiasmo vivísimo.

—Pero ¿qué pasa?

Los pasillos se habían quedado vacíos. Todo el mundo acudía a su sitio para ver de qué provenía tal locura.

Esto decían, y al punto, deseoso de oír a mi discípulo, dejé a mi hermano y subí al empinado palco donde estaba la familia. Entré; nadie volvió la cara para ver quién entraba; tan embebidas estaban las cuatro damas en contemplar y oír al orador. Sólo el negro me miró, y acariciándome una mano, se pegó a mi costado. Acerquéme sin hacer ruido, y por encima de las cuatro cabezas miré al teatro. No he visto nunca gentío más atento, ni mayor grado de interés, totalmente dirigido a un punto. Verdad es que pocas veces he visto mayor ni más brillante ejemplo de la elocuencia humana.

Fascinado y sorprendido estaba el público. Un joven con su palabra arrebatadora, don semidivino en que concurrían la elegancia de los conceptos, la audacia de las imágenes y el encanto físico de la voz robusta y flexible, había cautivado y como prendido en una red de simpatía la heterogénea masa de personas diversas, y en una misma exclamación de gozo se confundían el necio y el sabio, la mujer y el hombre, los frívolos y los graves. Despertaba el orador, con la vibración celestial de las cuerdas de su noble espíritu, los sentimientos cardinales del alma humana, y no había un solo espectador que no respondiese a invocación tan admirable. Doña Jesusa se volvió hacia mí, y en su cara observé que estaba como lela. Hasta el pintado esposo que campeaba en el pecho de la señora me pareció que se había entusiasmado en su placa de marfil o porcelana. Mercedes me miró también, haciendo un gesto que quería decir: "Esto sí que es bueno." Lica e Irene no movían la cabeza; la emoción las había convertido en estatuas.

Por mi parte debo declarar que la admiración que Manuel me causaba y el regocijo de presenciar triunfo tan grande del que había sido mi discípulo, me ponían un nudo en la garganta. Sí; yo podía tomar para mí una parte, siquiera pequeña, de la gloria que el divino muchacho a manos llenas aquella noche recogía. Si recibió de la Naturaleza el extraordinario hechizo de la palabra, yo había logrado la pedrería de su grande ingenio, yo había dado a sus dones nativos la vestidura del arte, sin la cual habrían parecido desaliñados y toscos; yo le había enseñado lo que fueron y cómo se formaron los grandes modelos, y de mí procedían muchos de los medios técnicos y elementales de que se valía para obtener tan asombroso efecto. Así, cuando al terminar un párrafo estallaba en el público una tronada de aplausos, yo me rompía las manos y deseaba estar cerca del orador para estrecharle entre mis brazos.

¿Y de qué hablaba? No lo sé fijamente. Hablaba de todo y de nada. No concretaba, y sus elocuentes digresiones eran como una escapatoria del espíritu y un paseo por regiones fantásticas. Y, sin embargo, notábanse en él pujantes esfuerzos por encerrar su fantasía dentro de un plan lógico. Yo le veía sujetando con firme rienda el brioso caballo alado que en las alturas se encabritaba, insensible al freno y al látigo. Con estar yo tan fascinado como los demás oyentes, no dejaba de comprender que el brillante discurso, sometido a la lectura, habría de presentar algunos puntos vulnerables y tantas contradicciones como párrafos. Mi entusiasmo no embotaba en mí el don de análisis, y, temblando de gozo, hacía yo la disección del esqueleto lógico, vestido con la carne de tan opulentas galas...

Pero ¿qué importaba esto si el principal objeto del orador era conmover, y esto lo conseguía plenamente hasta el último grado? ¡Qué admirable estructura de frases, qué enumeraciones tan brillantes, qué manera de exponer, qué variedad de tonos y cadencias, qué secreto inimitable para someter la voz al sentido y obtener con la unión de ambos los más sorprendentes efectos, qué matices tan variados, y, por último, qué accionar tan sobrio y elegante, qué dicción enérgica y dulce, sin descomponerse nunca, sin incurrir en la declamación, sin salmodiar la frase! Las imágenes sucedían a las imágenes, y aunque no todas eran de gran novedad, y aun había alguna que aparecía un poco mustia, como flor que ha sido muy manoseada, el público, y yo también, las encontrábamos admirables, frescas, bonitas. Algunas fueron de encantadora novedad.

Pero ¿de qué hablaba? De lo que él mismo había dicho, del Cristianismo, de la redención y enaltecimiento de la mujer, de la libertad y un poco de los ideales grandes del siglo XIX. Allí salieron a relucir Isabel la Católica dando sus alhajas; Colón *redondeando la 'civilización,* y Stephenson, que, con la locomotora, *ha emparentado las partes del mundo...* Allí oí algo de las catacumbas, de Lincoln, el *Cristo del negro;* de las hermanas de la Caridad, del cielo de Andalucía, de Newton, de las Pirámides y de los Caprichos de Goya, todo enlazado y tejido con tal arte que el oyente le seguía de sorpresa en sorpresa, pasmado y hechizado, a veces con fatiga de tanta luz, de tan variados tonos y de transiciones tan gallardas.

Cuando concluyó, dijérase que se desplomaba el teatro, y que todo su maderamen crujía y se desarmaba con la vibración de las palmadas. Los más cercanos se abalanzaban hacia el escenario, como si quisieran abrazar al orador, y las señoras se llevaban el pañuelo a los ojos para secarse alguna lágrima, por ser cosa corriente en ellas que toda emoción, y el entusiasmo mismo, las haga llorar. Manuel se retiraba, y los aplausos le hacían volver a salir tres, cuatro, qué sé yo cuántas veces. El señor De Pez, no queriendo dejar de hacer algún papel conspicuo en tan solemne ocasión, sacaba de la mano al joven y le presentaba al público con paternal solicitud. Alguien decía: "Es un niño." Otros: "¡Qué prodigio!" Y yo gritaba a los vecinos del palco próximo:

—Es mi discípulo, señores; es mi discípulo.

Lica se volvió a mí y me dijo:

—¡Qué lástima que no haya venido su mamita a oírle!

Y doña Jesusa, suponiéndome desairado, me miró con benevolencia, y me dijo:

—También usted ha estado muy bien...

¡Y yo no me acordaba de mi discurso, ni de la funesta corona!

—¡Qué lástima que no hubiéramos traído dos guirnaldas!

—A propósito, Manuela, ¡qué inoportunas estuvisteis!...

—Calla, chinito; más mereces tú.

—Si es que Máximo —me dijo doña Jesusa, reforzando su benevolencia porque me suponía triste del bien ajeno— estuvo también muy bueno... Todos, todos han estado buenos...

Y la otra no decía nada. Cuando concluyeron los aplausos volvió a su asiento. La miré; tenía las mejillas encendidas..., también había llorado.

—¡Qué bueno, qué bueno! —exclamaba Lica sin cesar—. Este niño es un milagro. ¿Qué le ha parecido a usted, Irene?

Irene me miró, y tuvo una frase celestial.

—Hace honor a su maestro.

—Este muchacho —afirmé yo— será un gran orador. Ya lo es. Parece que en él ha querido la Naturaleza hacer el hombre tipo de la época presente. Está cortado y moldeado para su siglo, y encaja en éste como encaja en una máquina su pieza principal.

—Ahí, en el palco de al lado, decía un señor que Manuel será ministro antes de diez años.

—Lo creo; será todo lo que quiera; es el niño mimado del destino. Todas las hadas le han visitado en su nacimiento...

—Me parece que debemos marcharnos. Yo estoy muy cansada. ¿Y usted, mamá?

—Por mí, vámonos.

—¿Y no oímos al tenor? —indicó Mercedes con desconsuelo.

—Niña, en el Real le oiremos.

Levantáronse. Irene estaba en el antepalco distribuyendo
abrigos. Cuando todos se abrigaron, también ella tomó el
suyo. Yo atendí primero a doña Jesusa, a Lica, a Mercedes;
después, a ella, que con su alfiler en la boca desdoblaba el
mantón para ponérselo. Irene me dio las gracias. No sé por
qué se me antojó que lloraba todavía. ¡Engaño de mis em-
busteros ojos!... Salimos. El negrito se colgó de mi brazo,
obligándome a inclinarme del costado derecho. Todo era
para alcanzar mi oído con su hociquillo y decirme con tí-
mido secreto:

—Ninguno ha estado tan bien como *taita*. Mi amo Máximo les gana a todos, y si dicen que no...

—Calla, tonto.

—*Poque* no lo entienden.

La necesidad de acompañar a la familia me privó de ir
al escenario para dar un estrecho abrazo a mi amado discípulo. Pero yo le vería pronto en su casa, y allí hablaríamos
largamente del colosal éxito de aquella noche...

¡Y mi corona que se había quedado en el escenario!
Mejor: *in mente* se la regalaba yo al arpista. No apoyaba
esta idea Lica, que me dijo al subir al coche:

—Bien dice Irene que eres un sosón... ¿Por qué no has
traído la corona? ¿Crees que no la mereces?... Pues sí que
la mereces. Fue idea mía, ¿qué te parece?

—No, que fue idea mía —replicó prontamente *la niña
Chucha*.

—No reñir, señoras; quedamos en que fue idea de las
dos, lo cual no impide que sea una idea detestable.

—Mal agradecido.

—*Relambido*.

—Como no hubo tiempo, no pudimos escoger una cosa
mejor. Lica escogió las flores.

—Y yo, las hojas verdes.

—Y yo, las cintas encarnadas.

—Pues todas, todas han tenido un gusto perverso.

—Bueno, bueno; no te obsequiaremos más.

—¡Ay, qué fantasioso!

Irene callaba. Iba junto a mí en el asiento delantero, y con el movimiento del coche su codo y el mío se frotaban ligeramente. Si fuera yo más inclinado a los retruécanos de pensamiento, diría que de aquel rozamiento brotaban chispas, y que estas chispas corrían hacia mi cerebro a producir combustiones ideológicas o ilusiones explosivas... Con el cuneo del coche se durmió doña Jesusa. Lica se echó a reír, y dijo:

—Ya mamá está en la Bienaventuranza. Y usted, Irene, ¿se ha dormido también?

—No, señora —replicó la maestra con cierta sequedad.

—Como está usted tan callada... Y tú, Máximo, ¿qué tienes que no hablas?

Advertí entonces que no había desplegado mis labios en un buen espacio de tiempo. No sé si dije algo para responder a Lica. Llegamos, por fin, a casa. Nada aconteció digno de ser contado. Aburrimiento general y desfile de cada persona hacia su habitación. Yo quise decir algo a Irene; la sentí detrás de mí cuando me despedía de doña Jesusa en el pasillo; volvíme, di algunos pasos, y ya había desaparecido. Fui al comedor..., nada. En el gabinete de Manuela..., tampoco. Pregunté a la mulata... La señorita Irene se había encerrado en su cuarto... ¡Ay, qué prisa, Dios mío!... Bien, bien; yo también me retiro.

El negrito se me colgó del brazo para hacerme inclinar y hablarme al oído. Siempre me decía sus cosas en secreto, con un susurro cariñoso que parecía infiltrar en mi espíritu el extracto más puro de la inocencia humana. Sus palabras fueron breves y revelaban cándido orgullo:

—Yo *taje* la corona de la tienda.

—Bueno, hijo, que te aproveche. Adiós.

Antes de subir a casa quise felicitar a doña Javiera. La pobre señora estaba fuera de sí. También ella había ido al teatro, y presenciado desde el paraíso el grandioso triunfo de su querido hijo. Este le había llevado un palco; pero ella no quiso ocuparlo y lo cedió a unas amigas; temía que su amor maternal la arrastrase a demostraciones demasiado violentas, con lo que se pondría en ridículo. En el paraíso, acompañada tan sólo de la criada, había llorado a sus anchas, y cuando oyó los palmoteos y vio el loco entusiasmo del público, creyóse transportada al cielo. A la conclusión, la buena señora había perdido el conocimiento, y por poco no la llevan a la Casa de Socorro. Abrazóme con ardiente alegría, diciéndome que yo, como maestro de aquel milagro de la Naturaleza, tenía la mejor parte de su victoria.

—Por allí —prosiguió doña Javiera— no decían más sino: "Este muchacho va a hacer la gran carrera... El mejor día me lo ponen de diputado y de ministro. Vaya un hombrecito..." Figúrese usted, amigo Manso, si estaría yo hueca. Se me caía la baba y lloraba como una tonta. Me daban ganas de ponerme en pie y gritar desde la barandilla del paraíso: "¡Si es mi hijo! Yo le he parido y le he criado a mis pechos..." La suerte que me desmayé... En fin, yo estaba loca. El corazón se me había puesto en la garganta... Por cierto que le vi a usted en un palco muy alto con las señoras. Yo le miré muy mucho a ver si me columbraba para hacerle una seña, diciendo: "Aquí estamos todos." Pero usted no miró... ¡Ah!, y ahora que me acuerdo. También usted habló muy requetebién. Allí, al lado mío, había un señor muy descontentadizo que dijo tonterías de usted... Casi nos pegamos él y yo, y cuando le echaron la corona las del palco, gritó: "A ese..., bien, bien..." Si he de decirle la verdad, desde arriba no se oyó nada de lo que usted dijo, porque como habla usted tan bajito... Es el caso que, como oía tan mal, me iba quedando dormida. Desperté asustada cuando le echaban a usted la corona, y entonces di la mar de palmotadas... Después vino el verso. ¡Y qué verso tan precioso! ¡A mí me daba un gusto!... Esto de oír buenos versos es como si le hicieran a una cosquillas. Se ríe y se llora..., no sé si me explico.

Y por aquí siguió charlando. Yo estaba fatigadísimo y deseaba retirarme. Era muy tarde, y Manuel no venía. Deseaba yo verle aquella misma noche para felicitarle con toda la efusión de mi leal cariño; pero tardaba tanto, que me fui a mi cuarto y me recogí, ávido de silencio, de quietud, de descanso.

Fúnebre y pesado velo, ¿quién te echó sobre mí? ¿Por qué os elevasteis lentos y pavorosos sobre mi alma, pensamientos de muerte, como vapores que suben de la superficie de un lago caldeado? Y vosotras, horas de la noche, ¿qué agravio recibisteis de mí para que me martirizarais una tras otra, implacables, pinchándome el cerebro con vuestro compás de agudos minutos? Y tú, sueño, ¿por qué me mirabas con dorados ojos de búho haciendo cosquillas en los míos, y sin querer apagar con tu bendito soplo la antorcha que ardía en mi mente? Pero a nadie debo increpar como a vosotros, argumentos tenues de un raciocinio quisquilloso y sofístico...

Tú, imaginación, fuiste la causa de mis tormentos en aquella noche aciaga. Tú, haciendo pajaritas con una idea y enredando toda la noche; tú, la mal criada, la mimosa, la intrusa, fuiste quien recalentó mi cerebro, quien puso mis nervios como las cuerdas del arpa que oí tocar en la velada. Y cuando yo creía tenerte sujeta para siempre, cortaste el

177

grillete, y juntándote con el recelo, con el amor propio, otros pillos como tú, me manteasteis sin compasión, me lanzasteis al aire. Así amaneció mi triste espíritu rendido, contuso, ofreciendo todo lo que en él pudiera valer algo por un poco de sueño...

La verdad es que no tenían explicación racional mi desvelo y mis tristezas. Se equivoca el que atribuya mi desazón a heridas del amor propio por el pasmoso éxito del discurso de Manuel Peña, comparado con el mío, que fue un éxito de benevolencia. Yo estaba, sí, muy arrepentido de haberme metido en veladas; pero no tenía celos de mi discípulo, a quien quería entrañablemente, ni había pensado nunca disputarle el premio en la oratoria brillante. La causa de mi hondísima pena era un presentimiento de desgracias que me dominaba, sobreponiéndose a toda la energía que mi espíritu posee contra la superstición; era un cálculo basado en datos muy vagos, pero seductores, y con lógica admirable llegaba a la más desconsoladora afirmación. En vano demostraba yo que los datos eran falsos; la imaginación me presentaba al instante otros nuevos, marcados con el sello de la evidencia. Al levantarme, me dije:

—Soy una especie de Leverrier de mi desdicha. Este célebre astrónomo descubrió el planeta Neptuno sin verlo, sólo por la fuerza del cálculo, porque las desviaciones de la órbita de Urano le anunciaban la existencia de un cuerpo celeste hasta entonces no visto por humanos ojos, y él, con su labor matemática, llegó a determinar la existencia de este lejano y misterioso viajero del espacio. Del mismo modo adivino yo que por mi cielo anda un cuerpo desconocido; no lo he visto, ni nadie me ha dado noticias de él; pero como el cálculo me dice que existe, ahora voy a poner en práctica todas mis matemáticas para descubrirlo. Y lo descubriré: me lo profetiza la irregular trayectoria de Urano, el planeta querido; irregularidades que no pueden ser producidas sino por atracciones físicas. Esta pena profunda que siento consiste en que llega hasta mí la influencia de aquel cuerpo lejano y desconocido. Mi razón declara su existencia. Falta que mis sentidos lo comprueben, y lo comprobarán o me tendré por loco.

Esto dije, y me fui a mi cátedra, donde varios alumnos me felicitaron. Yo estaba tan triste, que no expliqué aquel día. Hice preguntas, y no sé si me contestaron bien o mal. Impaciente por ir a casa de mi hermano, abandoné la clase antes de que el bedel anunciara la hora. Cuando satisfice mi deseo, la primera persona a quien vi fue Manuela, que me dijo con misterio:

—Cosa nueva. ¿Sabes que doña Cándida está encerrada con José María en el despacho? Negocios...

—Pobre José, de ésta va a San Bernardino.

—Cállate, niño. ¡Si está más rica!... Ha vendido unas tierras...

—¡Tierras!... Será la que se le pegue a la suela de los zapatos. Lica, Lica, aquí hay algo... Voy a defender a José. Calígula es terrible; le habrá embestido con mil mentiras, y como es tan generoso...

—No, déjalos... Pero chitito; aquí viene la de García Grande.

Era ella, sí; entró en el gabinete como recelosa, acomodándose algo en el luengo bolsillo de su traje. ¡Ah!, sin duda acariciaba su presa, el pingüe esquilmo de sus últimas depredaciones. ¡Cómo revelaba su mirar verdoso la feroz codicia calmada, la reciente satisfacción de un rapaz apetito!... Nos miró con postiza dulzura, sentóse majestuosa, y, volviéndose a tocar el bolsillo, se dejó decir:

—Ya, ya negocié esas letras... ¡Es tan bueno José!... ¡Hola!, ¿estás ahí, sosón? Me han dicho que anoche estuviste medianillo. Parece que se durmió el público en masa. Eso me han contado. El que parece que estuvo admirable fue ese Peñilla; ése, el hijo de la carnicera, tu vecina... Vamos a otra cosa, Manolita: ¿Sabe usted que tengo que darle un disgusto?

—¿A mí? ¿Qué? —exclamó mi pobre cuñada, asustadísima.

—Hija, creo que tendré que llevarme a Irene. Ya ve usted... Estoy tan sola y tan delicadita de salud... Luego mi posición ha variado tanto, que, verdaderamente, no está bien que Irene..., me parece a mí..., sea institutriz asalariada, teniendo una tía...

—Rica.

—Rica, no; pero que tiene lo necesario para vivir cómodamente. ¿No cree usted lo mismo? ¿No cree usted que debo llevarla conmigo para que me acompañe, para que me cuide?...

—¡Claro!...

—Es mi única familia; yo la he criado, ella será mi heredera..., porque estoy tan mala, tan mala; Manuela, créalo usted...

Soltó una lágrima pequeñita que se disolvió en una arruga y no se supo más de ella.

—Esto no quiere decir —prosiguió— que yo me lleve a Irene de prisa y corriendo; sería una cosa atroz. Puede estar aquí algunos días, para que complete las lecciones..., o si quiere usted que se quede hasta que se le encuentre sucesora... Eso usted y ella lo decidirán. Está tan agradecida, que... ya, ya le costará algunas lágrimas salir de aquí. Adora a las niñas.

Manuela parecióme desorientada.

—¿Y el ama? —preguntó mi cínife, demostrando vivísimo interés—. ¿Siguen los antojos y las...?

—¡Ah! —exclamó Manuela—; no me hable usted, doña Cándida... Insoportable, insoportable. Es un demonio.

Dejélas hablando del ama, y corrí a donde me impelía mi ardiente curiosidad. Estaba Irene dando la lección de Gramática, y la sorprendí diciendo con voz dulcísima: "Hubieras, habrías y hubieseis amado."

Mi ansiedad me quitaba el aliento, y apenas lo tuve para preguntarle:

—Sí —me dijo en tono resuelto, mirándome de lleno, como si vaciara (así me parecía) todo el contenido luminoso de sus ojos sobre mí.

—¿De veras? ¿Y cuándo?

—Hoy mismo. Lo que ha de ser...

—¡Qué pícara!... Pero ¿tiene usted algún motivo de descontento en la casa?

—No diga usted tonterías. ¡Descontenta yo de la casa! Diga usted agradecidísima.

—Entonces...

—Pero es preciso, amigo Manso. No se ha de estar toda la vida así. Y si tengo que salir de la casa, ¿no vale más hacerlo de una vez? Cada día que pase ha de serme más penoso... Pues nada, hago un esfuerzo, tomo mi resolución...

—¡Es tremendo! —exclamé, hecho un tonto, y repitiendo su adjetivo favorito.

—Sí, señor; me corto la coleta... de maestra —replicó, echándose a reír.

181

¿No revelaba su rostro una alegría loca? O así era, o soy lo más torpe del mundo para leer tus signos, alma humana. Aquella alegría me desconcertó, porque habíamos llegado a un punto en que todo desconcertaba, y sólo le dije:

—¿Hay proyectos?

—Sí, señor; tengo mis proyectillos..., ¡y qué buenos! Pues qué, ¿creía usted que sólo los sabios tienen proyectos?

Las dos niñas, Isabel y Merceditas, nos miraban absortas, con sus abiertos libros en las manos y abandonadas éstas sobre las rodillas. Saboreaban quizás aquel descanso en la lección, y de seguro nos habrían agradecido mucho que nos estuviéramos charlando todo el día.

—No, no, no. Yo celebro que usted tenga proyectos y que deje esta vida... Mucho hay que hablar sobre el particular... Pero siga usted la lección, que después...

—¿Hablaremos?... Sí, señor; yo también deseo hablar con usted; pero es tanto lo que hay que decir...

—Luego..., aquí —dije, y en el momento que tal decía me acordaba de la solemnidad con que los actores suelen pronunciar aquellas palabras en la escena.

De la manera más natural del mundo, yo me volvía melodramático. Creo que me puse pálido y que me temblaba la voz.

—Aquí, no... —indicó ella, respondiendo a mi turbación con la suya y mirando a los chicos y a la Gramática, como solicitada por la conciencia de sus deberes pedagógicos.

Y el *aquí, no,* salió de sus labios timbrado con un dulce tono de precaución amorosa. Era el sutil instinto de prudencia, que ya en la primera travesura femenina suele aparecer tan desarrollado como si el uso de muchos años lo cultivara.

—Es verdad; aquí, no —repetí.

Yo no tenía iniciativa. Ella la tenía toda, y me dijo:

—En mi casa, en mi nueva casa. Pero ¿no ha de ir usted a visitarnos?

—Mañana mismo.

—Poquito a poco. Ya le avisaré a usted.

—Pero ¿será pronto?

—Creo que sí. Por ningún caso vaya usted antes de que yo le avise.

Y me dio sus señas escritas con lápiz en un papelito. Sentí susurro de voces junto a la puerta, ¡y los cuatro empezamos a conjugar con un fervor...!

Lica entró de muy mal talante. Oímos la voz de José María que se alejaba, y comprendí que entre marido y mujer había chamusquina... Pero mi hermano se fue; almorzaba fuera, suspendiendo así las hostilidades, y cuando almorzábamos Manuela y yo, ésta, muy altanera, me dijo:

—Ya se largó doña Cándida. ¡Qué cosa!... Nunca he visto en ella tanta prisa para marcharse. Estaba deshecha. Con decirte que no ha querido quedarse a almorzar... Esto no se comprende; el mundo se acaba. No sé qué tengo, Máximo. Doña Cándida me ha dado que pensar hoy. Tenía tanta prisa... Yo le preguntaba sobre su nueva casa, y me respondía mudando la conversación y hablando de otras cosas. Vaya, vaya, como no salga verdad lo que tú dices, y resulte que es una fantasiosa...

Yo me callé. No, no me callé; pero sólo dije:

—Pronto lo sabremos.

Y ella, taciturna, siguió almorzando entre suspiros, y yo, meditabundo, apenas probé bocado.

José María volvió más tarde. Las ocupaciones que tenía en su despacho parecían un pretexto para estar en la casa a cierta hora. Mostróse complaciente conmigo y con Manuela; mas el artificio de su forzada bondad, a la legua se descubría... Nos dijo que el tiempo estaba magnífico, y, enseñándonos billetes de invitación para no sé qué fiesta de caridad que había en los Jardines del Retiro, nos animó a que fuéramos. Manuela no quiso ir, ni yo tampoco.

—¿Y tú no vas? —preguntó a su marido.

—Ya ves. Tengo que hacer aquí.

Aparentemente tenía ocupaciones. En el recibimiento y en la sala había ración cumplida de pedigüeños de todas las categorías, los unos empleados cesantes, los otros pretendientes puros. Desde que mi hermano empezó a figurar, las nubes de la empleomanía descargaban diariamente sobre la casa abundosa lluvia de postulantes. Oficiales de intervención, guardas de montes, empleados de consumos, innumerables tipos que habían sido, que eran o querían ser algo, venían sin cesar en solicitud de recomendación. Quién traía tarjeta de un amigo, quién carta, quién se presentaba a sí mismo. José María, cuyo egoísmo sabía burlar toda clase de molestias siempre que no le impulsase a sobrellevarlas el amor propio, se quitaba de encima casi siempre, con mucho garbo, la enojosa nube de pretendientes, y salía dejándolos plantados en el recibimiento o mandándoles volver. Pero aquel día mi benéfico hermano quiso dar indubitables pruebas de su interés por las clases desheredadas, y fue recibiendo uno por uno a los sitiadores, dando a todos esperanzas y alentando su necesidad o su ambición.

"Está bien; déme usted una nota... He dado la nota al ministro... Vea usted lo que me contesta el director: me pide nota... Pero ¡si olvidó usted ayer darme la nota...! Creo que nos equivocamos al redactar la nota; de ahí viene que la Dirección... Lo mejor es .que mande usted otra nota... Ya he tomado nota, hombre; ya he tomado nota."

Y dando notas y pidiendo notas, y ofreciéndolas y transmitiéndolas, se pasó el muy ladino toda la tarde.

Entretanto, Irene recogía sus cosas. Más de dos horas estuvo encerrada en su cuarto. Sólo las niñas la acompañaban, ayudándola a empaquetar y hacer diversos líos. Poco después vi su baúl mundo en el pasillo atado con cuerdas. Cuando se despidió de Manuela, las lágrimas humedecían su rostro, y su nariz y carrillos estaban rojos. Las dos niñas, medrosas de su propia pena, se habían refugiado en la clase, donde lloraban a moco y baba.

—¡Qué tontería!... —les dijo Irene, corriendo a darles el último beso—. Si vendré todos los días...

La despedida fue muy tierna; pero Manuela estaba algo atolondrada, y no se había dejado vencer de la emoción lacrimosa. Serena, despidió a la que había sido institutriz de sus hijas, y la acompañó hasta la puerta.

En aquel momento José María salió de su despacho. Acabáronse todas las ocupaciones y las notas todas como por encanto.

—Pero ¿ya se va usted? —dijo muy gozoso—. Yo también salgo. La llevaré a usted en mi coche.

—No, señor; gracias, no, de ninguna manera —replicó Irene echando a correr escaleras abajo—. Ruperto va conmigo.

José María bajó tras ella. Manuela y yo nos acercamos a los cristales del balcón del gabinete para ver...

En efecto, no pudiendo Irene evadir la galantería de mi hermano, entró en el coche, seguida de José; y al punto vimos partir a escape la berlina hacia la calle de San Mateo.

—¿Has visto, has visto?... —exclamó Lica clavando en mí sus ojos llenos de ira, y corriendo a echarse en una mecedora.

—¿Qué? No formes juicios temerarios... Todavía...

—¡Qué todavía!... Esto es horrible... ¡Qué fresco! La lleva en su coche... Por eso ha estado aquí toda la tarde... esperando... ¡Máximo, qué afrenta; Jesús, qué infamia!... Si no lo hubiera visto... No te chancees... Ya... Estoy brava, soy una loba...

Meciéndose, expresaba con paroxismo de indolencia su dolor, como otras lo expresan con violentas sacudidas.

—Yo me muero, yo no puedo vivir así —exclamó rompiendo en llanto—. Máximo, ¿qué te parece? En mi propia cara, delante de mí, estas finezas... Eso es no tener vergüenza, y la *sinvergüencería* no la perdono.

—Pero, mujer, si no tienes otro motivo que ése..., cálmate. Veremos lo que pasa después...

—Bobo, yo adivino, y mis celos tienen mil ojos —me dijo, meciéndose tan fuerte, que creí que se volcaba la mecedora—. Nada sé positivo, y, sin embargo, algo hay, algo hay... Te dije que Irene me parecía muy buena. ¡Guasa! Es que nos engañaba del modo más... Mira, yo he sorprendido en ella... ¡Ay!, yo soy tonta; pero sé conocer cuándo una mujer trae enredos consigo, por mucho que disimule. Irene nos engaña a todos. ¡Es una hipócrita!

31. ¡Es una hipócrita!

Esto caía sobre mi mente como recio martillazo sobre el yunque y hacía vibrar mi ser todo.

—Pero, Lica, cálmate, razona...

—Yo no calculo, tonto; yo siento, yo adivino, yo soy mujer.

—¿Qué has visto?

—Pues últimamente Irene daba muy mal las lecciones. Iba para atrás, como los cangrejos. Lo enseñaba todo al revés... Una tarde... (ahora doy más importancia a estas cosas) la pillé leyendo una carta. Cuando entré, la guardó precipitadamente. Tenía los ojos encendidos... Luego este afán de ir a casa de su tía... ¡Qué fresca! Voy comprendiendo que también la tía es buena lámpara...

—¡Leía una carta! Pero esa carta, ¿por qué había de ser de tu marido?

—Yo no sé..., la vi de lejos, un momento... Fue como un relámpago. No vi las letras; pero, mira tú, me parecía ver aquellas *pes* y aquellas *haches* tan particulares que hace

José María... Esa chica, esa... No, no, aquí hay algo, aquí hay algo. Esta noche hablaré clarito a mi marido. Me voy para Cuba. Si él quiere mantener queridas, y arruinarse, y tirar el pan de mis hijos, yo soy su madre, yo me voy a mi tierra, yo me ahogo en esta tierra, yo no quiero que la gente se ría de mí y que con mi dinero echen fantasía las bribonas... ¡Mamá, mamá!

Y a punto que aparecía doña Jesusa, pesada y jadeante, Lica, la buena y pacífica Manuela, cayó en un paroxismo de ira y celos tan violento, que allí nos vimos y deseamos para hacerla entrar en caja. Después de llorar copiosamente en brazos de su madre, la cual daba cada gemido que partía el corazón, perdió el conocimiento, y disparados sus nervios, empezó una zambra tal de convulsiones y estirar de brazos y encoger de piernas, que no podíamos sujetarla. Tan sólo el ama, con su poderosa fuerza, pudo domeñar los insubordinados músculos de la infeliz esposa, y al fin se tranquilizó ésta, y le administramos, por fin de fiesta, una taza de tila.

—Nos iremos, niña de mi alma —le decía doña Jesusa—; nos iremos para nuestra tierra, donde no hay estos *zambeques*.

Toda la tarde y parte de la noche tuve que estar allí, acompañándola. Cuando me retiré, José María no había venido aún. Pero a la mañana siguiente, cuando fui, después de la clase, a ver si ocurría un nuevo desastre, encontré a Manuela muy sosegada. Su marido había entrado tarde, y, al verla tan afligida, le había dado explicaciones que debieron de ser muy satisfactorias, porque la infeliz estaba bastante desagraviada y casi alegre. Era la criatura más impresionable del mundo, y cedía con tal ímpetu a las sensaciones del último instante, que por nada se enardecía, y por menos que nada se desenojaba. El furor y el regocijo se sucedían en ella llevados por una palabra, como lucecillas que con un soplo se apagan. Su credulidad era siempre más fuerte que su suspicacia, y así no comprendo cómo el bruto de José María no acertaba a tenerla siempre contenta. Aquel día lo consiguió, porque en los momentos críticos de la vida sabía el futuro marqués emplear algún tacto, o más bien marrullería. El también estaba festivo, y cuando habla-

mos del asunto peligroso, me dijo: "Parece que todos sois
tontos en esta casa. Porque se me haya antojado decir dos
bromas a Irene y la llevara ayer tarde en mi coche, se ha de
entender... Sois verdaderamente una calamidad, y tú, sabio,
hombre profundo, analizador del corazón humano, ¿crees
que si hubiera malicia en esto había de manifestarla yo tan
a las claras?

—No, si yo no creo nada. Lo que de cierto haya, al fin
se ha de saber, porque ninguna cosa mala se libra hoy del
correctivo de la publicidad, correctivo ligero ciertamente y
para algunos ilusorio, pero que tiene su valor, a falta de
otros... Ya que de esto hablamos, ¿no podrías darme alguna
luz en un asunto que me ha llenado de confusión? ¿No
podrías decirme de dónde le ha venido a doña Cándida esa
fortunilla que le permite poner casa y darse lustre?...

—Hombre, qué sé yo. Aquí me trajo unas letras a des-
contar... Le di el dinero. No es gran cosa; una miseria.
Sólo que ella pondera mucho, ya sabes, y cuenta las pesetas
por duros, para gastarlas después como céntimos. Si he de
decirte de dónde provenían esas letras, verdaderamente no
lo sé. Tierras vendidas, o no sé si unos censos...; en fin, no
lo sé ni me importa. Supongo que la casa que ha puesto
será algún cuartito alto con cuatro pingos... ¡Pobre señora!... Vamos, ¿y qué dices de la sesión de ayer? ¡Si vieras!
Salió el ministro con las manos en la cabeza, y el centro
izquierdo quedó fundido con el ángulo derecho... ¿Te has
enterado de las declaraciones de Cimarra? Nosotros...

—No me he enterado de nada.

—Y en el correo de pasado mañana debe venir mi acta.
Si tú no fueras una calamidad, podrías aceptar los ofreci-
mientos que me ha hecho el ministro.

—Hombre, déjame en paz... Volviendo a doña Cándida...

—Déjame tú en paz con doña Cándida.

Conocí que no era de su agrado aquel tema y *tomé nota*.

—¡Ah!, aquí tienes los periódicos que se ocupan de la
velada... Mira, éste te llama *concienzudo*, que es el adjetivo
que se aplica a los actores medianos. Aquél te pone en las
nubes. Váyase lo uno por lo otro. Con respecto a Peña, están

divididos los pareceres; todos convienen en que tiene una
gran palabra, pero hay quien dice que si se exprime lo que
dijo no sale una gota de sustancia. ¿Quieres que te diga mi
opinión? Pues el tal Peña me parece un papagayo. ¡Lo que
vale aquí la oratoria brillante y esa facultad española de decir cosas bonitas que no significan nada práctico! Ya hablan
de presentar diputado a Peñita y dispensarle la edad... Como
si no tuviéramos aquí hombres graves, hombres encaneci-
dos... Te lo digo con franqueza...; me revienta ese niño y
su manera de hablar... Lo que es en el púlpito, no tendría
igual para hacer llorar a las viejas...; pero en un Congreso...
¡Hombre, por amor de Dios! Es verdaderamente lamentable
que se hagan reputaciones así. Después de todo, ¿qué dijo?
Las Cruzadas, Cristóbal Colón, las hermanas de la Caridad
con sus tocas blancas... ¡Por amor de Dios, hombre! Yo creo
que concluiremos por hablar en verso, del verso se pasará a
la música, y, por fin, las sesiones de nuestras Cámaras serán
verdaderas Operas... Vete al Congreso de los Estados Unidos, oye y observa cómo se tratan allí las cuestiones. Hay
orador que parece un borracho haciendo cuentas. Y, sin embargo, ve a ver los resultados prácticos... Es verdaderamente
asombroso. Nada, nada; estos oradores de aquí, estas eminencias de veinte años, estos trovadores parlamentarios me
atacan los nervios. Y lo que es el tal Peñita, me revienta.
Pondríale yo a picar piedra en una carretera para que apren-
diese a ser hombre práctico. Y, desde luego, a todo aquel
que me hablase de ideales humanos, de evoluciones, de pa-
lingenesia, le mandaría a descargar sacos al muelle de La
Habana, o arrancar mineral en Riotinto, para que adquiriera
un par de ideas sobre el trabajo humano. ¡Por amor de Dios,
hombre, no digas que no! Háganme autócrata, denme mañana un poder arbitrario y facultades para hacer y deshacer
a mi gusto. Pues mi primera disposición sería crear un presidio de oradorcitos, filósofos, poetas, novelistas y demás
calamidades, con la cual dejaría verdaderamente limpia y
boyante la Sociedad.

—¡José! —exclamé con efusión humorística y hasta con
entusiasmo—, eres el mayor bruto que conozco.

—Y tú la octava plaga de Egipto.

—Y tú la burra de Balaam.

Parecióme que se amoscaba... Pues yo también.

—Pues todos en presidio; veríais qué bien quedaba esto.

—Sí, la nación sería un pesebre.

—Eso... lo veríamos. Yo hablaría...

—Y dirías *mu*.

—Hombre, la vanidad, la suficiencia, el *tupé* de estos señores sabios es verdaderamente insoportable. Ellos no hacen nada, ellos no sirven para nada; son un rebaño de idiotas...

Y se amoscaba más.

—Pero la vanidad del ignorante —dije yo—, además de insoportable, es desastrosa, porque funda y perfecciona la escuela de la vulgaridad.

—Pues mira cómo estamos gobernados por tanto sabio.

—Mira cómo estamos gobernados por tanto necio.

—No, señor.

Se puso pálido.

—Pues sí, señor.

Me puse rojo.

—Eres lo más...

—Y tú...

Trémulo de ira, salió, cerrando la puerta con tan furioso golpe, que retembló toda la casa. Y cuando nos vimos luego, evitaba el dirigirme la palabra, y estaba muy serio conmigo. Por mi parte, no conservaba de aquella disputa pueril más que la desazón que su recuerdo me producía, unida a un poquillo de remordimiento. Deploraba que por cuatro tonterías se hubiera alterado la buena armonía y comunicación fraternal que entre los dos debía existir siempre, y si hubiera sorprendido en él la más ligera inclinación a olvidar la reyerta, habríame apresurado a celebrar cordiales y duraderas paces. Pero José estaba torvo, cejijunto, y al pasar junto a mí no se dignaba mirarme.

¿Saldría de ella el rayo? Mi propósito era evitarlo a todo trance. Hablé de esto con Lica, que en el breve espacio de un día había vuelto a caer en sus inquietudes y tristezas. La reconciliación matrimonial había sido de tan menguados efectos, que no tardó el espectro de la discordia en anularla pronto, erigiéndose él mismo sobre el altar del destronado Himeneo. Durante todo el día que siguió a la trivial disputa, acompañé a mi hermana política, escuchando con paciencia sus quejas, que eran interminables... Sí; ya no la engañaría más, ya iba aprendiendo ella las picardías. Ya no volvería a embaucarla con cuatro palabras y dos cariñitos... Por fuerza había algo en la vida de su esposo que la sacaba de quicio. José no era el José de otros tiempos.

Con estas jeremiadas entreteníamos las horas de la tarde y de la noche, que eran largas y tristes, porque Lica había suprimido la reunión y a nadie recibía. José María no se presentaba en la casa sino breves momentos, porque había recibido su acta, habíala presentado al Congreso, había jurado, le habían elegido presidente de la Comisión de Melazas, y el buen representante del país, consagrado en cuerpo y alma a los sagrados deberes del padrazgo parlamentario y político, no tenía tiempo para nada. En esto transcurrieron cuatro días, que fueron para mí pesados y fastidiosos, porque Irene no me había dado el prometido aviso para ir a su casa, y yo, con mis delicados escrúpulos, no quería infringir de ningún modo una indicación que me parecía mandato. Me pasaba la mayor parte del día acompañando a la olvidada y digna esposa de José María, la cual, entre las salmodias de su agravio, aprovechaba mi constante presencia en la casa para inclinarme a ser su pariente, casándome con su hermana. ¡Proyecto tan bondadoso como imposible! Reconociendo yo como el primero las excelentes cualidades de Mercedes, no sentía ni la más ligera inclinación amorosa hacia ella, y además se me figuraba que le hacía muy poca gracia para marido y menos para novio.

Rompían, por cierto muy desagradablemente, la monotonía de nuestros coloquios los malos ratos que nos daba el ama con su bestial codicia, sus fierezas y el peligro constante en que estaba Maximín de quedarse en ayunas. Yo maldecía a las nodrizas, y hubiera dado no sé qué por poder hacer justicia en aquélla, más animal que cuantas nos envían montes encartados y pasiegos, de todos los desafueros que cometen las de su oficio. Lica y yo temíamos una desgracia, y, en efecto, el golpe vino hallándonos desprevenidos para recibirlo.

Disponíame a salir una mañana para ir a clase, cuando se me presenta Ruperto sofocadísimo.

—Niña Lica, que vaya usted pronto allá. El ama de cría se ha marchado hace un rato. El niño no tiene qué mamar...

—¿No lo dije...? Esto sí que es bueno... Y el señorito José María, ¿qué hace?

—Mi amo no fue esta noche a casa. El lacayo ha salido a buscarle... Mi ama, que vaya usted pronto... Para que le busque otra *criandera*.

—Yo... ¿Y adónde la busco yo...? Pero ¡vamos allá...! Y la señorita Manuela, ¿qué hace?

—Llorar. Le están dando al nene leche con una botella. Pero el nene no hace más que rabiar.

—Bueno, bueno... Ahora busque usted un ama...

Bajaba la escalera, cuando una muchacha que subía me dio una carta. ¡Fuerzas de la Naturaleza! Era de Irene. Rasgué, abrí, desdoblé..., leí, tembloroso como la débil caña sobre la cual se desata el huracán:

"Venga usted hoy mismo, amigo Manso. Si usted no viene, no se lo perdonará nunca su amiga...

Irene."

La escritura era indecisa, como hecha precipitadamente por una mano impulsada del miedo y del peligro.

¡Dios misericordioso! ¡Tantas cosas sobre un triste mortal en un solo momento! Buscar ama, ir al socorro de Irene..., porque, indudablemente, había que socorrerla... ¿Contra quién? Había peligro... ¿De qué?

—¿Qué tiene usted, Mansito? —me dijo doña Javiera, que volvía de misa.

—Pues poca cosa... Figúrese usted, señora... Buscar un ama... Volar en socorro de...

—¿Hay fuego...?

—No, señora; no hay más sino que el ama...

—¿El ama del niño de su hermano? No hay peste como esas mujeres. Yo, mire usted, aunque estaba muy delicada, no quise dejar de criar a mi Manolo. Y los médicos me decían que por ningún caso. Y mi marido me reñía. Pues bien saludable ha salido mi hijo, y yo..., ya usted ve.

—¿Usted no sabría de alguna...?

—Veremos, veremos; voy a echarme a la calle... Y a propósito, amigo Manso, ¿ha visto usted a Manuel anoche?

—¿Qué he de ver, señora?

—Esta es la hora que no ha venido a casa. Creo que tuvieron cena en Fornos... ¡Ay, qué chicos! Pero ¡qué afanado está usted...! Pobre don Máximo, ¡qué sin comerlo ni beberlo...! Aprenda, aprenda usted para cuando sea padre.

—Señora, si usted tuviera la bondad de buscarme por ahí una de esas bestias feroces que llaman amas de cría...

—Sí, voy a ello... Espere usted: la vecina me dijo que conoce... Ya, sí..., es una chica primeriza, criada de servir, que se desgració. Estaba en casa de un concejal que hace la estadística de nacidos…, hombre viudo, y que debía de tener interés en que se aumentara la población… Voy allá… Creo que tiene la gran leche; es morenota fresconaza…, un poco ladrona. También sé de una muy sílfide, una traviatona que bailaba en Capellanes, casada, pero que no vive con su marido. Sabe muchos cantares para dormir a los niños y tiene aire de persona fina… Pues no me quito la mantilla y echo a correr. Vaya usted por otro lado. No deje usted de ir a la Concepción Jerónima, a casa de Matías, donde van a parar todas las burras de leche que vienen a buscar cría. Es aquello, según dicen, una fábrica de amas y un almacén de ganado. ¡Ea!, hombre, no se quede usted lelo; coja usted *La Correspondencia* y lea los anuncios. *Ama para casa de los padres.* ¿Ve usted? Váyase pronto al Gobierno Civil, donde está el reconocimiento… Si encuentra usted alguna, no se fíe de apariencias…; llévese un médico. Escójala cerril, fea y hombruna… Pechos negros y largos. Mucho cuidado con las bonitas, que suelen ser las peores… No dejen de examinar la leche y fíjense en la buena dentadura. Yo voy por otro lado; avisaré lo que encuentre. Abur.

Dióme esperanzas la solicitud de aquella buena señora. Y yo, ¿adónde acudiría primero? No había que vacilar, y corrí a casa de Manuela, pensando en Irene, en su carta garabateada aprisa, y no cesaba de ver la trémula mano trazando los renglones, y me figuraba a la maestra amenazada de no sé qué fieros vestiglos. Y en tanto, mis alumnos se quedaban sin clase aquel día, que me tocaba explicar *El interior contenido del Bien.*

Encontré a Manuela desesperada. Con mi ahijado sobre las rodillas, rodeada de su madre y hermana, era la figura más lastimosa y patética de aquel cuadro de desolación. Maximín chillaba como un becerro; Lica se empeñaba en que chupara de la redoma; apartaba él con furiosos ademanes aquella cosa fría y desapacible, y, en tanto, las tres aturdidas mujeres invocaban a todos los santos de la Corte celestial. Se habían mandado recados a varias casas amigas para que diesen noticia de alguna nodriza; pero, ¡ay!, la familia confiaba principalmene en mí, en mi rara bondad y en mi corazón humanitario.

33.   ¡Dichoso corazón humanitario!

Eras un adminículo de universal aplicación, maquinilla
puesta al servicio de los demás; eras, más propiamente, un
fiel sacerdote de lo que llamamos el *otroísmo,* religión harto
desusada. Si dabas flores, te faltaba tiempo para ponerlas en
el vaso de la generosidad, abierto a todo el mundo; si echa-
bas espinas, te las metías en el bolsillo del egoísmo, y te pin-
chabas solo... Así pensaba camino del Gobierno de la provincia, lugar seguro para encontrar lo que hacía falta a mi
ahijadito. Antes había tratado de ver a Augusto Miquis, joven y acreditado médico amigo mío. No lo encontré; pero
sus amigos me dijeron que quizás le hallaría en el Gobierno
Civil. Afortunadamente, estaba encargado del reconocimiento de amas. Esta feliz coincidencia me animó mucho: di por
salvado a Maximín, y sin tardanza me personé en aquella
paternal oficina, ejemplo que, con otros muchos, viene a
confirmar la vigilancia omnímoda de nuestra Administración y lo desgraciados que seríamos si ella no cuidase de
cuanto nos concierne, llevándonos en sus amorosos brazos

desde la cuna al sepulcro. Baste decir que por darnos todo
nos daba hasta la teta.

Yo había visto la administración-médico, la administra-
ción-maestro y otras muchas variantes de tan sabio instituto;
pero no conocía la administración-nodriza. Quedéme pasmado al entrar en aquella grata pieza, nada clara ni pulcra,
y ver el escuadrón mamífero, alineado en los bancos fijos
de la pared, mientras dos facultativos, uno de los cuales era
Augusto, hacía el reconocimiento. El antipático ganado inspiraba repulsión grande, y mi primer pensamiento fue para
considerar la horrible desnaturalización y sordidez de aquella
gente. Las que habían tomado por oficio semejante industria
se distinguían al primer golpe de vista de las que, por una
combinación de desgracia y pobreza, fueron a tan indignos
tratos. Las había acompañadas de padres codiciosos; otras, de
maridos o *arrimados*. Rarísimas eran las caras bonitas, y dominaba en las filas la fealdad sombreada de expresión de
astucia. Era la escoria de las ciudades mezcladas con la hez
de las aldeas. Vi pescuezos regordetes con sartas de coral,
orejas negruzcas con pendientes de filigrana; mucho pañuelo
rojo de indiana tapando mal la redondez de la mercancía;
refajos de paño negro redondos, huecos, inflados como si
ocultaran un bombo de lotería; medias negras, abarcas, zapatos cortos, botinas y pies descalzos. Faltaban en la pared
los escudos de Pas, Santa María de Nieva, Ríofrío, Cabuérni-
ga y Cebreros, como inscripción ornamental, el endecasílabo
de aquel poeta culterano que, no teniendo otra cosa que cantar, cantó la nodriza y la llamó *lugarteniente del pezón
materno*.

Entraban personas que, como yo, iban en busca del remedio de un niño y se oían contrataciones y regateos. Había
lugarteniente que elogiaba su género como un vinatero el
contenido de sus pellejos. Había exploraciones de que en
otro lugar se espantaría el recato, curioso de durezas para
distinguir lo muscular de lo adiposo, y como en el mercado
de caballos, se decía *veamos los dientes* y se observaban el
aire, la andadura, el alzar y mover las patas. ¡Permitiera Dios
que no os hubiera visto en tal cantidad, fláccidas ubres, aquí
saliendo con vergüenza de entre bien puestos cendales, allí,

surgiendo de golpe como pelota de gota por la abertura de un pañuelo rojo, y que no os mirara estrujados por los dedos experimentadores del profesor o de la partera! En un lado el facultativo examinaba aréolas, en otro, Miquis, después de rebuscar vestigios y poniendo en él la preciosa sustancia de nuestra vida, miraba junto a la ventana, al trasluz, la delgadísima lámina líquida, entre cristales extendida.

—En ésta, toda es agua... —decía—; ésta, tal cual... mayor cantidad de glóbulos lácteos... Hola, amigo Manso, ¿qué busca usted por estos barrios?

—Vengo por una..., y pronto, amigo Miquis. Déme usted la mejor que haya y a cualquier precio.

—¿Se ha casado usted o se ha hecho padre de hijos ajenos?

—Más bien lo segundo... Tengo mucha prisa, Augusto; me están esperando...

—Esto no es cosa de juego; espere usted, amiguito.

Me miró, sin apartar de su ojo derecho el maldito instrumento, con tan picaresca malicia, que me hizo reír, aunque no tenía ganas de bromas.

Y cuando preparaba el adminículo para echar en él nuevo licor, me amenazó con rociarme, diciendo...

—Si no se quita usted de delante...

¡Maldito Miquis! Siempre había de estar de fiesta, sin tener en cuenta la gravedad de las circunstancias.

—Querido, que tengo prisa...

—Más tengo yo. ¿Le parece a usted que es agradable este viaje diario por la *vía láctea*...? Estoy deseando soltar los trastos y que venga otro. Luego nos queda el examen químico con el lactobutirómetro... Porque hay falsificaciones, amigo. ¿Ve usted? Las hay que son cartuchos de veneno, y aquí velamos por la infancia. Pero, a pesar de nuestros esfuerzos, tendrá que ver la generación futura, sí, señor; se van a divertir los del siglo xx, que será el siglo de las lagartijas.

—Pero, Miquis, que es tarde, y...

—A ver, Sánchez, Sánchez.

Sánchez que era el otro médico, se acercó.

—A ver aquélla, la que vimos antes. Es la única res que

vale algo. La segoviana… Ahí está, la que tiene una oreja menos, porque se la comió un cerdo cuando era niña.

—¿Es buena?

—Bastante buena, primeriza, inocentísima. Me ha contado que era pastora. No recuerda de dónde le vino la desgracia, ni sabe quién fue el Melibeo… Esta gente es así. Suele resultar que las ignorantonas saben más que Merlín. Allí está. Vea usted que facciones, jamás lavadas… Creo que para salir del paso… ¿Es para un sobrinito de usted?

—Y ahijado, por más señas.

—A veces más vale un padrino que un padre… Diga usted, ¿Es cierto que José María se ha hecho hombre de distracciones…? Ahora lo veo todos los días. Es vecino mío.

—¿Vecino de usted?

—Sí; vivo allá por Santa Bárbara. En el tercero de mi casa se nos ha metido hace tres días una señora…

—¡Doña Cándida! —murmuré sintiendo que la malicia de Miquis se infiltraba en mi corazón cual mortífera ponzoña.

—Mi mujer me ha contado que la vio subir con una joven. ¿Es hija suya?

—Sobrina.

—Bonita. Su hermano de usted va todas las tardes… Eso me han dicho. Cuando nos encontramos en la escalera, hace como que no me conoce, y no me saluda.

—Mi hermano es muy particular.

Y diciéndolo me puse torvo, y cayeron al suelo mis miradas con pesadez melancólica, y se quedó embargado mi espíritu de tal modo, que dejé de ver el reconocimiento, el antipático rebaño y los médicos…

—Aquí la tiene usted —me dijo aquel señor Sánchez, bondadosísimo, presentándome una humana fiera embutida en un refajo verdinegro que la asemejaba a una peonza dando vueltas—. Es buena. No haga usted caso de esto de la oreja. Es que se la comió un cerdo cuando niña. Por lo demás, buena sangre…, buena dentadura. A ver, chica, enseña las herramientas. No hay señales de mal infeccioso.

Y mirándola apenas, me dispuse a llevármela conmigo. Ella graznó algo, mas no lo entendí. Como aldeano que tira del ronzal para llevarse el animalito que ha comprado en la feria, así tiré de la manta de lana que la pastora llevaba sobre sus hombros, y dije: "Vamos".

—Abur, Manso.

—Miquis, abur y mil gracias.

Al salir observé que el ronzal arrastraba, con la bestia, otras de la misma especie, a saber: un padre, involucrado también en paño pardo, como el oso en su lana, con sombrero redondo y abarcas de cuero; una madre, engastada en el eje de una esfera de refajos verdes, amarillos, negros, con rollos de pelo en las sienes; dos hermanitos de color de bellota seca, vestidos de estameña recamada de fango, sucios, salvajes, el uno con gorra de piel y el otro con una como banasta a la cabeza.

Y en la calle el venerable cafre que hacía de padre me paró y ladró así:

—Diga, caballero, ¿cuánto va a dar a la mocica?

—Porque somos gente honrada —regurgitó la mamá silvestre—. Mi Regustiana no va a cualquier parte.

—Señor —bramó uno de los muchachos—, ¿quiéreme por criado?

—Oiga, señor —añadió el autor de los días de Regustiana—: ¿es casa grande?

—Tan grande, que tiene nueve balcones y más de cuarenta puertas.

Cinco bocas se abrieron de par en par.

—¿Y adónde es? ¿Y cuánto le va a dar a la mocica?

—Se le pagará bien. Verán ustedes qué señora tan buena.

—¿Es buena la señora? Llévenos, llévenos pronto...

—Ahora mismo. Yo los voy a llevar en coche.

Abrí la portezuela. Consideré las fumigaciones a que debía someterse después el vehículo si llevaba todo aquel rústico cargamento...

—No, conmigo no van más que la chica y la madre. Los hombres que vayan a pie.

—No, señorito; llévenos a todos —exclamaron a coro, con el tono plañidero de los mendigos que asaltan las diligencias.

—No, lo que es sin mí no va mi hija —manifestó el papá con aspavientos de dignidad.

—¡Llévenos a todos…! Yo me monto atrás —dijo uno de los chicos—. Diga, señor: ¿me tomará por criado?

—Y yo alante —gritó el otro.

—Diga, señor: ¿y cuánto me dará?

Me aturdían, estrujándome, porque hablaban más con las patas delanteras que con la boca; me sofocaban con sus preguntas, con sus gestos, y, al fin, deseando concluir pronto, cargué con todos y los llevé a casa de mi hermano.

Cuando entré, me reía de mí mismo y de la figura que hacía pastoreando aquel rebaño. Tuve intención de decir: "Ahí queda eso", y marcharme a donde me solicitaban mi curiosidad y mi afán; pero esto no hubiera sido muy conveniente, y me detuve hasta ver qué tal recibía Máximo a su nueva mamá y cómo se desenvolvía Manuela con los indómitos padres y hermanitos de la tal Robustiana. Atenta mi cuñada a la necesidad de su hijo, y a ver si tomaba bien el pecho, no se cuidaba de la cola que el ama traía. Sentado en el recibimiento, el padre aguardaba con tiesa compostura el resultado de la prueba; los chicos huían por los pasillos, aterrados de la vista de Ruperto, y la madre, sin separarse de su moza, examinaba todo lo que veía con miras de espanto y júbilo, y estaba como suspensa y encantada. Tan maravillosa era a sus ojos la casa, que, sin duda, se figura estar en los palacios del Rey.

Y Maximín, ¡oh Virgen de la Buena Leche!, chupaba, y veíamos con gozo sus buenas disposiciones gastronómicas y aquella codicia egoísta con que se agarraba al negro seno, temeroso de que se lo quitaran. Lica lloraba de contento.

—Eres un ángel del Cielo, Máximo. Si no es por ti… ¡Qué mujer me has traído! ¡Ya la quiero más…! Tiene ángel. Enseguida la vamos a poner como una reina. ¿Y su madre?… ¡Qué buena es! ¿Y su padre? Un santo. ¿Y los hermanitos? ¡Unos pobrecillos! Ya he dicho que les den de almorzar a todos… ¡Los pobres…! ¡Me da una lástima…! Es preciso protegerlos bien, sí. Me dijo la madre que no tienen nada de comer, que no ha llovido nada, que no cogen nada y tienen que pedir limosna… ¡Gente mejor…!

Todo esto me parecía muy bien. Yo no hacía falta allí… Andando. Pasillos, escaleras, calle, ¡qué largos me parecíais!

34. ¡Y al fin entré por tu puerta, casa misteriosa!

Y subí tu escalera, nuevecita, estucada, oliendo todavía a pintura, fresco el barniz de las puertas y del pasamanos. En el principal vi una placa de cobre que decía: *Doctor Miquis, consulta de 3 a 6;* más arriba encontré un carbonero que bajaba; luego, el panadero con su gran banasta, una oficiala de modista de sombreros con la caja de muestras, y a todos les preguntaba con el pensamiento: "¿Venís de allá?"

Y al fin tiré del botón de aquel timbre, que me asustó al sonar vibrante, y abrióme la puerta una criada desconocida que no me fue simpática y me pareció, no sé por qué, avechucho de mal agüero. Y heme aquí en una salita clara, tan nueva que parecía que yo la estrenaba en aquel momento. De muebles estaba tal cual, pues no había más que tres sillas y un sofá; pero en las paredes vi lujosas cortinas, y entre los dos balcones una bonita consola con candelabros y reloj de bronce. Se conocía que la instalación no estaba concluida, ni mucho menos. Así me lo manifestó doña Cándida, que majestuosa se dejó ver, acompañada de una sonrisa proteccionista, por la gran puerta del gabinete.

—Pero, chico..., me da vergüenza de recibirte así... ¡Si esto parece una escuela de danzantes! ¡Estos tapiceros, ¡qué calmosos! Desde el 17 están con los muebles, y ya ves; que hoy, que mañana. Espera, hombre, espera; no te sientes en esa silla, que está rota... Cuidado, cuidadito; tampoco en esa otra, que está un poco derrengada.

Dirigíme a la tercera.

—Aguarda, aguarda. Esa también... Melchora te traerá una butaca del gabinete... ¡Melchora!

Dios y Melchora quisieron que yo al fin me sentara.

—¿Irene...? —le pregunté.

—Quizás no puedas verla... Está algo delicada.

Toda mi atención, toda mi perspicacia, mi arte de leer en las fisonomías no me parecían bastante fuerza para descifrar el jeroglífico moral que con fruncimiento de músculos, cruzamiento de arrugas, pestañeó, pucherito de labios y una postiza sonrisilla se trazaba en el rostro egipcio de doña Cándida. O yo era un ser completamente idiota, o detrás de los oscuros renglones de aquel semblante antiguo había algún sublime sentido. ¡Desgraciado de mí que no podía entenderlo! Y ponía al rojo mis facultades todas, para que, llegando al último grado de su poder y sutileza, me dieran la clave que deseaba.

—Conque delicada... —murmuré, pasándome la mano por los ojos.

Mi cínife iba a decir algo, cuando Irene se presentó. ¡Qué admirable aparición!

—¿Qué tal te encuentras, hijita? —le preguntó su tía, en quien sorprendí disgusto.

—Bien —replicó secamente Irene—. Y usted, Máximo, ¡qué caro se vende!

¡Maldito Calígula! Sin género de duda, quería desviarme de mi objeto, distraerme, interponerse entre Irene y yo con pretextos rebuscados.

—¡Ah! —exclamó con aspavientos que me causaron frío—, ¿no has visto lo que dicen de ti los periódicos...? Te ponen en las nubes. Mira, Irene, trae *La Correspondencia* de la mañana. Allí está sobre mi cómoda.

Irene salió. Observé —yo lo observaba todo— que tardaba más tiempo del que se necesita para traer un papel que está sobre una cómoda. Vino al fin, trajo un periódico y me lo puso delante. Sobre el periódico había un papelito pequeño, y en él, escritas con lápiz y al parecer rápidamente, estas palabras: "Ha venido usted tarde. Nunca hace las cosas a tiempo. No puedo hablar delante de mi tía. Me pasan cosas tremendas. Despídase usted diciendo que no vuelve en una semana y vuelva después de las tres."

Haciendo que leía *La Correspondencia* guardé con disimulo el papelejo. Irene me parecía desmejoradísima. Palidez suma y tristeza confirmaban, diluidas en la tinta suave de su semblante, la veracidad de aquellas cosas tremendas. Y yo, puesto en guardia con lo que el papel decía, hablé de lo que no me importaba, de lo alegre de la casa, de sus buenas vistas y...

—Pero ¿no sabes, Máximo —me dijo Calígula de improviso—, que anoche hemos tenido ladrones en casa? ¡Qué susto, Dios mío!

—¡Señora!

—Ladrones, sí, lo que oyes..., una cosa atroz. Esa Melchora, que duerme como un palo, dice que no oyó ni vio nada... Te contaré... Yo duermo ahora muy mal..., esos tunantes de nervios... Serían las dos de la madrugada, cuando sentí ruido en una puerta. Levantéme, llamé a Irene... Esta sostiene que dormía profundamente... ¡Yo tenía un miedo..., ya puedes figurarte! En fin, que alboroté toda la casa. Melchora dice que yo veo fantasmas... Podrá ser que mis nervios..., pero juraría que a la claridad de la luna..., porque no encontré los malditos fósforos..., a la claridad de la luna vi un hombre que escapaba...

—¿Por la ventana?

—No, por la puerta de la escalera.

—Han llamado, tía; creo que será la modista.

—Pero ¿no está Melchora...? Pues sí, Máximo, hemos pasado un susto... La pobre Irene, al oír mis gritos, salió despavorida. Busca los fósforos por aquí y por allí..., nada. Melchora se reía de nosotras y decía que estábamos locas...

—Pero ¿usted vio...?

—Hombre, que vi..., La suerte es que no nos han robado nada. He registrado y ni una hilacha me falta..., cosa atroz.

—Resultado, que esos ladrones no robarían más que los fósforos.

Cuando esto dije, mi espíritu, espoleado por su pesimismo, se precipitaba en las más extravagantes cavilaciones. Despeñada mi mente, no conocía ningún camino derecho. ¿Sería verdad lo que doña Cándida contaba...? Y si no lo era, ¿qué interés, qué malicia, qué fin...?

Pero mi primer cuidado debía ser cumplir el programa consignado con lápiz trémulo por la mano de la institutriz. Retiréme diciendo que no volvería hasta dentro de una semana, y pasé las horas que para la misteriosa cita faltaban discurriendo por la Castellana, el barrio de Salamanca y Recoletos. A las tres y media tiraba otra vez del timbre, y la misma Irene abría la puerta. Estábamos solos.

—¡Gracias a Dios! —le dije sentándome en el mismo sillón que horas antes había sacado Melchora para mí y que aún estaba en el mismo sitio...—. Al fin puede usted decirme qué tremendas cosas son ésas...

—¡Y tan tremendas...!

¡Qué temblor el de sus labios, qué falta de aire en sus pulmones, qué palidez mortal y qué timbre de pánico y duelo el de su voz al decirme:

—¡Si usted no me salva, si usted no me prueba que se interesa por esta huérfana desgraciada...!

No sé, no sé lo que pasó en mi interior. La efusión de mi oculto cariño, que se expansionaba y se venía fuera, cual oprimido gas que encuentra de súbito mil puntos de salida, hallaba obstáculos en el temor de aquella soledad traicionera, en el comedimiento que creí exigido por las circunstancias; y así, cuando las más vulgares reglas de romanticismo pedían que me pusiera de rodillas y soltara uno de esos apasionados trenos que tanto efecto hacen en el teatro, mi timidez sólo supo decir del modo más soso posible:

—Veremos eso, veremos eso...

Y lo dije cerrando los ojos y moviendo la cabeza, mohín de cátedra, que la costumbre ha hecho más fuerte que mi voluntad.

—Pero ¿usted no lo adivina...? ¿Usted no comprende que mi tía me tiene aquí prisionera para venderme a don José? Esta es la cosa más tremenda que se ha visto. ¿Quién ha puesto esta casa? Don José. ¿Quién ha amueblado aquel gabinetito? Don José. ¿Quién viene aquí las tardes y las noches a ofrecerme veinte mil regalos, cositas, porvenires, qué sé yo, villas y castillos? Don José. ¿Quién me persigue con su amor empalagoso, quién me acosa sin dejarme respirar? Don José. He tenido la desgracia de que ese señor se enamore de mí como un loco, y aquí me tiene usted puesta entre lo que más odio, que es su hermanito de usted y la necesidad de matarme, porque estoy decidida a quitarme la vida, amigo Manso, y como hoy mismo no encuentre usted medio de librarme de esto, lo juro, sí, lo juro, me tiro a la calle por ese balcón.

Petrificado la oí; balbuciente le dije:

—Lo sospechaba. Si usted no me hubiera prohibido venir acá desde el primer día, quizás le habría evitado muchos disgustos.

—Es que yo...

Al argumentarme, había tropezado en una velada y misteriosa idea, quizás en la misma que a mí me faltaba para ver aquel asunto con completa claridad. Ocurrióseme entonces un argumento decisivo.

—Vamos a ver, Irene —le dije procurando tomar un tono muy paternal—. ¿Por qué tenía usted tanta prisa en salir de la casa, donde no debía temer las asechanzas de mi hermano? ¿No consideraba usted, en su buen juicio, que doña Cándida, al poner esta casita y traerla a usted, la trajo a una ratonera? Yo lo sospeché; mas no me era posible intervenir en asunto tan delicado... ¿Por qué le faltó a usted tiempo para abandonar aquella colocación honrada y tranquila?

—Allí también me perseguía.

—Pero allí precisamente tenía usted poderosas defensas contra él, mientras que aquí...

—Porque mi tía me engañó.

—Imposible. Doña Cándida no puede engañar a nadie. Es como las actrices viejas y en decadencia, que no consiguen producir ilusión ninguna en quien las ve representar. Por la atrocidad excesiva de sus embustes, esta infeliz señora se vende a sí misma, apenas empieza a desempeñar sus innobles papeles. Su loco apetito de dinero ha corrompido en ella hasta los sentimientos que más resisten a la corrupción. Yo creí que usted no caería en semejante lazo, tan torpemente preparado... Usted misma se ha lanzado al abismo... Y no se justifique ahora con razones rebuscadas; llénese usted de valor y dígame el motivo grande, capital, que ha tenido para abandonar aquella casa. Ese motivo no lo sé, pero lo sospecho. Venga esa declaración, o me faltará la fe en usted, que me es necesaria para salir a su defensa. Nada hay más erróneo, Irene, que la mitad de la verdad. Yo no puedo patrocinar la causa de una persona cuya conciencia no se me manifiesta sino por indicaciones incompletas y vagas. No quiero evitar un mal y proteger neciamente la caída en otro peor. Desde el momento en que usted llama a un abogado en su defensa, muéstrele todas las fases de su asunto; no le oculte nada; infúndale con su franqueza el valor y la convicción que él, a causa de sus dudas, no tiene. Una persona que la ha tratado a usted de cerca me ha dicho: "No te fíes de ella, es una hipócrita." Arránqueme usted las raicillas que estas palabras han echado en mi pensamiento, y ya me tiene usted pronto a servirle como jamás hombre alguno ha servido a mujer desvalida.

Esto le dije; estuve elocuente, y un sí es no es sutil o caballeroso. A medida que hablaba, comprendí el grandísimo efecto que cada palabra hacía en su espíritu turbado, y antes de terminar, observaba desasosegada; luego, afligida; al fin, llena de temor.

Creía yo hallarme en terreno firme.

—Reconoce usted —le dije en tono de amigo— que antes de pedirme mi ayuda para salir de la ratonera, debe declararme alguna cosa, ¿no es eso?, alguna cosa que nada tiene que ver con mi hermano... Digamos, para mayor claridad, que es como un mundo aparte.

Humildemente dolorida, inclinó su cabeza, y como próxima a sucumbir, respondió:

—Sí, señor.

Esta afirmación respetuosa me lastimó en el alma, como si me la hendieran de arriba abajo, con formidable sacudida.

Sentí un hundimiento colosal dentro de mí, algo como al caer de la vida, la total ruina mía interior. Costóme trabajo sumo sobreponerme a la aflicción... No quería mirar a Irene, abatida delante de mí, con no sé qué decaimiento de suicida y resignación de culpable. Conté y medí las palabras para decirle:

—Puesto que eso que necesito saber no es ni puede ser vergonzoso, no me tenga usted en ascuas más tiempo.

¡Dios mío, nunca dijera yo tal cosa! La vi acometida repentinamente de horrible congoja... Su cara fue el dolor mismo, después la vergüenza, después el terror... Rompió a llorar como una Magdalena, levantóse del asiento, echó a correr, huyó despavorida y desapareció de la sala.

No supe qué hacer; quedéme perplejo y frío... Sentí sus gemidos en la habitación cercana. Dudé lo que haría, y al fin corrí allá. Encontréla arrojada con abandono en un sillón, apoyada la cabeza sobre el frío mármol de una consola, llorando a mares.

—No quiero verla a usted así..., no hay motivo para eso... —murmuré conteniéndome para no llorar como ella—. Usted se juzga quizás con más rigor del que debe... Desde luego yo...

Con la mano derecha se cubría el rostro, y con la izquierda hizo un movimiento para apartarme.

—Déjeme usted..., Manso; yo no merezco...

—¿Qué, criatura?

—Que usted me proteja... Soy la más desgraciada...

Y más llanto, y más.

—Pero sea usted juiciosa... Veamos la cuestión, examinémosla fríamente...

Esta tontería que dije no hizo, como es de suponer, ningún efecto. Y ella con la izquierda mano quiso alejarme.

—No, no me marcharé... No faltaba más... Ahora menos que nunca.

—Yo no merezco... Me he portado tan mal...

—Pero, hija mía...

No pudiendo calmar su horroroso duelo, ni arrancarla una palabra explícita, volví a la sala, donde estuve paseándome no sé cuánto tiempo. Al dar la vuelta me veía en el espejo con semblante tétrico, los brazos cruzados, y me causaba miedo. No sé las curvas que describí ni los pensamientos que revolví. Creo que anduve lo necesario para dar la vuelta al mundo y que pensé cuanto puede irradiar en su giro infinito la mente humana. Los gemidos no concluían, ni aquella tristísima situación parecía tener término. De pronto sonó el picaporte: alguien entraba.

Sentí la voz de Melchora ásperamente armonizada con la de doña Cándida. Al fin llegaba la maldita: ¡buena le esperaba…! Entró.

No sé pintar el asombro de la señora de García Grande al abrir la puerta de la sala y verme. Con rápido chispazo de su vista perspicua debió de conocer mi enojo y la tormenta que le amenazaba. Por mi parte, nunca me pareció más odiosa su faz de emperador romano, que, con la decadencia, tocaba en la caricatura, ni me enfadaron tanto su nariz de caballete, sus cejas rectilíneas, su acentuada boca, su barba redondita y su gruesa papada a lo Vitelo, que le colgaba ya demasiadamente, y con el hablar le temblaba y parecía servirle de depósito de los embustes. Su primer pensamiento y palabra fueron:

—Pero qué…, ¿se te olvidó algo…?

No le respondí. Mi cólera me puso una mordaza… La papada de doña Cándida temblaba y sus cejas culebrearon. Acercóse a la puerta del gabinete, abrióla, vio a su sobrina consternada, miróme después. Tuvo miedo, y de tanto temer, no pudo decirme nada. Yo seguía paseándome, y el silencio y las miradas suplían con ventaja entre los dos a cuanto la voz pudiera expresar… Pasado el primer momento de enojo, debió Calígula de pedir fuerzas a su malicia, porque me pareció que se envalentonaba. Después de gruñir, con artificio de cólera digna, sentóse, y sin mirarme se permitió decir:

—Me gusta… Como si cada cual no supiera lo que tiene que hacer en su casa, sin necesidad de que vengan los extraños a mangonear…

Entre ahogarla y afrontar su descaro con ventajosa actitud de ironía y desprecio, preferí esto último. Entróme una risa nerviosa, fácil desahogo de la cólera que me amargaba el corazón y los labios, y con todo el desdén del mundo dije a mi cínife:

—¿Qué, hombre?

—*Proxenetes*. Se lo digo a usted en griego para mayor claridad.

—¡Ay!, estos señores sabios ni siquiera para insultarnos saben hablar como la gente.

—Alguien vendrá que le hablará a usted más claro que el agua.

—¿Quién?

—El Juez de Primera Instancia.

Ni con risitas ni con un gesto desdeñoso pudo disimular su terror. Yo seguía paseándome. Siguió larga pausa, durante la cual vi que el fiero Calígula batía compases con una mano sobre el brazo del sillón... Su ingenio debió de inspirarle el cómodo partido de desviar el asunto, ingiriendo otro completamente extraño, en el cual podía hacer el papel de víctima.

—Tú siempre tan inoportuno y tan... filosófico. Vienes aquí cuando no se te llama, y haces aspavientos. Mejor te ocuparas de lo que más nos importa a todos, y no me pusieras en mal lugar, como lo has hecho hoy... Sí; porque de haber sabido lo que pasaba, de haber sabido que Maximín se quedó sin ama, ¿cómo no hubiera volado yo a casa de Lica para buscarle al instante otra? ¡Ay, qué apunte eres! Como si yo no existiera... Es hasta una falta de respeto, sí, señor. Bien sabes que tengo tanto interés como tú, como la misma Manuela... Francamente, este olvido me ha llegado al alma. ¡Y tú tan sabio como siempre! En vez de correr en busca mía y contarme lo que pasaba, te fuiste al Gobierno Civil para buscar por ti mismo... Ya, ya sé que llevaste a la casa una familia de cafres... Precisamente, conozco un ama que no tiene precio. Véase aquí lo que se saca de interesarse por los demás: desaires y más desaires.

Y yo, pasea que pasearás... La oía como quien oye llover sandeces.

—Luego se espantan de que se nos agrie el carácter, de que un disgusto tras otro, y por añadidura los achaques y males nerviosos, pongan a una infeliz mujer en el estado más triste del mundo. De aquí resultan cosas que parecen distintas de lo que son. Cada una en su casa hace lo que le acomoda, siempre dentro del límite de los deberes y de la dignidad a que las personas de cierta clase no podemos faltar nunca. Viene luego cualquiera que no está en antecedentes, y por lo primero que ve, juzga y sentencia de plano sin enterarse. Una chica mimosa y llorona contribuye con sus tonterías a embrollar la cuestión; el sabio se acalora, hace papeles caballerescos..., y si mediara una explicación, todos quedarían en buen lugar...

Aquel zumbido me mortificaba de un modo indecible. No podía contenerme.

—Señora...

—¡Qué!

—¿Quiere usted hacer el favor de callarse?

—¡Qué falta de respeto! ¿Quieres tú hacer el favor de marcharte? Estoy en mi casa... Mucho estimo a tu familia, mucho quise a tu madre, aquel ángel del Cielo, aquella criatura sin igual... ¡Ah!, no os parecéis a ella, y si resucitara y se nos presentase aquí, me juzgaría como merezco... Digo

que mucho la quise, y mucho vale para mí su recuerdo al
hallarme delante de tu descortesía; pero ésta puede llegar a
ser tal que no pueda perdonarla... Porque esto es una ini-
quidad, Máximo; una cosa atroz. Lo que haces conmigo no
tiene nombre. ¡Venir a insultarme a mi propia casa...!, sin
reparar mis canas..., sin acordarte de aquella santa...

La papada se movía tanto, que parecían agitarse impacientes dentro de ella todas las farsas, todos los embustes y
traspantojos almacenados para un año. Al mismo tiempo
pugnaba por traer a su defensa un destacamento de lágrimas, que al fin, tras grandes esfuerzos, asomaron a sus ojos.

—Nunca —gimió, sonándose con estrépito para aumentar
artificialmente el caudal lacrimatorio—, nunca hubiera creído tal cosa de ti. Me debes, si no otra cosa, respeto. Y antes
de formar malos juicios de esta desgraciada, a quien podrías
considerar como tu segunda madre, debes informarte bien,
preguntarme... Yo estoy pronta a responder a todo, a sa-
carte de dudas... ¿Quieres saber por qué llora Irene? Pues
no se lo preguntes a ella, pregúntamelo a mí, que te lo
diré. Estas muchachas de hoy no son como las de mi tiempo,
tan recogidas, tan sumisas. ¡Quia!, una cosa atroz... No hay
vigilancia bastante para impedir que hagan mil coqueterías y
enredos. ¿Quieres que te la pinte en dos palabras...? Pues es
una mosquita muerta... No lo creerás, sé que no lo vas a
creer y que descargarás tu furor contra mí. Pero mi deber
es ante todo, y el interés que me tomo por ella. Allí, en la
propia casa de Lica, donde la sujeción parecía ser tan grande
como en un convento, la muy picarona, ¿lo creerás?, pues sí,
tenía un novio. No hay como esas tontuelas para ocultar las
cosas. Ni Lica, ni tú, ni yo, que allá iba todos los días, sos-
pechábamos nada... ¿Qué habíamos de sospechar, viendo
aquella modestia, aquella conformidad mansa, aquella cosi-
ta... así...? Pero estas mansas son de la piel de Barrabás
para esconder sus líos. ¡Un novio! Cuando nos mudamos lo
descubrí, y si quieres que te lo pruebe...

La ira que se encendió súbitamente en mí era tal, que me
desconocí en aquel instante, pues en ninguna época de
mi vida me había sentido transformado como entonces en un
ser brutal, tosco y de vulgares inclinaciones a la venganza y

a todo lo bajo y torpe. Cómo se levantaron en mi alma revuelta aquellos sedimentos, no lo sé.

—¿Quieres que te lo pruebe? —repitió doña Cándida a la manera de las hienas, sorprendiendo, con su feliz instinto, mi momentánea bajeza, y creyendo que la suya permanente podría hallar en mí fugaz acogida—. ¿Quieres que te lo pruebe...? Cuando nos mudamos, en aquel desorden de los baúles, sorprendí un paquete de cartas...; no tienen firma...; ¿conocerás tú...?

Afianzó las manos en los brazos del sillón para levantarse. Vacilé un momento... ¡Dios! ¡Descubrir el misterioso enigma, saber el fin...! ¡No, por aquel medio, jamás!

—Señora, no se mueva usted —grité con brío, ya repuesto en mi normal ser—. No quiero ver nada.

—Tú quizás sepas... Algún moscón de los muchos que entran en aquella casa... La pícara mulata era quien traía y llevaba las cartitas... Pero ¿cómo se las componen estas criaturas para envolver en gran misterio sus picardías...? Yo estoy aterrada, y de seguro voy a sucumbir a fuerza de disgustos... Esta criatura, a quien he consagrado mi vida... ¡Oh! Máximo, tú no comprendes este dolor atroz, este dolor de una madre, porque madre soy para ella, madre solícita y siempre sacrificada... Y ya ves qué pago...

Otra vez su cinismo agotaba mi paciencia.

Yo no la miraba, porque su semblante me hería. Éranme particularmente antipática la papada trémula y la despejada frente cesárea, en la cual ondulaban las arrugas de un modo raro, como se enroscan y se retuercen los gusanos al caer en el fuego.

—Señora, hágame usted el favor de callarse.

—Bien, lloraré sola, me lamentaré sola. ¿A ti qué te importa, caballero andante y filósofo aventurero?

Y en aquel punto los dolorosos gemidos de Irene se oyeron de nuevo... El corazón se me dividía ante aquella angustia secreta, apenas declarada, que a combinarse venía dentro de mí con otra angustia mayor. El honor mío se agitaba entre accidentes de despecho y enojo, como llama entre tizones. Me embargaba tanto, que daba perplejidades a mi voluntad, y yo no sabía qué hacer. Pensé acudir a Irene, que parecía sufrir gravísimo paroxismo; pero no sé qué repugnancia me alejaba de ella. Doña Cándida se levantó, diciendo con agridulce voz:

—La pobrecita está tan afligida... Es que la he reñido... No puedo contenerme. Es preciso darle una taza de tila.

Dejóme solo. Y yo pasea que pasearás. Me rodeaba una atmósfera de drama. Presentía la violencia, lo que en el mundo artificioso del teatro se llama la situación... ¡Tilín! ¡El timbre, la puerta...! ¡Mi hermano...!

Los segundos que tardó en aparecer en la sala, ¡cómo se deslizaron pavorosos...! Entró, y al verme... No, jamás ha sufrido un hombre desconcierto semejante. Yo me sentí fuerte y dueño de mis facultades para operar con ellas como me conviniera... Mereciera o no la mosquita muerta mi ardiente defensa, ¿qué me importaba? Yo, caballero del bien, me disponía a dar una batalla a su enemigo, que era también el mío. A la carga, pues, y luego se vería...

La sorpresa pudo en José más que la turbación, y se le escapó decirme:

—¿Qué demonios buscas aquí?

Advertí en él esfuerzos inauditos para poner concierto en sus ideas, disimular su cogida y cubrir el flanco de su amor propio.

—¡Ah! —exclamó, fingiéndose asombrado—. ¡Qué casualidad! Los dos venimos de visita..., nos encontramos... Es verdad; te dije que pensaba venir.

Y el tunante no caía en la cuenta de que no nos hablába-

mos desde la disputilla, siendo, por lo tanto, imposible que
me hubiera avisado su visita. Viéndose cogido en su red,
cambió de táctica. Inició torpemente dos o tres temas de conversación (a punto que Melchora traía otra butaca, por no
ser suficiente una para los dos); pero desde las primeras palabras se aturullaba y confundía. Dejóse ver por la puerta
del gabinete doña Cándida, tan turbada como mi hermano, y
más con la papada que con la voz nos dijo:

—Dispénsenme los Mansitos; pero estoy tan ocupada...
Vuelvo...

Y desapareció como espectro con pocas ganas de ser evo-
cado. Las tenía tan grandes mi hermano de hacerme creer
que a la casa venía por vez primera, que no quise esperar
la segunda aparición del espectro para decirle a gritos:

—Al fin me tiene usted por aquí...

Pero notando mi empaque severo, me miró despacio. Estábamos sentados el uno frente al otro.

—Pues sí, es bonita la casa. No la había visto. ¿Habías
estado tú aquí?

—Es la primera vez.

—Muy fría la sesión de esta tarde... La discusión de pre-
supuestos, sumamente lánguida. Tres diputados en ·el salón
de sesiones. Pero en las Secciones hemos tenido mar de fondo. Hay un tacto de codos que Dios tirita. Es verdaderamente escandaloso lo que pasa, y luego con la plancha que se
tiró ayer el ministro de Gracia y Justicia... La Comisión de
melazas no ha dado aún dictamen. Tendremos voto particular
de Sánchez Alcudia, que se empeña en proteger los alfajo-
res de su tierra...

Y yo callaba. El debía de estar sobre ascuas. Presagiaba,
sin duda, una escena ruda, y quiso debilitarme anticipada-
mente con la lisonja.

—¡Ah, se me olvidaba! —dijo, tomando la máscara de la
risa, que le sentaba como al Cristo las pistolas—. Tengo que
darte las gracias. Ya me contó Manuela. El pobre Maximín,
si no es por ti, se nos muere hoy. Anoche no pude ir en toda
la noche a casa, porque..., es verdaderamente cargante. Hasta
las dos y media estuve en la Comisión de melazas. Luego fui
con Bojío a cenar a casa de su padre, el marqués de Tellería.

El pobre señor se agravó tanto anoche, que tuvimos que quedarnos allí varios amigos. ¡Cuánto sentí esta mañana, al ir a casa, lo que había pasado con la tunante del ama! Parece que es buena la que llevaste... Pero mira: allí me encontré un familión... El padre me abordó con aire marrullero, y me dijo: "Ya sé que el señor Marqués va para *menistro*. Si quisiera dar algo a estos *probecitos* de Dios..." Empezó a pedir. Figúrate, no quiere nada el angelito. Ve contando: el estanco del pueblo y el sello para su hijo mayor; para el segundo la cartería, y para sí propio la cobranza de contribuciones, la vara de alcalde, el remate de Consumos y la administración de Obras pías... Yo me desternillaba de risa, y Sainz del Bardal le prometió proponerle para una mitra.

Con fuertes carcajadas celebraba José la gracia del cuento... Y yo siempre callado, serio. Estaba impaciente, deshecho, porque no quería romper el fuego hasta que estuviera delante el emperador Vitelio. Pero probablemente la taimada había hecho propósito de no presentarse, dejando que los Mansitos se despacharan a su gusto. De repente se levantó José. Le había entrado súbito afán de admirar las dos grandes láminas que doña Cándida había colgado en la pared de su salita.

—Pero ¿has visto esto? Es un grabado verdaderamente magnífico. *Naufragio del navío "Intrépido" delante de las rocas de Saint-Maló.* ¡Qué olas! Parece que le salpican a uno la cara. ¿Y este otro? *Naufragio de la "Medusa",* por Gericault... Pero aquí todos son naúfragos.

En esto el reloj dio las once. Eran las cinco.

—Allá se va este reloj con los de mi casa —observó mi hermano, sentándose—. Todos parecen de reblandecimiento de la médula catalina... Pues, señor, me gusta este modo de recibir visitas. Si no se presenta pronto doña Cándida, me voy.

Farsa, pura farsa. Bien conocía él que en la casa pasaba algo grave. Mi inopinada presencia, mi silencio sombrío le causaban miedo, por lo que pensó en ponerse en salvo.

—¿Tú te quedas?

—Sí; y tú también.

—Hombre, eso es mucho decir.

—Tenemos que hablar.

—¿Tienes algo que decirme?

—Algo, sí.

—Pues mira, no se conoce. Hace un cuarto de hora que estoy aquí.

—Yo quería que estuviese presente doña Cándida; pero ya que esa señora tiene vergüenza de ponerse delante de los dos...

José palideció. Hice propósito de explanar mi interpelación con todo el comedimiento posible y de no hacer lógica con violencia ni manotadas. Mi enemigo era mi hermano. ¡Difícil y peligroso lance!

—Pues dímelo pronto —indicó él, festivo, a fuerza de contracciones de músculos.

—En dos palabras. Has estado haciendo la farsa de que venías aquí por primera vez, cuando vienes todas las tardes y noches, desde que vive aquí doña Cándida. Entre esta señora, a quien voy a recomendar al juez del distrito, y tú, padre de familia y representante de la Nación, habéis armado una trampa... poco digna, quiero ser prudente en las calificaciones..., una trampa contra esa pobre joven honrada, sin padres ni pariente alguno...

—No sigas, no, no sigas —dijo mi hermano, echándoselas de espíritu fuerte—. Pareces verdaderamente un caballero andante. ¿Eres tú padre, hermano, esposo o siquiera novio...? Y si no lo eres, ¿para qué te metes a juzgar lo que no conoces? ¿Vienes en calidad de filántropo?

—Vengo en calidad de indiferente. Soy el primero que pasa, un hombre que oye gritos de angustia y acude a prestar socorro a... quienquiera que sea. Hablo con el título de persona humana, el único que se necesita para entrar donde martirizan y desempeñar las primeras diligencias de protección mientras llegan Dios y la justicia terrestre. No tengo más que decir sobre mi derecho a intervenir aquí.

—Pero vamos a ver..., es preciso poner las cosas... —balbució José, enredado en el laberinto de sus conceptos, sin saber por dónde salir—. Tú no puedes hacerte cargo... Lo primero que hay que tener en cuenta...

—Es que tu conducta ha sido impropia de un caballero y más impropia aún de un padre de familia. En tu misma casa trataste de pervertir a la que era maestra de tus hijos. No conseguiste nada... Pues qué, ¿creías, gran tonto, que no hay más que...? Pero tú necesitabas emplear ciertas perfidias. Allá no era posible. Te confabulaste con esta desgraciada mujer, te valiste de su feroz codicia, armasteis entre ambos el lazo... Pero ya ves, ni con tus visitas, ni con tus regalos, ni con tus promesas, ni con tus amabilidades, que son tan empalagosas como la Comisión de melazas, has conseguido tu objeto. Acosada por ti y maniatada por su señora tía, la víctima ha encontrado en su virtud fuerzas bastantes para defenderse...

—Pero, hombre, escúchame, déjame hablar un poco... Hay que presentar las cosas como son... Te diré... tú te pones a filosofear, y abur... Cosa absurda... Aguarda... Oye.

—No proceden así los caballeros. Si tienes pasiones, véncelas; si no puedes vencerlas, con dignidad trampéalas. En resumidas cuentas...

—En resumidas cuentas, tú no te has enterado... Por Dios, Máximo, estás hablando ahí... y no es eso, no es eso...

—¿Pues qué es...?

Tal era su atontamiento, que no acertaba a salir del ovillo de embustes en que se había envuelto. Tenía la boca seca, el rostro encendido, y fumaba cigarrillos con nerviosa presteza. Ofrecióme uno, y le dije:

—Pero, hombre, ¿ahora te enteras de que no fumo ni he fumado en mi vida?

—Es verdad; pues vamos a ver... Yo he venido aquí la otra tarde por casualidad, cuando salí de la Comisión... Pero no es eso. Lo primero es definir bien..., porque así, presentadas las cosas con ese aparato de moral... Aquí no hay lo que crees... Empezaré por decirte que Irene... No es que piense mal de ella... Tú no estás enterado... Y ya se ve; cuando sin estar en autos... En cuanto a caballerosidad, yo te aseguro que nadie me ha dado lecciones todavía. Y vamos al caso..., por amor de Dios...

—Al caso, sí. Oye, José María: descubierta la poco noble conspiración fraguada por ti y doña Cándida, y desarrollada con sus ideas y tu dinero...

—Poco a poco... De que yo ampare a los desvalidos, no se

deduce... Ven a razones, hombre. Aquí no somos filósofos, pero sabemos razonar... Porque tú... Entendámonos...

—Sí, entendámonos. Descubierto el plan poco noble, no puedes salir adelante, José. Dalo por frustrado. Haz cuenta que en una jugada de bolsa perdiste el dinero que has dado a doña Cándida. Esto se acabó. No hay que hablar. En este juego prohibido se ha presentado la Policía, y poniendo el bastón sobre la mesa, ha dicho: "Ténganse a la Justicia." La Policía soy yo. Estoy pronto a indultar, si esto se da por concluido. Estoy pronto a promover un escarmiento si esto sigue.

—Dale, dale... ¡Si no comprendes...! Eres verdaderamente testarudo... Déjame que te explique... No hay que tomar las cosas por tan lo alto... ¡dale...!

—¿Sabes cuáles son mis armas? La publicidad, el escándalo, son espadas de dos filos que hieren a ti y a mi protegida. Pero no importa: es inocente. Dios cuidará de ella. Te amenazo, pues, con la publicidad, con el escándalo y, además, con el juez.

—Dale. Si no es eso...

—¿Cómo que no es eso...? Veremos. Ten presente lo que acabo de decir: el juez...

—Pero ¿qué juez ni qué niño muerto...?

—En cambio, si esto se queda así, si me prometes no volver a poner los pies en esta casa, habrá paz; tu mujer no sabrá nada, y puedes dedicarte tranquilamente a la vida pública.

—Hombre, te estoy oyendo —gritó mi hermano, envalentonándose mucho y cruzándose de brazos—, y no sé qué pensar... ¡Estamos bonitos...! ¿Qué significa esto? Te he oído con paciencia; pero ya se me acaba... ¿Conque, es decir, que yo soy un criminal, un no sé qué, un...? Tus filosofías me apestan... No habrá más remedio que tomarlo a risa... Y en último caso, ¿a qué se reduce todo...? A nada, a una bobada... Tanta bulla, tanta ponderación y tanta soflama por una cosa sin maldita importancia. Estos sabios son verdaderamente idiotas... Que se me haya antojado decir cuatro tonterías a Irene... ¡Por amor de Dios, hombre! Que aquí en esta casa le haya dicho también cuatro tonterías, o cinco..., ¡por amor de Dios! ¿Eso es motivo...? No sé cómo te escucho...

—Quedamos en que esto se acabó —dije, gozoso de verle batiéndose en retirada.

—Pero si no se ha empezado, si no hay nada, si todo es figuración tuya... Francamente, yo no sé cómo te aguantan tus amigos... Si te casaras, tu mujer se tiraría por el Viaducto, y tus hijos te maldecirían. Eres muy *plantillero,* el colmo de la impertinencia, de la pedantería y del entrometimiento. Vamos, que si no conociera tus buenas cualidades...

—Quedamos en que no volverás más aquí.

—Eres tonto... Como si yo tuviera algún interés en ello... Eso bien lo puedes creer, y si hay algo aquí que me ha costado el dinero, interprétalo con más caridad, hombre; atribúyelo a compasión de esta desgraciada familia. Dime tú: ¿los beneficios se hacen públicamente o con cierto recato? Al menos yo he aprendido que la caridad debe practicarse en silencio. Vosotros los filósofos lo entendéis de otro modo.

—Eres un santo... Vamos, ¿a qué concluyes por pedirme que te canonicen...?

—Y cuando yo me intereso por los desvalidos, cuando les ayudo a vencer las dificultades de este mundo, hago las cosas completas, no me quedo a la mitad del camino. Poco me importa que después venga la calumnia a desfigurar mis acciones... Yo desprecio la calumnia. Cuando mi conciencia está tranquila...

No pude remediarlo; rompí a reír, viendo que el muy farsante, acalorándose más con el papel que representaba, pretendía nada menos que darme a mí la feísima parte de calumniador. Quería sacar partido de su falsa posición, y tornándose en juez, me decía:

—Y vamos a ver, camaradita, ¿quién me asegura que tú, con esos aires caballerescos y esas cosas sublimes, no vienes aquí con una intención solapada...? Me parece que eres de los que las matan callando. Eso sería bueno: que quien sólo ha tenido propósitos benéficos y caritativos pase por hombre corrompido, tramposo y malo, y el señorito filósofo, sabio y profesor de Moral, sea el verdadero perseguidor de la honra de las doncellas puras... Verdaderamente...

Se puso delante de mí, y con su bastón iba marcando sus palabras más arriba de mi cabeza, sin tocarme, se entiende.

—Yo te he visto caracoleando en el cuarto de Irene, haciéndola la rueda en el paseo, como un pavito real, muy hueco y filosófico; yo te he visto relamido y sumamente pedante y traviatesco junto a ella... Es verdad que nunca sospeché que te pudiera querer... Eres muy antipático...

Y fue a colocarse delante del espejo, a estirarse el cuello de la camisa y acomodarse la corbata, que andaba un poco descarriada.

—¡Si saldremos ahora con que un señor catedrático de Moral anda enamorado...! ¡Por amor de Dios, hombre...! Con esa cara de cura y esa respetable fisonomía, pues no parece sino que detrás de cada vidrio de tus gafas están Platón y Aristóteles..., y con esa cortedad de genio... Por María Santísima, Máximo, no hagas el oso... Tú no sirves para eso: nunca gustarás a las mujeres.

Aun siendo tan poco autorizado quien las hacía, aquellas burlas me mortificaban.

—Yo no comprendo el interés ridículo que te tomas por la pobrecita Irene, que de seguro se reirá de ti bajo aquella capita de bondad..., porque, eso sí, otra que tenga mejores modos y que sepa esconder tan bien sus picardías...

Se paseaba por la sala haciendo molinete con el bastón.

—Mira, José —le dije—, haz el favor de marcharte de una vez. Abandona el campo, y déjanos en paz. Si te empeñas en ser pesado, yo me empeñaré en ser inflexible. Te he cogido en tu propio lazo; no tienes defensa contra mí. Márchate; este disgustillo se acabó, y desde mañana seremos hermanos.

—No, no, si en mí no hay disgusto, ni despecho... —balbució, contradiciendo sus palabras con la expresión colérica de su semblante—. ¿Crees que doy importancia a tus majaderías? No, hombre, no hago caso; mi conciencia está tranquila... He sabido amparar a una familia desgraciada: veremos lo que haces tú ahora... Me marcharé...

—Pues de una vez...

—Te dejo en plena posesión de tu papel de desfacedor de agravios. Trabajo te mando, camaradita, porque no es oro

todo lo que reluce. Y no es que yo quiera agraviar a la pobre
Irene. Yo me he interesado por ella, no como un sabio filósofo, sino como un buen padre, como un hermano. Que
viene doña Cándida a contarme que ha descubierto paquetes
de cartas... Bueno, ¡cosas de chicas!, es natural que se ena-
moren de cualquier pelagatos..., es natural que lo disimulen,
que hagan mil tapujos y tonterías... Que doña Cándida me
dice: "Irene llora; a Irene le pasa algo; Irene anda en malos
pasos." Bueno: la juventud, la ilusión..., cosas de niñas que
leen novelas. No doy importancia a tales boberías... Que yo
mismo observo a cierta persona rondando la casa por las
tardes, por las noches... ¡Qué le hemos de hacer! Mientras
haya coquetas, habrá gomosos. He tenido ganas de andar a
galletas con uno, mejor dicho, de aplacarle el resuello. Pero
eso tú lo harás ahora, tú, el señor de la protección caballeres-
ca. Veremos si con rociadas de moral ahuyentas al enemi-
guito. Echales las gafas encima, y sácales el Cristo, o el
Sócrates. O si no, otra cosa...
    Se echó a reír como un condenado.
    —...Otra cosa. Trae al juez, hombre; trae a ese juez con
que me amenazas, y dile: "Señor juez, aquí tiene usted un
novio de mi futura; métalo usted en la cárcel, y a mí mán-
deme a un tonticomio..." Eso es, eso. Aquí te quiero ver,
escopeta.
    Francamente..., iba yo a contestar algo; pero pensé que
era más digno no contestarle nada.
    —Y yo me marcho. Te obedezco, hermanito. Aquí te que-
das. Ya me contarás y nos reiremos.
    Le vi dispuesto a marcharse. Algo me ocurrió entonces
que decir; pero me callé para que se fuera de una vez. Salió
sin decirme nada, tarareando una musiquilla, pero con la
rabia en el corazón. Alegréme de este resultado, porque mi
objeto estaba conseguido, y conociendo a José María como
le conocía yo, bien pude asegurar que daba por perdido el
juego. Su miedo al escándalo me garantizaba su vencimiento
y abandono de sus planes. Por el momento yo había triun-
fado, y lo mejor fue que conseguí mi objeto sin gritería ni
violencia. No hubo drama, cosa en extremo lisonjera para
todos.

José me conocía; debió de comprender que en caso de reincidencia yo daría el escándalo, intervendría la justicia, se enteraría Manuela. Era probable que ésta pidiera la separación de bienes, y a Cuba se marchara... El marrullero, el hombre práctico, no podía menos de detenerse ante la amenaza de estos peligros verdaderamente terribles. ¡Campaña ganada, y ganada sin batalla, por la prematura retirada del enemigo, antes convencido que derrotado! O esto es estrategia sublime, o no sé lo que es.

La propia doña Cándida trajo en sus venerables manos una luz con pantalla, y poniéndola sobre la mesa, me dijo con voz cascada y temerosa:

—Ya se ha ido..., ¡Jesús!, yo creí que íbamos a tener función gorda... Pero ambos sois muy prudentes, y entre buenos hermanos... La pobre niña...

—¿Qué?

—Le ha entrado fiebre; pero una fiebre atroz. Ya la hemos acostado. ¿Quieres pasar a verla?... Se ha calmado un poco; pero hace un rato deliraba y decía mil disparates.

—Que suba Miquis...

—Le hemos dado un cocimiento de flor de malva. Creo que le conviene sudar. Anoche debió de constiparse horriblemente cuando aquella alarma de los ladrones...

—Que suba Miquis...

—Creo que no será preciso. Siéntate. Parece que estás así como perplejo. Delirando hace un rato, Irene te nombraba.

—Pero que suba Miquis...

—Le llamaremos si es preciso... ¿Quieres entrar a verla? Parece que duerme ahora. Mañana le diré que pasaste a verla, y se alegrará mucho. ¡Qué sería de nosotras sin ti!

Tanta melosidad me ponía en ascuas. Pasé al gabinete, que se comunicaba con la alcoba por un gran hueco entre columnas de hierro pintadas de blanco y oro, manera arquitectónica que está muy en boga en las costrucciones nuevas. En aquella entrada me detuve. La alcoba estaba casi a oscuras, pero pude ver el cuerpo de Irene modelado en esbozo por las ropas blancas del lecho. Era como una escultura cuya cabeza estuviese concluida y el tronco solamente desbastado. La vi de espaldas; se había vuelto hacia la pared, y de sus brazos no asomaba nada. Su respiración era fatigosa y febril, acompañada de un cuchicheo que más parecía rezo que delirio. Me hacía pensar en el rumorcillo de una fuente de poca agua que mana entre yerbas y rompe melancólicamente el silencio del bosque. Puse atención para entender alguna sílaba; pero, ¡cosa extraña!, siempre que yo sutilizaba mi atención y mi oído, ella callaba... Volvía; era imposible entender nada de aquella música del espíritu.

—La pobrecita tiene una gran pena —me dijo doña Cándida al oído—. El motivo ve a saberlo...

—Ya..., ¿le parece a usted poco?...

—No, no es sólo por la cuestión de tu hermano... ¡Qué delirio el suyo!... Nada menos que de puñales, de venenos y de revólveres hablaba, como herramientas para quitarse la vida.

Acerquéme un poco, paso a paso; la curiosidad me empujaba, la delicadeza me detenía... Al fin, la vi de cerca. Tenía el rostro encendido, la boca entreabierta, el cabello suelto, encrespado, anilloso y formando un gran nimbo negro, partido en dos, alrededor de la cabeza. De cerca, el cuchicheo era tan inteligible como de lejos; diálogo misterioso entre el alma y el sueño.

Me retiré alarmado, y en la sala puse cuatro letras a Maquis sobre una tarjeta, rogándole que subiera. Hecho esto, pensé en irme a comer a mi casa, con propósito de volver más tarde. Adivinó mi pensamiento Calígula, y muy obsequiosa y acaramelada me dijo:

—Si quieres, puedes quedarte a comer conmigo. No te daré las cosas ricas que hay en tu casa...

—Gracias.

—Mal agradecido... La culpa la tiene quien te quiere y te obsequia. Bien sabes que para mí no hay mayor gusto que verte en mi casa...

Tanta finura me alarmó. No contaba con ella.

—Pero siéntate... ¿Qué prisa tienes?... No puedes figurarte cuánto me alegro de que tu dichoso hermano haya desfilado... Ahora te puedo hablar con franqueza, Máximo. ¡Ay!, nos tenía acosadas... Una cosa atroz.

La miré para recrearme en su cinismo, y ver con qué rasgos y matices se traduce en el rostro humano aquel excepcional modo de espíritu.

—Porque hazte cargo..., empeñado en que esa pobre criatura le ha de querer...; como si el querer fuera cosa de aquí me llego... Pero tú no puedes figurarte qué arrumacos, qué agonías, qué frenesí el suyo... Se pasaba las horas mirándola como un bobo, y echándole unas flores tan cursis... Luego venían los regalos; todas las tardes traía una cosa nueva; joyita, caprichito, baratija. Y a cada rato..., ¡tilín!, un dependiente de la tienda con dos vestidos...; ¡tilín!, un mozo con sombreros... Esto parecía la casa de San Antonio Abad, el de las tentaciones. La pobre Irene, firme y heroica, ha sufrido mucho, y yo también, porque... ya puedes suponer mi dificilísima situación. Yo no podía coger a José María por un brazo y ponerlo en la calle. Le debo favores..., es como de la familia. Te digo que hemos pasado la pena negra. Irenilla le ponía cara de hereje; últimamente hasta le insultaba. No sabes; tiene un genio de lo más atroz... En cuanto a los regalos, allí están todos tirados. Algunos se han roto. Por cierto que por empeño de José María..., es tan pesado..., se han traído algunas cosas, que vendrán a cobrar, y...

La miraba, la observaba con verdadero placer, cosa que parecerá imposible, pero que es verdad. Era yo como el naturalista que de improviso se encuentra, entre las hojarascas que pisa, con un desconocido tipo o especie de reptil, con feísimo coleóptero, con baboso y repugnante molusco. Poco afectado por la mala traza del hallazgo, no piensa más que

en lo extraño del animalejo, se regocija viendo las ondulaciones que hace en el fango, o las materias fétidas que suelta, o los agudos rejos con que amenaza, y no sólo se compla-
ce en esto, sino en considerar la sorpresa de los demás sabios
cuando él les muestre su descubrimiento. Así observaba yo
a doña Cándida, con interés de psicólogo, y antes de horro-
rizarme de sus ondulaciones, rejos, antenas, babas, élitros,
zancas, me asombraba del infinito poder, de la inagotable
fecundidad de la Naturaleza. No sé si en esta crisis de admiración moví la mano con algo de instinto protector hacia
mis bolsillos, porque la célebre papada se estremeció anun-
ciando una fuerte emisión de risa. La señora, con buenísimo
humor, me dijo:

—Hombre, no seas tonto... Pues qué, ¿creías que te iba a
pedir dinero?... ¡Ay, qué gracioso!... No, tranquilízate. Que
te vuelva el alma al cuerpo. No estamos ahora en ese caso.
Es verdad que José María me debe un piquillo...

Al oír que mi hermano le debía un piquillo..., vamos, no
rompí a reír con gana porque mi espíritu se hallaba en el
estado más congojoso del mundo. Pero me hizo tanta gracia,
que me reí un poco. Era motivo para alegrar un cementerio,
o para hacer bailar a un carro fúnebre.

—Pues es preciso que le pague a usted..., no faltaba más.

—Hombre, no; no quiero cuestiones. Ya sabes que tratándose de los de la familia... Estoy acostumbrada a sacrificar-
me... No hablemos de eso. Además, no me hace falta por
ahora. Sólo en el caso de que ésa siguiera enferma...

—Creo que esto pasará pronto —dije en voz alta; y para
mis adentros: "Ya te siento zumbar, cínife."

—¿Estará buena mañana? ¡Dios lo quiera! ¡Pobre niña!
Cuando pasaban dos, tres días y no venías a vernos, la observaba yo tan triste... Eso sí, cuando habla de Máximo
no acaba. Y a cualquiera se la doy yo. Un hombre como tú,
una celebridad..., y luego con tus cualidades eminentes...
Eres el número uno de los hombres...

—¡Oh! Gracias... Que me sonrojo...

—Te digo la verdad. Cuando Irene sepa el interés que te
has tomado por ella, se va a volver loca, loca en toda la extensión de la palabra.

—En toda la extensión de la palabra nada menos... Será una cosa atroz...

—A buen seguro que si hubieras sido tú el de los obsequios...

¡Oh!, no podía oír más. Le corté la palabra. Una de dos: o ella se callaba o yo le pegaba. Fue preciso conseguir lo primero, y para esto el mejor medio era alejarme de la esfera de acción de su papada y salir al aire libre. ¡Terrible cosa el desear salir y el desear y necesitar volver! Irene me atraía, Calígula me alejaba. En un solo punto estaban mi interés vivo y mi repugnancia más honda, mi Cielo y mi Purgatorio... Salí pensando en diversas cosas, todas a cuál más tristes; pasadas, presentes y futuras. Nunca había sentido en mi cabeza obstrucción semejante. Parecíame, usando un símil materialista, que las ideas no cabían en ella, y que se me salían por los ojos y los oídos. En este laberinto dominaba una evidencia muy desconsoladora, en la cual la verdad era luz que alumbraba mi espíritu y llama que me freía los sesos. Por primera vez en mi vida bendije la ilusión, indigna comedia del alma, que nos hace dichosos, y dije: "¡Bienaventurados los que padecen engaño de los sentidos o ceguera del entendimiento, porque ellos viven consolados...!"

Aquella evidencia había venido en su momento histórico fatal, cual modificación de anteriores estados de espíritu; yo la veía proceder de mis suspicacias, como viene la espiga del tallo y el tallo de la simiente. Del mismo modo el árbol de la duda suele dar la flor de la certeza. ¡Flor negra, amargo fruto, destinado al maldecido paladar del hombre de estudio! Otra vez hay que decir que sea mil veces bienaventurado el rústico que crece como una caña y vive meciéndose en el seno blando de la mentira... Indaguemos. Naturaleza pródiga ha puesto dificultades y peligros en la averiguación de sus leyes, y de mil modos da a conocer que no le gusta ser investigada por el hombre. Parece que desea la ignorancia, y con ella la felicidad de sus hijos. Pero éstos, es decir, los hombres, se empeñan en saber más de la cuenta; han inventado el progreso, la filosofía, la experimentación, el arte y otros instrumentos malignos, con los cuales

se han puesto a roturar el mundo, y de lo que era un cómodo Limbo han hecho un Infierno de inquietudes y
disputas... Por eso...

Iba yo por la calle muy engolfado en estas impuras filosofías pesimistas, impropias de mí, lo confieso, cuando
tropecé... Fue como un choque violentísimo con duro y
pesado objeto, choque puramente moral, pues no tuve ocasión, ni mi cuerpo llegó a tocar al otro, que era el de un
hombre más joven que yo, más alto que yo, de partes, ca-
lidades y preeminencias físicas superiores de todo en todo
a las mías. Quedéme parado ante él y él ante mí, sin ha-
blarnos, ambos algo cohibidos. La conmoción del choque
había sido en él tan grande como en mí... Y de pronto
subió a mis labios, del corazón, no sé qué hiel más amarga
que la amargura, y la escupí en estas palabras:

—¡Manuel...! ¿Adónde vas por aquí?

Le traspasé con miradas, me sentí dotado de una lucidez
sobrehumana, comprendí todo lo que se dice de los tauma-
turgos y de los seres privilegiados, a quienes un conjunto
de hechos y circunstancias da el privilegio de la adivinación. Leí a mi hombre de una ojeada, le leí como si fuera
un cartel de los que estaban pegados en la próxima esquina.

Y él, vacilando, como todo el que no está diestro en
mentir, me contestó:

—Pues..., precisamente..., iba a casa de Miquis a con-
sultarle.

—¿Estás enfermo?

—La garganta..., siempre la garganta.

—¿Conque la garganta?...

Le agarré un brazo con mi mano, que se me figuraba
tenaza, y le dije:

—¡Farsa!; tú no ibas a consultar con Miquis. Esta no es
hora de consulta.

—Pero como es amigo...

—¡Manuel, Manuel!...

Le atravesé de parte a parte otra vez con mis miradas.
Después me ha contado que se quedó yerto. Ocurrióme decirle una cosa que le desconcertó sobremanera, y fue esto:

—Bien, yo también soy amigo de Miquis, iremos juntos, te esperaré, y después que consultes, saldremos, porque tengo que hablarte.

—No...; pero..., bueno...; en fin, si usted quiere... ¿Tanta prisa tiene?... Vamos; no, no...

"¡Tú eres, tú, pollo maldito, orador gomoso, niño bonito de todos los demonios; tú eres, tú, el ladrón de mi esperanza; tú, el que pérfidamente me ha tomado la delantera; tú, el que está ya de vuelta cuando yo apenas empiezo a andar! Lo sospechaba, pero no lo creía; ahora lo creo, lo siento, lo veo, y aún me parece que lo dudo. ¡Has tronchado mi dicha, has cerrado mi camino, mozalbete infame, y quiero ahogarte, sí, te ahogo...!"

Esto que parece natural en el estado de mi ánimo, y que encajaba a maravilla en mi desolada situación, debí decirlo, sin duda, acomodándome a las conveniencias y tradiciones dramáticas del caso; pero no, no lo dije. Al ver que con su aturdimiento confirmaba Manuel sus mentiras, le traté con el mayor desprecio del mundo, diciéndole:

—No quiero molestarte. Ve solo.

Y seguí mi camino. A los pocos pasos le sentí venir detrás de mí, y oí su voz:

—Maestro, maestro...

231

—¿Qué quieres?

Esto pasaba en medio de la calle de Hortaleza, allí donde
empalma con ella la del Barquillo, y por poco nos coge a
los dos el tranvía que bajaba.

—¿Qué quieres? —repetí cuando pasó el peligro.

—Me voy con usted... Tengo que decirle...

Tomóme el brazo con su amable confianza de otros días.
Yo no pude menos de exclamar:

—¡Hipócrita!...

—¿Por qué?... —me respondió con frescura—. Hablaremos... Yo sé dónde ha estado usted hoy dos veces; primero,
por la mañana; después, toda la tarde.

¡Darle a conocer mi despecho, mi confusión, el estado
tristísimo en que me había puesto la evidencia adquirida
recientemente...!, imposible. Era preciso afectar dos cosas!:
conocimiento completo del asunto y poco interés en él. Como
Catón cuando se desgarraba el vientre con las uñas, padecía horriblemente al decirle:

—Eres un calavera, un libertino. Mereces...

—Maestro, ha llegado la hora de la franqueza —manifestó él con desenvoltura—. ¿Por quién ha sabido usted
esto?

Y con afectada serenidad, ¡Dios sabe lo que me costó
afectarla!, le respondí:

—Necio, ¿por quién lo había de saber? Por ella misma.

—¡Ah, ya!... Habíamos convenido en revelar a usted
nuestro secreto. Disputábamos sobre quién lo haría. Ella:
"Díselo tú." Yo: "Tú debes decírselo."

Este tuteo, esta discusión en la intimidad amorosa me
envenenaba la sangre. Tragué mucha saliva para poder re-
plicar:

—Ella ha tenido conmigo una confianza nobilísima, y me
ha declarado lo que yo sospechaba ya.

—Lo sospechaba usted... Es posible. Sin embargo, maestro, habíamos tomado toda clase de precauciones para que
nadie descubriera nuestro secreto. Así es más sabroso...

—¡Mala cabeza!...

Tuve que violentarme horriblemente para no llenarle de
vituperios... Ardorosa curiosidad se despertó en mí, y en

vez de injurias dirigíle no sé cuántas interrogaciones...
¡Qué fúnebres, qué terribles fuisteis apareciendo ante mí,
noticias, antecedentes y detalles de aquel hecho! Con temor
os sospeché, con espanto os vi confirmados. Os oí en boca
del traidor, como versículos del *Dies iræ,* y a medida que
ibais formando el catafalco de mi juicio completo, mi alma
se cubría de luto. Tú, idea de cómo principió aquella novela de amor; tú, noticia de lo que hicieron los muy pí-
caros para guardarla en profundo misterio; y tú, en fin,
imagen de la viva pasión de ella, os presentasteis a mi
espíritu como calaveras peladas y pavorosas, ya espantán-
dome con el mirar profundo de vuestros huecos álveos, ya
erizándome el cabello con vuestro reír seco y roce de man-
díbulas... En estas cosas llegábamos a mi casa, entrábamos,
subíamos. ¡Muerte y materialismo! Cuando Manuel me dijo:
"Está loca por mí", yo apreté tan fuertemente el pasamanos
de hierro, que me pareció sentirlo ceder como blanda cera
entre mis dedos.

Y en mi cuarto miré a mi discípulo, que se había sentado
en mi sillón, como esperando que yo le hiciera más preguntas. Le vi como el más odioso, como el más antipático, como
el más aborrecible de los seres. ¡Arrojarle de mi casa!...
¡No!, esto me habría vendido, y yo quería conservar mi
máscara de invulnerabilidad... Pero sí le arrojaría con buenos modos.

—Manuel —le dije—. Esta noche tengo mucho que hacer... Un maldito prólogo para esa traducción de Spencer...
Tendré que velar... Te suplico que no me distraigas, porque
si empezamos a charlar se nos iría la noche tontamente.

—¿Va usted a trabajar después de comer?

—Es preciso.

—¿No sale usted?

—No.

—Pues le dejaré a usted solo... Para concluir, amigo
Manso, con lo que veníamos diciendo, esto traerá cola;
quiero decir que esto no es un pasajero accidente en mi
vida; esto no es una aventura; esto es serio, profundamente
serio.

—De modo que también tú... —le pregunté, sintiendo cierto alivio.

Se sujetó la cabeza con ambas manos, apoyando los codos en la mesa, y miró un libro abierto que por casualidad estaba allí.

—También yo —murmuró— estoy loco por ella.

Dio un gran suspiro. La luz iluminaba ampliamente su rostro, un tanto pálido y excesivamente abatido.

—Es preciso declararlo todo, querido maestro. Voy a necesitar de sus consejos, de su útil amistad. Esto, que al principio tomé por pasatiempo, ha venido, rodando, rodando, a ser la cosa más grave del mundo... Tengo la conciencia alborotada y la imaginación hecha un volcán... Tengo que hablar de esto con mi madre...

—Harás bien.

Como de costumbre, el gato saltó a sus rodillas. Cuando se trata de decir una cosa difícil, de esas que se resisten a venir a los labios, nada es tan socorrido, nada ayuda tanto al premioso alumbramiento como la operación maquinal de acariciar un gato. Manuel le daba pases y más pases en el lomo, y el buen animalito, con el rabo tieso y los nervios excitados, se subía por el brazo izquierdo de mi discípulo hasta rozarle con su cuerpo la cara... Y yo, deseando disimular a todo trance mi profundo interés en aquel negocio, sentía que el gato no hubiese venido a jugar conmigo, porque también —creédmelo a pies juntillas— la mejor ayuda para ocultar la agitación de nuestro ánimo es el mecánico entretenimiento de hacer fiestas a un gato.

—Vea usted..., maestro... Parece mentira cómo se van eslabonando las cosas; cómo paso a paso, de tontería en tontería, se llega a lo que parecía más lejano, más imposible...

No sabiendo qué hacer, me puse a hojear un libro, y después a revolver papeles, haciendo como que buscaba un objeto perdido; y daba manotadas sobre la mesa...

—Si me hallo más comprometido de lo que parece, maestro, la culpa la tiene su hermano de usted. Por algo me fue este señor tan antipático desde que usted me presentó en su casa...

—También tú tienes unas cosas... —gruñí, por aquello de que estar completamente mudo no era propio de un buen disimular.

Cogí un papel, y como si éste fuera lo que buscaba, me puse a leerlo con fingida atención. Era el prospecto de una zapatería que no sé cómo había ido allí.

—¡Su hermano de usted!... ¡Qué punto! Entre él y la García Grande, doña Cosa Atroz... ¿Usted sabe la que tenían armada los dos...?

—Hombre, sí —dije con murmullo, que más debía parecer gemido—. Lo sé..., pero no debemos juzgar así las intenciones.

—¿Cómo que no?... A poco más la sitian por hambre... La suerte que yo... Hace tres noches salí de mi casa decidido a armar el escándalo hache... Estaba fuera de mí, querido Manso; deseaba hacer cualquier barbaridad...

—¡Drama, violencia!..., la pasión juvenil.

Estas palabras sueltas y sin sentido salían de mí como burbujas de un líquido que hierve. Mi semblante debía de parecer una mascarilla de yeso; pero yo me ponía delante el papelucho para que Manuel no me viera, y por delante de mis ojos pasaban, cual bufones cojos, unos rengloncillos diciendo: "Botinas de *chagrin*, para señora, 54 reales", o cosa por el estilo.

—Aquella noche llevé un revólver... Yo había comprado a Melchora, la criada. Me metí en la casa... Me escondí... Si llega a presentarse su hermano de usted..., le mato...

Volví a mirar a Manuel, en cuyo rostro vi la decisión juvenil, el brío del amor y cuanto de poético y romancesco puede encerrar el espíritu del hombre. Parecióme un caballero calderoniano con su espada, chambergo y ropilla; y yo a su lado... ¡Oh, genios de la ilusión, apartad la vista de mí, la figura más triste y desabrida del mundo!

—Pero mi hermano no fue... —dije.

—Le esperamos. Todos dormían. La noche estaba hermosísima. Callandito salimos al balcón. ¡Qué noche, qué cielo estrellado! ¡Qué silencio en las alturas!..., y luego las sombras entrecortadas de las calles, y el roncar de Madrid, soñoliento, enroscándose en su suelo salpicado de luces de gas... Maestro, hay momentos en la vida que...

Di una vuelta sobre mí mismo, como veleta abofeteada por el viento... Inclinéme para recoger un papel que no se había caído...

—...Hay momentos, maestro... Parece mentira que toda la esencia de la vida, Dios, la inmortalidad, la belleza, el mundo moral todo entero, la idea pura, la forma acabada, quepan en un solo vaso y se puedan gustar de un sorbo...

Se me presentaba ocasión de decir algo humorístico que aliviara mi espíritu. Así lo hice, y de mi amargura brotó esta chanza:

—Metafísico estás... y poeta de redomilla...

Debí de reírme como los que suben al patíbulo. Y haciendo como que me picaba horriblemente el cuello, me volví y me hice un ovillo para aplacar con el roce de mis dedos la comezón. Creo que me hice sangre, mientras Manuel decía:

—A la mañana siguiente volví...

—¿Con revólver?

—Se me olvidó llevarlo... La pasión me trastornaba el juicio. Ni peligros, ni obstáculos veía yo...

Como una máquina de hablar, como el frío metal del teléfono que habla lo que le apunta la electricidad, así dije yo: "Romeo y Julieta", sin saber de dónde me habían venido aquellas palabras, porque mi cerebro se había quedado vacío.

—Estuve hasta la madrugada; todos dormían. Al escaparme, ya cuando aclaraba el día, hice un poco de ruido, y salió doña Cándida, gritando:

—¡Ladrones!

—Esto le oí desde mi alcoba, adonde fui a buscar refugio, huyendo de un vengativo impulso que brotó en mí... Casi rompo a gritar y declaro... ¡Mengua insigne para mí vender un secreto que debe bajar al sepulcro conmigo! Sudé gotas enormes, frías y pesadas como las del Monte Olivete. y en la oscuridad de mi alcoba, donde seguí haciendo el papel de que buscaba algo, me apabullé con mis propias manos, y grité en silencio de agonía: "¡Aniquílate, alma, antes que descubrirte!" Creo que di dos o tres vueltas en la oscura habitación, y transcurrió un espacio de tiempo en el cual no sé a punto fijo lo que hice, porque positivamente perdí la razón y el conocimiento de mí mismo. Recuerdo tan sólo vocablos sueltos, ideas incompletas que me escarbaban la mente, y es probable que dijera: "Ladrones..., doña Cándida... No encontrar fósforos...",.o bien otros disparates por el estilo.

Cuando recobré mi juicio aparecí en el despacho, miré a Manuel... Petra, mi ama de llaves, entraba en aquel momento...

—Travesuras de gravísimas consecuencias —dije con voz campanuda—. Petra, la comida.

Manuel miró su reloj y yo miré el mío.

—Yo tengo las ocho y veinte; voy adelantado.

—Yo, las ocho y siete...; voy atrasado. ¿Quieres comer?

—Gracias. ¿Y qué me aconseja usted?

—La cosa es grave... Hay que pensarlo...

Sentí que me serenaba un tanto. Declaróme él entonces algo que no sé si me fue agradable o penoso en tan crítico momento. Mis ideas estaban trastocadas, mis sentimientos barajados en desorden; unas y otros aparecían fuera de tiempo. Anarquía loca reinaba en mi espíritu, y mi razón, hecha un ovillo, se escondía donde nadie podía encontrarla. Alegréme de ver que Manuel tenía prisa; prometíle que hablaríamos del mismo asunto otro día, y se fue...

Y vi desfilar en ordenado tropel, por delante de mí, los garbanzos redondos con su nariz de pico, y después, una olorosa carne estofada, a quien siguieron pasas de Málaga, bollos de no sé dónde y mostillo de no sé qué parte. No puedo, al llegar aquí, ocultar un hecho que me pareció entonces, y aun hoy me lo parece, rarísimo, fenomenal y extraordinario. Bien quisiera yo, al contar que comí, ajustarme a lo que es uso y costumbre en estos casos, es decir, suponerme desganado y con más ánimos para vomitar el corazón que para comerme un garbanzo; pero mi amor a la verdad me impone el deber de manifestar que tuve apetito y que comí como todos los días. Fuese porque almorcé poco o por otra causa, lo cierto es que hice honor a los platos. Bien se me alcanza que esto resulta en contradicción con lo que afirman los autores más graves que han hablado de cosas de amor, y aun los fisiólogos que estudian el paralelismo de las funciones corporales con los fenómenos afectivos. Pero sea lo que quiera, como pasó lo cuento, y saque cada cual las consecuencias que guste. Lo único que revelaba mi tras-

torno era la distracción con que comí y aquello de no saber
lo que entraba por mi boca. De donde deduzco que hay
mucho que hablar sobre la parte que toma el espíritu en la
digestión. Punto y aparte.

En mi despacho pasé luego horas tristísimas y pesadas.
No podía hallar consuelo en la lectura, ni ningún autor, por
grande que fuera, lograba cautivar mi alma, apartándola de
la contemplación de su desdicha. A ella se apegaba con ardiente fervor, como el fanático al dogma que idolatra. Y no
había medio de separarla. Si con esfuerzos de imaginación
lograba entretenerla un poco, llevándola engañada a otras
esferas, ella se escapaba bonitamente, y por misteriosos caminos se volvía a su objeto... Avanzaba la noche, y cuando
parecía que las energías mismas del dolor se cansaban, entróme aplanamiento de nervios y marasmo mental. Todo
era entonces sensaciones fúnebres, ideas de próxima muerte... A la madrugada, excitado mi cerebro con la falta de
sueño, estas ideas de muerte llegaron a ser en mí verdadera
manía con su convicción correspondiente. Antojóseme que
iba a amanecer muerto, y me entretenía en considerar la
sorpresa que recibirían mis amigos al saber la triste nueva
y el duelo que harían las personas que verdaderamente me
estimaban. ¡Y yo, tranquilo, observando este duelo y aquella
sorpresa desde el ámbito misterioso de la muerte! Figurába-
me estar absolutamente ausente de todo lo conocido hasta
ahora, pero continuando conocedor de mí mismo en una
esfera, región o espacio completamente privado de las
propiedades generales de la Física. ¡Meditación morbosa,
fiebre del vacío, yo no sabía lo que era aquello!...

Pensaba luego en las frases que emplearían los periódicos
para dar cuenta de mi inopinado fallecimiento. Entre otras
cosas, y después de echarme ese incienso ordinario, corriente,
de fórmula, y que parece traído de la tienda, como el esplie-
go que usa el vulgo, dirían poco más o menos: "Este triste
suceso sorprendió tanto más a los amigos del señor Manso,
cuanto que éste se había dedicado el día anterior a sus ha-
bituales ocupaciones en perfecto estado de salud, se había
retirado a su casa a la hora de costumbre, había comido con
apetito..."

Nada, nada: el apetito que por desgracia tuve desentonaba el lúgubre cuadro que mi fantasía trazaba en aquella hora de la madrugada, propicia al delirio y a la fiebre. Sobre mi mesa se encontrarían algunas cuartillas del prólogo a Spencer que había empezado a escribir... Mis panegiristas llamarían al incompleto escrito *el canto del cisne*... Cuando pensaba en esto, cuando pensaba también que se celebraría en mi honor una velada literaria con versos y discursos, me entraban vivas ganas de no morirme, o de resucitar, si es que ya muerto estaba, para que no dieran lustre a costa mía Sainz del Bardal y los demás poetillas, oradorzuelos y muñidores de veladas... Nada, nada, ¡a vivir!

Con estas cosas me dormí profundamente. ¡Bendito sueño, y cómo reparó mis fuerzas físicas y morales, y cómo templó todo lo que en mí estaba destemplado, y qué equilibrios restableció, y qué frescura y aplomo concedió a mi ser todo! Levantéme algo tarde, pero sintiendo en mi cabeza despejo, lucidez y mucha energía moral. Usando una figura de género místico y muy bella, aunque algo gastada por el uso de tantas manos de poetas y teólogos, diré que algún ángel había descendido a mí y consoládome durante mi sueño. Y, no obstante, yo no recordaba haber soñado nada... Si acaso, si acaso, tuve ligerísima sensación de que se celebraban veladas en honor mío.

La energía moral, cierta robustez hercúlea que advertí en mi conciencia, dábanme fuerzas físicas, agilidad, actividad... Fui a clase: tenía deseos de explicar, y subí a mi cátedra con secreta confianza en que lo haría bastante bien. Ideas mil, vigorosas y claras, acudían a mi mente como disputándose la primacía de la verbalización. Bien, bien. Quisiera conservar lo que expliqué aquel día. Me sentí fecundo y con una facilidad de expresión que me causaba asombro:

—El hombre es un microcosmos. Su naturaleza contiene en admirable compendio todo el organismo del universo en sus variados órdenes...

Y no sólo en el desarrollo total de la vida demuestra el hombre ser como una reducción del universo, sino que a veces se ve palpablemente esto en un acto solo, en uno de esos actos que ocurren diariamente y que por su aparente insignificancia apenas merecen atención...

Existe alianza perfecta entre la Sociedad y la Filosofía. El filósofo actúa constantemente en la Sociedad, y la Metafísica es el aire moral que respiran los espíritus sin conocerlo, como los pulmones respiran el atmosférico.

A veces el hecho aislado, corriente, ofrece, bien analizado, un reflejo de la síntesis universal, como cualquier espejillo retrata toda la grandeza del cielo. El filósofo actúa en la Sociedad de un modo misterioso. Es el maquinista interior y recatado de este gran escenario. Su misión es el trabajo constante en la investigación de la Verdad.

El filósofo descubre la Verdad, pero no goza de ella. El Cristo es la imagen augusta y eterna de la Filosofía, que sufre persecución y muere, aunque sólo por tres días, para resucitar luego y seguir consagrada al gobierno del mundo.

El hombre de pensamiento descubre la Verdad; pero quien goza de ella y utiliza sus celestiales dones es el hombre de acción, el hombre de mundo, que vive en las particularidades, en las contingencias y en el ajetreo de los hechos comunes.

Considerada en su conjunto y unidad, la Filosofía es el triunfo lento o rápido de la razón sobre el mal y la ignorancia.

Al fin, lo que debe ser es. La razón de las cosas triunfa de todo.

Desde su oscuro retiro, el sacerdote de la razón, privado de los encantos de la vida y de la juventud, lo gobierna todo con fuerza secreta. El sabe ceder al hombre de mundo, al frívolo, al perezoso de espíritu, las riquezas superficiales y transitorias, y se queda en posesión de lo eterno y profundo. Se halla colocado entre dos esferas igualmente grandes: el mundo exterior y su conciencia.

La conciencia es creadora, atemperante y reparadora. Si se la compara a un árbol, debe decirse que da flores preciosísimas, cuya fragancia trasciende a todo lo exterior. Sus frutos no son la desabrida poma del egoísmo, sino un rico manjar que se reparte a todo el que tiene hambre.

Estas flores y frutos suplen en la Sociedad la falta de un

principio, de organización. Porque la Sociedad actual sufre el mal del individualismo. No hay síntesis. La total ruina vendrá pronto si no existiese el principio reconstructivo y vigilante de la conciencia...

Y tanto hablé, que concluí por sufrir ligero aturdimiento. Observé que algunos chicos bostezaban; pero otros me oían con gran atención. Algunos de estos pedantuelos que todo lo quieren saber en un día, y son harto pegajosos y marean al profesor con preguntillas, me dijeron al salir que no habían entendido bien; a lo que respondí entre bromas y veras que ya lo irían entendiendo a fuerza de cardenales, si eran escogidos, y si no, que muy bien se podían pasar sin entenderlo. Llamaba yo escogidos a los que tienen la piel delicada para apreciar bien los palmetazos, pellizcos y carrilladas que da el próvido maestro de escuela, pues a los señores que tienen sus almas forradas, con cuero semejante al del rinoceronte, ni con disciplinas les entra una sola letra.

Dígolo porque ahora trae mi narración cosas tan estupendas, que no las creerá nadie. Y no porque en ellas entre ni un adarme de ingrediente maravilloso, ni tenga el artificio más parte que la necesaria para presentar agradable y bien ataviada la verdad, sino porque ésta, haciéndose tan juguetona como la loca de la casa, dispuso una serie de acontecimientos aparentemente contrarios a las propias leyes de ella, de la misma verdad, con la que padecí nuevas confusiones. Empezó la fiesta por aquello de tener apetito fuera de sazón, contraviniendo todo lo que ordenan la idealidad, la finura en cosas de comer y hasta el buen gusto; después vino lo de volverme yo elocuente en mi cátedra; luego pasó una cosa muy rara: doña Javiera se me presentó en mi casa a decirme que había roto toda clase de relaciones con aquel marido provisional y temporero que llamaban Ponce. Era, según ella decía, hombre ordinario, gastador, vicioso. Tiempo hacía que la señora estaba harta de él, y al fin todo acabó. Arrepentidísima de aquella larga distracción de mal género,

243

la señora pensaba hacerla olvidar con una vida arregladísima, de intachables apariencias. El porvenir de su hijo, que entraba en el mundo rodeado de esperanzas, así lo exigía. Ya el negocio de carnes había sido traspasado, y tal es la fuerza reparatriz del olvido, que aun la misma doña Javiera no se acordaba de haber pesado chuletas en su vida. El mundo y las relaciones hacían lo mismo.

No hay cosa que tan pronto entre en la Historia como un pasado mercantil que al huir ha dejado dinero. Observé en mi amiga visibles esfuerzos por plegar la boca, hablar bajito, escoger vocablos finos y evitar un dejo demasiado popular. Su vestido respondía bien a este plan de regeneración, que había empezado por tormento de lengua y gimnasia de laringe. Todo ello me parecía muy bien.

La señora, sumamente expansiva conmigo, me dijo que parte de su capital había sido empleado en comprar una casa, hermosa finca, allá por los holgados barrios próximos al Retiro. Se reservaba el principal y las cocheras, y alquilaría lo demás.

Yo le daría un disgusto si no aceptaba un tercerito muy mono que me destinaba, y que me alquilaría en el mismo precio del de la calle del Espíritu Santo.

—Gracias, muchas gracias..., no sé cómo pagar...

Algo más tenía que decirme la señora.

Aquellos días, encontrándose muy sola, se había entretenido en hacer pantallas de plumas, cosa bonita y vistosa, y tenía el gusto de ofrecerme una.

—¡Oh!, gracias, gracias. Está preciosísima... Vaya, que tiene usted unas manos...

Aún había más. La señora, sentándose confiadamente en mi sillón, frente al estante coronado de *padrotes,* me manifestó que no tenía límites el agradecimiento que hacia mí sentía por haber abierto en su hijo con mi enseñanza la brillante senda...

—Señora..., por Dios..., yo... No hable usted más...

Y no parecía sino que cuantos conocían a Manuel se disputaban el enaltecerle y abrirle paso. Ni la misma envidia, con ser tan poderosa, podía nada contra él. Se le disputaban todas las academias y corporaciones; en lo sucesivo no ha-

bría velada que no contara con él para su completo luci-
miento, y ya se hablaba de dispensarle la edad para admitirle
en el Congreso. Pez y Cimarra le habían ofrecido un distrito; era seguro que Manuel sería pronto un orador parlamentario de *p y p* y *doble h,* y al cabo de algunos años,
ministro. La señora pensaba poner su nueva casa en altísi-
mo pie de elegancia y lujo, porque...

—Ya puede usted figurarse, amigo Manso, que mi hijo
tendrá que dar tes, y el mejor día se me casa con alguna
hija de un título... A mí no me gustan oropeles, ni sirvo
para hacer el *randibú;* como soy tan llanota...; pero no
tendré más remedio que violentarme para que mi hijo
no desmerezca.

Todo me parecía muy bien, incluso la persona de doña
Javiera, que estaba, como dicen los revisteros de salones,
hablando de las damas entradas en edad, más hermosa cada
día. Allí era cierta la hipérbole. Por doña Javiera parecía
que no pasaban años, y los que pasaban eran, seguramente,
años negativos que iban marchando al revés de los años de
todo el mundo y la aproximaban a la juventud.

La señora, que no acababa nunca de exponerme sus confianzas, diome el encargo de explorar a Manuel para ver si
descubría el motivo de que anduviera tan ensimismado por
aquellos días, de que pasaba fuera de casa gran parte de la
noche, cuando no toda ella, y sus melancolías, inapetencias y
desabrimiento de carácter.

—Por supuesto, a mí no me la da... Esto es enamora-
miento, o soy tan pava que no entiendo... Me han dicho
que en la casa de su hermano de usted y en otras adonde
ha ido mi Manolo, todas las pollas se morían por él, empe-
zando por las hijas de los duques y marqueses...

Todavía le quedaba a mi vecina algo por decir; y era que
cualquier cosa que se me ofreciese...

—No tiene usted más que mandarme un recadito. La verdad es, amigo Manso, que está usted muy mal servido. Esa
Petra es buena mujer, pero muy torpe, y no le cabe en la
cabeza la casa de un caballero. Usted necesita mejor servicio,
otro tren, otro..., no sé si me explico.

—Señora, mis medios...

—Qué medios ni medios... Usted merece más; un hombre tan notable, una gloria del país no debe vivir así...

Y temiendo, sin duda, ir demasiado lejos en su delicado y solícito interés por mí, se retiró, después de convidarme a comer para el día siguiente, que era domingo.

Esto que he referido entra en la lista de las cosas que entonces me parecieron tan inverosímiles como mi apetito de la noche anterior; pero aún hubo otro fenómeno más raro, y fue que en casa de José encontré a éste y a Manuela partiendo un piñón. Creeríase, ¡Dios del Cielo!, que ni la más ligera nube había empañado nunca el sol de la concordia entre marido y mujer. Ella estaba contenta; él, festivo, aunque me pareció observarle receloso y como en expectativa bajo aquel capisayo de jovialidad. A mí me trató con una dulzura que nunca empleara conmigo. Corrió a cerrar una puerta por temor a que con el aire que violentamente entraba me constipase. Aquel día todo era plácemes. El ama se portaba bien.

El médico de la familia la declaraba excelente lechera, y aunque el familión continuaba en la casa viviendo a mesa y mantel, todavía no había ocurrido ningún disgusto. Ocupadas en vestir a Robustiana con la librea de pasiega, las tres damas no hacían más que revolver telas, escoger galones y disputar sobre si sería encarnado o azul. De cualquier modo que fuese, mi adquisición habría de asemejarse mucho, luego que la vistieran, a la engalanada vaca que ha obtenido el primer premio en la Exposición de ganados.

En el momento que estuvimos solos, díjome Lica:

—No sé qué le ha pasado a José María, que está hecho un guante conmigo. Todo es "mi mujercita por aquí y por allá". Ahora quiere que hagamos viaje a París. Mira, no me alegro de hacerlo sino por traerte algún regalo, por ejemplo, un ajuar completo de tocador de hombre, como uno que he visto ayer, en que todas las piezas tienen pintado el cuerno de la abundancia... No sé, no sé; algún buen ángel ha tocado el corazón a José María. ¡Qué complaciente, qué amable! Pero no me fío, y siempre estoy en ascuas cuando lo veo tan *cambambero*...

Después de tal inverosimilitud, viene la más grande y

fenomenal de todas las de aquel día. Esta sí que es gorda.
Estoy seguro que nadie que me lea tendrá tragaderas bastante anchas para ella; pero yo la digo, y protesto de la verdad
de su mentira con toda mi energía.

Pásmese el que aún tenga fuerzas para pasmarse. El absurdo es que doña Cándida me sacó dinero. ¡Se comprende que
su peregrino cacumen hallara trazas y su audacia valor para
pedírmelo; pero que yo se lo diera!... ¡Si me resistía yo mismo a creerlo, aunque me lo comprobaban con su elocuente
vaciedad mis apurados bolsillos!... Ello fue no sé cómo,
una emboscada, un lazo, un secuestro. Las circunstancias hicieron gran parte, mi debilidad lo demás. Renuncio a deta-
llar el hecho con pormenores que suplirá el buen juicio de
los que al leer se espeluznen considerando que pueden verse
trotes semejantes.

Al retirarme la noche anterior, la noche fatal, prometí
volver. No lo hice porque después de las confianzas de Peña
me había entrado cierta repugnancia de aquella casa y de
sus habitadores. Fui cuando fui por un vivo ímpetu de mi
conciencia. Padecí mucho cuando se me presentó Irene, cuya
vista renovó en mí las turbaciones pasadas; pero ya entonces
tenía yo en mi espíritu fuerza poderosa con que ocultarlas.
Ella estaba completamente desmejorada, repuesta ya de la
fiebre, pero sufriendo sus efectos, y yo me preguntaba confuso: ¿La debilidad y la pena aumentan su belleza, o la
destruyen casi por completo? ¿Está interesantísima, tal como
el convencionalismo plástico exige, o completamente des-
poetizada? Mi desquiciamiento espiritual era causa de que
por momentos la viese en el primer concepto, por momentos
en el segundo. Cuando me saludó, su voz temblaba tanto
que casi no entendí lo que me dijo. Vergonzosa y cohibida
se sentó junto a mí y se puso a revolver una cesta de costura mientras yo me informaba de si había subido Miquis
y de lo que había prescrito. Doña Cándida caracoleaba junto
a los dos ferozmente amable. Con la frescura que tan bien
cuadraba contra ella, le dije:

—Ahora nos hará usted el favor de dejarnos solos. Irene
y yo tenemos que hablar. Estése usted por ahí fuera todo el
tiempo que guste, cuanto más mejor.

—¡Qué cosas tienes!... Abur, abur. No queréis estorbos...

Y se fue riendo. Irene y yo nos quedamos solos en el gabinetito donde había muchas cosas en desorden, y otras como arrinconadas en forma condenatoria. Miré todo aquello; después, alzando los ojos a la vidriera del balcón, vi un canario en bonita y pintoresca jaula.

—Ese es obsequio especial de don José a mi tía —me dijo Irene, buscando en la conversación corriente un fácil medio de hablar sin turbarse.

—¿Y usted, qué tal se encuentra? —le pregunté, como hacen esas preguntas los médicos.

—Regular..., perfectamente...

—¿Cómo entendemos eso? ¡Regular y perfectamente!

—Es bonito este canario..., si lo oyera usted cantar...

—Como si lo oyera... A quien quiero oír cantar es a usted... Si usted me hiciera el favor de sentarse en esa butaca y contestarme a dos o tres preguntas...

—Ahora mismo, amigo Manso. Déjeme usted buscar una cosa que estaba cosiendo para mi tía. Es una bata que deshizo y volvió a armar, y luego desbarató para hacerla de nuevo. Esta es la tercera edición de la bata. Aguarde usted..., aquí tengo ya mi costura.

Había entornado las maderas del balcón para atenuar la viva claridad del día, y de esta manera su rostro estaba en sombra. Todos estos procedimientos denotaban su práctica en el arte del disimulo.

—Vamos a ver: ¿cuándo vio usted por primera vez a Manuel Peña?

Inclinando el rostro sobre la costura, yo no podía verla bien mientras me contestaba con humilde voz de escolar:

—Una noche, cuando entró con usted en el comedor a tomar un refresco...

—¿Habló él con usted en aquellos días?

—No, señor... Una tarde... Yo entraba del paseo con las niñas, él salía, bajaba la escalera... No sé cómo tropecé y caí.

—Una tarde... Y yo, ¿dónde estaba esa tarde?

—Se había quedado usted en el portal hablando con un catedrático amigo suyo.

—Y, poco más o menos, ¿cuándo ocurrió eso?

—Antes de Navidad... Después le vi otra vez que salía con Ruperto. El me siguió, empeñándose en hablar conmigo. Me dijo muchas tonterías. Yo iba tan sofocada; no sabía qué hacer... Al día siguiente...

—Le escribió a usted una carta, que sin duda era larga. Se la mandó a usted con la mulata. ¡Estas razas mezcladas son terribles!... A media noche usted leyó la carta, encerrada en su cuarto...

—Es cierto —respondió sin levantar los ojos de su costura—. ¿Cómo lo sabe usted?

—Y otras noches también pasó usted largas horas leyendo cartas de Manuel y contestándolas. Se acostaba usted muy tarde...

Tardó mucho la contestación, que fue un humilde "sí, señor".

—Y en las noches de gran reunión solían ustedes verse a escape en el pasillo, por algunas partes no bien alumbradas...

Con leve sonrisa me contestó afirmativamente. Y vedme ahí convertido en el hombre más bondadoso y paternal del mundo, como esos viejos componedores que salen en añejas comedias, y cuya exclusiva misión es echar bendiciones y solucionar todos los conflictos. Sin saber bien qué razones espirituales me llevaban a desempeñar este papel, me dejé mover de mi bondad, y le dije:

—Se trata aquí de un buen amigo mío y discípulo a quien quiero mucho; pero no le perdono el secreto que ha guardado en esto. Quizás haya sido usted la más empeñada en rodear de sombras sus amores... Es usted muy secretera. Hace tiempo que lo he conocido. No he sido engañado por completo. Yo observaba en usted los síntomas del trastorno, y tenía por seguro que en su vida había algo más de lo que constituye la vida ordinaria. Y para prueba de que no me engañó la maestra, voy a ayudarla en su confesión, como hacen los curas viejos con los chicos tímidos que por primera vez van al confesonario. Usted vio a Manuel, que es de los chicos más simpáticos que pueden ofrecerse a la contemplación de una joven apasionada. Ambos se agradaron, se ofrecieron con mutuo placer el regalo de las miradas, se

comunicaron después por cartas, y en este comercio episto-
lar en que se cambia alma por alma, la de usted, que es la
de que ahora tratamos, se fue empapando en ese rocío de
dulzura ideal que desciende del cielo... No dirá usted que
no estoy poético. Sigo adelante. Las cartas, algún diálogo
corto, y por lo corto más intenso; las miradas furtivas, por
lo escasas más fulminantes, iban sosteniendo en ambos la
pasión primera, en la cual, quiero y debo reconocerlo, todo
era ternura, honestidad, nobleza, los fines más puros y legíti-
mos del alma humana... Las cualidades de Manuel debían
de producir en usted efectos de otro orden, porque siendo
él un joven de gran porvenir, y que ya ocupa excelente posición en el mundo, usted debía de sentir halagado su amor
propio, debía de sentir, además, algún estímulo de ambición... ¿Por qué no declararlo francamente? La enamorada
gustaría de encuadrar sus sueños amorosos dentro de un
marco de positivismo...; así, así, como suena..., las cosas
claritas..., y añadir a lo ideal una cosa extremadamente hermosa también, cual es ser la mujer de un hombre notable,
rico y rodeado de preeminencias mundanas...

La vi acercar más la cabeza a la costura, acercarla tanto
que casi se iba a meter la aguja por los ojos. De éstos se
deslizó una lágrima, que fue a refrescar la séptima edición
de la bata de la Calígula. Ni una palabra dijo Irene; mas
con su silencio yo me envalentonaba, y seguí:

—...Todavía su espíritu de usted no había adquirido fijeza; amaba, pero sin llegar a ese efecto exaltado que no
admite contradicción, y que suele proponerse el dilema de
la victoria o la muerte. Pasaban días, y con las cartitas, las
miradas, y alguna que otra palabreja se alimentaba esa pasión, sin llegar a mayores. Pero había de llegar la crisis, el
momento en que usted perdiera la chaveta, como se suele
decir, y esa crisis, ese momento vinieron con la velada, aquella famosa noche en que vio usted a su ídolo rodeado de
todo el prestigio de su talento, bañado en luz de gloria...
Aquella noche firmó Manuel su pacto con la suerte, abrió
de par en par las puertas de su brillante porvenir... ¡Qué
hermosura, Irene, qué dicha infinita suponerse unida para

siempre al héroe de aquella fiesta, al orador insigne, al que
ha de ser pronto, diputado, ministro...!

Esta vez herí tan en lo vivo, que no fue una lágrima, sino
un torrente lo que bajó a inundar la metamorfoseada bata.
Irene se llevó el pañuelo a los ojos, y con voz de ahogo
me dijo:

—Sabe usted... más que Dios...

—Quedamos en que aquella noche perdió usted la chaveta —añadí, bromeando—. Sigamos ahora. Desde aquel momento le entró a mi amiga el desasosiego de un querer ya
indomable y abrumador. Su alma aspiraba ya con sed furiosa a la satisfacción del más ardiente anhelo. La persona
querida se salía ya de los términos de persona humana para
ser criatura sobrenatural. Se interesaba igualmente su corazón de usted, su mente, su fantasía proyectista. Manuel era
el ángel de sus sueños, el marido rico y célebre... Me parece que me explico... Parece que estoy leyendo un libro, y,
sin embargo, no hago más que generalizar... Paciencia, y
hablaré un momento más. Entonces nació en usted el deseo
de salir de la casa de mi hermano... ¿Me equivoco? Usted
necesitaba resolver pronto el problema de su destino. Manuel
se declararía más amante después de la velada, y probablemente incitaría a su amada a procurarse independencia. Usted se sintió con bríos de actividad. Su instinto de mujer,
su corazón, su talento, no le permitían un triste papel pasi-
vo. Era preciso dar algunos pasos y alargar la mano para
coger los tesoros que ofrecía la Providencia... Pero ahora
tenemos una cosa muy singular. ¿Es la Providencia o el Demonio quien, permitiendo la trampa armada por mi hermano, le facilita a usted lo que ardientemente desea, que es
salir de la casa, adquirir libertad y comunicarse fácilmente
con Manuel? Al fin y al cabo, los dos deben tener cierto
agradecimiento a José María, que puso esta casa, y a doña
Cándida, que trajo aquí a su sobrina para repetir, confabu-
lados, el pasaje de las tentaciones de San Antón. Usted vino
a la ratonera sin sospechar lo que había en ella; usted también creyó la patraña de que mi cínife había variado de
fortuna... Bueno, consigue usted su objeto; se pone al habla
con Manuel, que soborna a la criada y se mete aquí. Las

sugestiones de mi hermano producen momentánea contrariedad. Para vencerla me llama usted a mí. Intervengo.
Quito de en medio el gran estorbo. Manuel, entre bastido-
res, triunfa en toda la línea. Y ahora, ¿qué queda por hacer?
Manuel y usted han de decidirlo.

Esto último que dije lo dije a gritos, porque el canario
empezó a cantar tan fuerte que mi voz apenas se oía. Irene
se levantó alterada; no sabía qué hacer... Volvióse al pájaro, le mandó callar, y viendo que no obedecía, me dijo:

—No callará mientras no cierre el balcón.

Y diciéndolo, entornó tanto las maderas que nos quedamos casi a oscuras. Lo que quería la muy pícara era estar
en penumbra para que no se le viera la alteración rubosa de
su semblante... En vez de volver a tomar la costura, que
era tan sólo un pretexto para no mirarme de frente, sentóse
en una banqueta que en el ángulo de la pieza estaba, y siguió el lloriqueo.

No quise hacerle por el momento más preguntas. Mi procedimiento de confesión interrogatoria y deductiva no podía ser empleado delicadamente en lo que aún restaba por
declarar. En realidad, nada quedaba oculto; yo vi tan clara
la historia toda, cual si la hubiese leído en un libro. La
historia tenía un final triste y embrollado; mejor dicho, no
tenía final, y estaba como los pleitos pendientes de sentencia. Esta podía ser feliz o atrozmente desdichada. ¿Me correspondía intervenir en ella, o, por el contrario, debería yo
evadirme lindamente, dejando que los criminales se arregla-
ran como pudieran?... ¡Pobre Manso! O yo no entendía
nada de penas humanas, o Irene esperaba de mí un salvador
y providencial auxilio. Mucho tiempo pasó hasta el momento en que me dijo, sin dejar de llorar:

—Usted lo sabe todo. Parece que adivina.

Este descomedido elogio me indujo a una observación
sobre mí mismo. No quiero guardármela, porque es de
mucho interés, y quizá explique aparentes contradicciones
de mi vida. Yo, que tan torpe había sido en aquel asunto de
Irene, cuando ante mí no tenía más que hechos particulares y aislados, acababa de mostrar gran perspicacia escudriñando y apreciando aquellos mismos hechos desde la al-

tura de la generalización. No supe conocer sino por vagas sospechas lo que pasaba entre Irene y mi discípulo, y en cambio, desde que tuve noticia cierta de una sola parte de aquel sucedido, lo vi y comprendí todo hasta en sus últimos detalles, y pude presentar a Irene un cuadro de sus propios sentimientos y aun denunciarle sus propios secretos. Aquella falta de habilidad mundana y esta sobra de destreza generalizadora provienen de la diferencia que hay entre mi razón práctica y mi razón pura; la una, incapaz como facultad de persona alejada del vivir activo; la otra, expeditísima, como don cultivado en el estudio.

Todo lo que dije a Irene al confesarla, y que tanto la pasmó, fue dicho en teoría, fundándome en conocimientos académicos del espíritu humano. ¡Ella me llamaba adivino, cuando, en realidad, no mostraba más que memoria y aprovechamiento! ¡Bonito espíritu de adivinación tenía este triste pensador de cosas pensadas antes por otros; este teórico que con sus sutilezas, sus métodos y sus timideces había estado haciendo charadas ideológicas alrededor de su ídolo, mientras el ser verdaderamente humano, desordenado en su espíritu, voluntarioso en sus afectos, desconocedor del método, pero dotado del instinto de los hechos, de corazón valeroso y alientos dramáticos, se iba derecho al objeto y lo acometía!... Ved en mí al estratégico de gabinete que en su vida ha olido la pólvora y que se consagra con metódica pachorra a estudiar las paralelas de la plaza que se propone tomar; y ved en Peñita al soldado raso que jamás ha cogido un libro de arte, y mientras el otro calcula, se lanza él espada en mano a la plaza, y la asalta y toma a degüello... Esto es de lo más triste...

Sacóme de mis reflexiones Irene, que dejó de llorar para obsequiarme con nuevas lisonjas. Helas aquí:

—Usted no tiene precio... Es la persona mejor del mundo... Manuel le respeta a usted tanto, que para él no hay autoridad como la del amigo Manso... Si ahora le dice usted que es de noche se lo creerá. No hace más que lo que usted le mande.

"Te veo venir, palomita —pensé, sonriendo en mi interior—. Ahora quieres que yo te case... Temes, y lo temes con razón, que haya inconvenientes... Primero, doña Javiera se opondrá; segundo, el mismo Manuel... —estos soldados rasos son así...—, después de su triunfo y haber tomado la plaza con tanto brío, no tendrá gran empeño en conservarla. Es de la escuela de Bonaparte... Veo, Irenita, que no pierdes ripio... ¿Conque yo mediador, yo diplomático, yo componedor y casamentero...? Es lo que me faltaba."

Díjele esto en espíritu, que es como se dicen ciertas cosas. Y en aquel punto parecióme oír ruido en la puerta que a la sala daba. Otra prueba de mis facultades adivinatorias. Doña Cándida estaba tras las frágiles maderas oyendo lo que decíamos. Para cerciorarme, abrí la puerta. Desconcertada al verse sorprendida, la señora hizo como que limpiaba la puerta con un gran zorro que en la mano traía.

—Hoy sí que no te nos escapas, Máximo —me dijo.

—Pues qué, señora, ¿me va usted a enjaular?

—No; es que hoy tienes que quedarte a comer con nosotros.

Desde el rincón en que estaba, Irene me hizo señales afirmativas con la cabeza.

—Bueno —respondí.

—No tendrás las cosas ricas de tu casa... Dime: ¿te gustan los pichones? Porque tengo pichones.

—A mí me gusta todo.

—Ayer me han regalado una anguila; ¿te gusta?

—¿Qué más anguila que usted?

No; esto también lo dije en espíritu... Luego se tocó el bolsillo, donde sonaban muchas llaves. Yo temblé como la espiga en el tallo.

—Tengo que salir a buscar algunas cosas... Mira, Irene, te haré un pastel que a ti te gusta mucho.

Miré a Irene, que se apretaba la boca con el pañuelo, muerta de risa y con las lágrimas corriendo todavía por sus pálidas mejillas. ¡Pastel de risa y llanto, qué amargo eras!

42. ¡Qué amargo!

—Yo tengo que salir. Melchora vendrá pronto —dijo Calígula, entrando—. Pero ¿qué tienes, niña? ¿Por qué lloras?
¿Le has reñido, Máximo...? Nada, nada, tonterías. Vete a la
cocina y te distraerás. ¿Harás el pastel? Mira, Máximo te
ayudará, que de todo entiende... ¿Sabes lo que puedes hacer también? Sacar la vajilla, mantel, servilletas; ahí está
todo, en el baúl grande. Toma las llaves. Distráete, tonta...
¿Qué es eso? ¡Ay, Máximo, en diciendo que vienes tú aquí,
esta joven filosófica se desconcierta...! Por supuesto, Máximo, que a ti no te gusta el cocido. Te voy a dar de comer a
la francesa. ¡Verás qué bien!, una cosa atroz... Oye, Irene, la
lumbre está encendida. Todo va a ser frito, asado, y nada
de cazuela ni guisotes. Vamos, que ya quedará acostumbrado
el mocito para volver otro día. Abur, abur. Cuidado, Irene,
que al volver me lo encuentre todo arreglado.

—¡Qué cosas tiene mi tía! —me dijo Irene cuando nos
quedamos solos—. Le matará a usted de hambre. Aquí no
hay nada, ni tenedores... Eso que mi tía llama la vajilla son

unos cuantos platos desiguales que aún están en los baúles. ¡El comedor! Falta que haya mesa para los tres. Hasta ahora hemos comido en un veladorcito de hierro que tiene una pata menos y que hay que calzarlo con una caja de galletas... Se va usted a divertir... Le juro a usted que yo prefiriría mil veces comer el rancho de un hospicio a vivir más tiempo con mi tía.

No olvidaré nunca la expresión de horror, de asco, que vi en su semblante.

—Pues usted ha venido aquí por su gusto... Vuelvo a mi tema.

—Sí; pero creí venir de paso —me respondió con una decisión que me parecía nueva en ella—. Vine como se va a una estación de ferrocarril para tomar el tren.

Y luego, arrogante, altiva, como no la había visto nunca, revelándome una energía que me pasmó, me dijo:

—Créalo usted, pronto saldré de aquí, o casada o muerta. Me dejó frío...

—Pero, en fin, Irene, será preciso que ayudemos a doña Cándida. Si no, es fácil que al levantarnos de la mesa tengamos que ir a comer a una fonda.

Echóse a reír. Hízome seña de que la siguiera. Me enseñó el comedor, que era una pieza digna de estudio. Viejo estante de libros sin cristales y con cortinillas verdes hacía de aparador; pero no se vaya a creer que allí estaba la vajilla, a no ser que por tal conceptuaran dos avecillas disecadas, dos tinteros de cobre, una cabeza de palo semejante a la que usan los peluqueros para exhibir sus trabajos, un perro de porcelana, dos o tres platos de dudoso mérito, una zapatilla mora, un puño de espada, una ratonera y otras baratijas, que eran lo que la señora no había podido vender de sus antiguos ajuares.

—Este es el museo de mi tía —dijo Irene, burlándose—. Ahora, explaye usted sus miradas por esta suntuosa *salle à manger*. Ella dice que es del gusto de la *Renaissance* por esas dos arquitas talladas que tiene ahí y por aquel cuadro de la cacería. Ambas cosas se hallan en tan mal estado, que nada quieren darle por ellas... Vea qué estilo nuevo de mueblaje. Es moda vieja esa de sentarse en sillas para comer. Aquí nos sentamos en baúles y cajas, y ponemos la mesa, ¿dónde dirá usted...? En días de gran ceremonia, en el veladorcillo que se trae del gabinete; en días comunes, sobre una tabla que se coloca encima de los brazos de aquel sillón. Hoy es día de demasiada suntuosidad, y voy a traer la mesa de la cocina. No tema usted que haga falta allí; la cocina funciona poco en esta casa, y hoy me parece que harán el gasto los fiambres. Esto está montado a la alta escuela, amigo Manso... Aprenda usted para cuando se case...

Bien comprendía yo el horror de Irene a la casa de su tía, y aquella enérgica frase: "O muerta o..." Ella me la quitó de la boca para remacharla así:

—¿Comprende usted ahora lo que le dije hace poco? ¿Vivir así es vivir...? Y si yo no me ocupo de salvarme, de abrirme un camino, ¿quién puede hacerlo?

—¡Es verdad, es verdad!

—¡Yo he pensado tanto en esto, he cavilado tanto...! Difícil es abrirse un camino en las circunstancias mías..., una pobre chica sola, sin padres, sin guía...

Complacíame mucho verla tan expansiva.

—Ahora, si usted quiere —añadió—, vamos a traer la mesa de la cocina. Amigo, es preciso trabajar. Si no...

Llevóme a la cocina, que me sorprendió por dos cosas: por su mucha limpieza y porque no veía allí, fuera del caldero que a la lumbre estaba y que despedía rumoroso vapor, ningún síntoma, señal ni indicio de cosa comestible.

—Eso sí —observó Irene—, hay que hacer justicia a mi tía. Todo el día se lo lleva fregoteando la cocina. A ver, Manso, coja usted por ahí.

—Yo la llevaré solo... Si puedo muy bien...

—No, no, que quiero hacer ejercicio. Me gusta esto. Obedezca usted..., coja por este lado.

Levantamos la mesa y, andando yo hacia atrás, pasito a paso, ella riendo, yo también, llevamos nuestra carga al comedor.

—Bueno... Ahora, manteles, vajilla... Hay que abrir esos baúles... Pruebe usted las llaves, pues sólo mi tía entiende bien esto. Todavía no se han vaciado los baúles en que se trajo la mudanza.

—Vengan esas llaves...; abriremos.

Después de diversas y no fáciles probaturas, abrimos los tres baúles y dimos con aquél en que la loza estaba. Fue preciso para extraerla de lo profundo sacar antes el *Año Cristiano* en 12 tomos, algunas colchas, un bastidor de bordar y no sé qué más.

—Vaya, vaya..., ya tenemos platos...; la sopera...; precisamente es lo que menos se necesita...; pero venga... En fin, no está del todo mal. En lo que hay escasez es en el ramo de cubiertos... Mi tía y yo, con un par de tenedores nos arreglamos; pero no sé si nuestro convidado... ¡Ah!, sí, en el otro baúl, allí donde están las escrituras de las fincas que fueron de mi tía, los papeles viejos y documentos, debe de haber un juego de cubiertos... Y si no, en el museo está una daga que dicen es de Toledo...

Yo no podía contener la risa... Y por fin, la mesa fue puesta, y no quedó mal. El mantel limpio, recién comprado, y alguna cristalería nueva dábanle excelente aspecto.

—Ahora falta lo principal —dijo Irene—. Veremos cómo sale del paso... Será una comedia graciosa, tremenda... Fíjese usted en lo que dirá al entrar... Como si lo oyera...

Fatigada del trabajo, se sentó en una de las dos sillas que yo traje de diferentes regiones de la casa, y apoyó el codo desnudo en la mesa y la sien en el puño, dedicándose a observar las rayas del mantel. Yo, en pie al otro extremo, observaba las de la bata de ella, de color claro, veraniega y tan almidonada, que por dondequiera que iba la tela tiesa producía vibraciones extrañas y una música que... Dejemos esto.

—¿Le parece a usted, le parece si esta vida, si esta casa son para desear seguir en ella...? ¿No está justificado que yo, por cualquier medio, quiera emanciparme...? Y lo más particular es que así me he criado. Pero es tan distinto mi genio, soy tan contraria a este desorden, a esta miseria, como si hubiera estado toda mi vida en palacios...

—Medios tenía usted de sobra para emanciparse, como joven de mérito. Usted no debía dudar que se emanciparía, sin precipitarse por malos caminos.

—Los caminos, amigo Manso, se nos ponen delante, y

hay que seguirlos. No sé si es Dios o quién es el que los abre. Vea usted, le voy a contar...

Y no ya un codo, sino los dos, puso sobre la mesa, y vuelta hacia mí, frente a frente, manera de esfinge, me hizo estas revelaciones, que no olvidaré nunca:

—Pues mire usted, cuando yo era chiquita, cuando yo iba a la escuela, ¿sabe usted lo que pensaba y cuáles eran mis ilusiones...? No sé si esto dependía de ver la aplicación de otras niñas o de lo mucho que quería a mi maestra... Pues bien: mis ilusiones eran instruirme mucho, aprender de todas las cosas, saber lo que saben los hombres... ¡qué tontería! Y me apliqué tanto que llegué a tomar un barniz... tremendo... La vocación de profesora duróme hasta que salí de la escuela de institutrices. Entonces me pareció que me asomaba a la puerta del mundo y que lo veía todo, y me decía: "¿Qué puedo yo hacer aquí con mis sabidurías...?" No, yo no tenía vocación para maestra, aunque otra cosa pareciese. Cuando habló usted con mi tía para que fuera yo a educar a las niñas de don José, acepté con gozo, no porque me gustara el oficio, sino por salir de esta cárcel tremenda, por perder de vista esto y respirar otra atmósfera. Allí descansé; estaba al menos tranquila; pero mi imaginación no descansaba...

¡Error de los errores! ¡Y yo, que juzgándola por su apariencia, la creía dominada por la razón, pobre de fantasía; yo, que vi en ella la mujer del Norte, igual, equilibrada, estudiosa, seria, sin caprichos...! Pero atendamos ahora.

—... Yo he sido siempre muy metida en mí misma, amigo Manso. Así es que no se me conoce bien lo que pienso. ¡Me gusta tanto estar yo a solas conmigo, pensando mis cosas, sin que nadie se entrometa a averiguar lo que anda por mi cabeza...! En casa de don José, yo cumplía bien mis deberes de maestra, yo ganaba mi pan; pero ¡ay!, si supiera usted, amigo, lo que padecía para vencer mi tristeza y mi resistencia a enseñar...; ¡qué cargante oficio! ¡Enseñar Gramática y Aritmética! Lidiar con chicos ajenos, aguantar sus pesadeces... Se necesita un heroísmo tremendo, y ese heroísmo yo lo he tenido... Pero estaba llena de esperanza, confiaba en Dios, y me decía: "Aguanta, aguanta un poco más, que Dios te sacará de esto y te llevará a donde debes estar..."

¡Error, crasa y estúpida equivocación! Y yo que la tenía por... Pero chitón y oigamos.

—...¡Y qué agradecida estaba yo al interés que usted se tomaba por mí! Pero como yo me guardaba de contarle a usted mis pensamientos, usted no me comprendía bien... Usted veía y admiraba en mí a la maestra, mientras yo aborrecía los libros; no puede usted figurarse lo que los aborrecía y lo que ahora los aborrezco... Hablo de esas tremendas Gramáticas, Aritméticas y Geografías...

¡Y yo que creía...! ¡Y para esto, santo Dios, nos sirve el estudio! Para equivocarnos en todo lo que es individual y del corazón... Yo la oía y me pasmaba de la magnitud de mis errores. Pero no me gusta declararlos y confesar mis torpezas. Al contrario, en aquel momento mostrábame agudo, pues con los datos positivos y de verdad que acababa de obtener podía filosofar otra vez a mis anchas, como lo había hecho lucidamente horas antes.

—Mire usted, Irene —le dije, empleando ese acento, esa seguridad que nunca me falta cuando generalizo—. Lo que usted acaba de decirme no me sorprende mucho. Yo, sin comprender bien lo que usted pensaba, advertía que el fondo difería bastante de la superficie. Tenemos cierta práctica en estas cosas, ¿me entiende usted? Así es que a todos los engañaría usted menos a mí... El horror a los libros de enseñanza no estaba tan bien disimulado como otros secretillos de usted más o menos tremendos. Y tanto lo creo así, que me parece podría seguir y marcar sin equivocarme la evolución, así decimos, de su pensamiento. Usted nació con delicados gustos, con instintos de señora principal, con aptitudes de esas que llamo sociales, y que constituyen el arte de agradar, de vivir bien, de conversar, de hacer honores y de recibirlos, todo con exquisita gracia y delicadeza. Faltan las condiciones atmosféricas para desarrollar esos instintos y esas aptitudes; y por lo mismo que le faltan, usted las desea, a ellas aspira, sueña con ellas..., y véase por qué inesperado camino se las depara la Providencia. Cumple usted fatalmente la ley asignada a la juventud y a la belleza;

usted cae en eso que antes se llamaba las redes del amor...,
cosa muy natural; pero que, a más de natural, resulta ahora
oportunísima, porque... Hablemos con claridad. Si Manuel
se casa con Irene, como creo, y tal es su deber, tendrá Irene
lo que desea; será..., vaya usted contando: esposa de un
hombre notable; señora de una excelente casa, donde podrá
darse toda la importancia que quiera; dueña de mil comodidades, coche, criados, palco...

—Cállese, usted, cállese —me dijo, poniéndose roja y
echándose a reír y escondiendo la cara.

—No, si esto no quiere decir que vaya usted por malos
caminos. Al contrario, la mayor cultura trae, generalmente,
mayores ventajas en el orden moral. Será usted una excelente
madre de familia, una buena esposa, una señora benéfica,
distinguidísima, que sirva de modelo... Lucirá usted...

—Cállese usted, cállese usted...

Y la perspicacia que en época anterior me había faltado
para comprenderla, la tuve entonces para ver claramente toda la extensión de sus ambiciones burguesas, tan disconfor-
mes con el ideal que yo me había forjado. En el fondo de
aquellos pruritos de sociabilidad ¡había tanto de común y
rutinario...! Irene, tal como entonces se me revelaba, era una
persona de esas que llamaríamos de distinción vulgar,
una dama de tantas, hecha por el patrón corriente, formada
según el modelo de mediocridad en el gusto y hasta en la
honradez, que constituye el relleno de la Sociedad actual.
¡Cuánto más alto y noble era el tipo mío! La Irene que yo
había visto desde la cumbre de mis generalizaciones; aquel
tipo que partía de una infancia consagrada a los estudios
graves y terminaba en la mujer esencialmente práctica y
educadora; aquella Minerva coetánea en que todo era comedimiento, aplomo, verdad, rectitud, razón, orden, higiene...

—Lo que yo aseguro a usted —me dijo— es que mis
deseos han sido siempre los deseos más nobles del mundo.
Yo quiero ser feliz como lo son otras... ¿Hay alguien que
no desee ser feliz? No. Pues yo he visto a otras que se han
casado con jóvenes de mérito y de buena posición. ¿Por qué
no he de ser yo lo mismo? Yo se lo he pedido a Dios, Man-

so. Para que me concediera esto, ¡he rezado tanto a Dios y a la Virgen...!

¡También santurrona...! Era lo que me faltaba ya para el completo desengaño... Horror del estudio; ambición de figurar en la numerosa clase de la aristocracia ordinaria; secreto entusiasmo por cosas triviales; devoción insana que consiste en pedir a Dios carretelas, un hotelito y saneadas rentas; pasión exaltada, debilidad de espíritu y elasticidad de conciencia: he aquí lo que iba saliendo a medida que se descubría; y sobre todas estas imperfecciones descollaba, dominándolas y al mismo tiempo protegiéndolas de la curiosidad, un arte incomparable para el disimulo, arte con el cual supo mi amiga presentárseme con caracteres absolutamente contrarios a los que tenía.

¿Dónde estaba aquel contento de la propia suerte, la serenidad y temple de ánimo, la conciencia pura, el exacto golpe de vista para apreciar las cosas de la vida? ¿Dónde aquel reposo y los maravillosos equilibrios de mujer del Norte que en ella vi, y por cuyas cualidades, así como por otras, se me antojó la más perfecta criatura de cuantas había yo visto sobre la Tierra? ¡Ay!, aquellas prendas estaban en mis libros; producto fueron de mi facultad pensadora y sintetizante, de mi trato frecuente con la unidad y las grandes leyes, de aquel funesto don de apreciar arquetipos y no personas. ¡Y todo para que el muñeco fabricado por mí se rompiera más tarde en mis propias manos, dejándome en el mayor desconsuelo...! No sé adónde habría llegado yo con mis lamentaciones internas si no apareciera doña Cándida cuando menos la esperábamos...

—¡Ay...!, ¡angelitos! Veo que habéis trabajo bien...; la mesa puesta... ¡Jesús, qué lujo! Pero ¿es verdad, Máximo, que te quedas a comer? Yo creí... Como eres tan raro, nunca has querido sentarte a mi mesa...

Irene sofocaba la risa. Yo no sé lo que dije.

—No es que no tenga qué darte. Por si comías con nosotros he traído aquí...

De un pañuelo empezó a sacar varias cosas envueltas en papeles: un trozo de pavo trufado, un pastelón, lengua escarlata, cabeza de jabalí y otros fiambres... Cuando Calígula

pasó a la cocina para traer platos en que poner su compra,
Irene me dijo con expresión desdeñosa:

—Ahí tiene usted a mi tía... Cuando tiene algún dinero
compra fiambres y no come otra cosa. Dice que no puede
perder la costumbre de las buenas comidas, y sólo cuando
está en la miseria pone una olla al fuego...

Un momento después nos asomábamos Irene y yo al balcón. Había que esperar algún tiempo para que la comida
estuviese dispuesta, y no sabíamos cómo pasar el rato, porque ni ella ni yo teníamos muchas ganas de hablar.

—Dígame usted, Irene —le pregunté con interés profundo—. ¿Si Manuel tuviese ahora un mal pensamiento y...?

No me dejó concluir. Respondióme con una grandísima
descomposición de su semblante que anunciaba dolor y vergüenza, y después me dijo:

—Me mata usted sólo con suponerlo... Si Manuel, ¡ay!...
Me moriría de pena...

—¿Y si no se moría usted...? Se dan casos...

—Me mataría...; tengo fuerzas para matarme y volverme
a matar, si no quedaba bien muerta... Usted no me conoce...

¡Y qué verdad! Pero ya empezaba a conocerla, sí.

Doña Cándida nos desconcertó presentándose de improviso para decirme:

—Te tengo una botella de Champagne que me regalaron
el año pasado... ¡Verás qué buena! Ya pronto comemos.
Melchora ha venido ya, y al momento va a freír la carne y
hacer la tortilla.

—¡Tortilla para comer..., tía!

—¿Tú qué sabes, tonta? No me gustan bazofias..., aborrezco las ollas. ¿No eres de mi opinión, Máximo?

—Sí, señora; todo lo que usted quiera...

—Dentro de un momento ya podéis venir. ¿Qué hora
es?

¡Qué banquete más triste! Faltaban en él las dos cosas
que hacen agradable la mesa; es decir, alegría y comida. Nos
sirvió primero Melchora una desabrida tortilla, que verdaderamente no sé cómo pude pasarla. Luego vino un plato
de carne, escaso y seco, al cual dio doña Cándida el retum-
bante apodo de *filet à la Maréchale*.

—Es riquísimo, Máximo. Aquí tienes un plato que nadie sabe hacerlo ya en Madrid más que yo...

—¡Cuando digo que se van perdiendo las tradiciones culinarias!

Irene me hacía guiños, gestos y mohines graciosísimos para burlarse de la comida de su tía y de la menguada mesa, en la cual no aparecieron ni en efigie los pichones y la anguila anunciados.

—Aquí tienes un pavo trufado —declaró Calígula—, que lo ha hecho expresamente para mí el señor de Lhardy... Luego te daré un platito a la francesa, que te gustará mucho... Vamos, destapa la botella de Champagne...

—Pero, señora, si esto es sidra, y no de la mejor...

—Te digo que es del propio *Duc de Montebello*. Tú entenderás de Filosofía, pero no de bebidas.

—Pero qué..., ¿vamos a comer otra tortilla?

—Es el platito de que te hablé..., *haricots à la sauce provençale*... Lo hace Melchora a maravilla.

—Si usted me permite una franqueza, señora, le diré que esto me parece una cataplasma...; pero, en fin, se puede pasar...

—¡Mal agradecido...! Prueba este pastel... Irene, ¿no comes...? Así es todos los días; se mantiene del aire, como los camaleones.

Y, en efecto, Irene apenas comía más que pan y un poco del famoso *filet à la Maréchale*. Considerando su sobriedad, pasé a reflexionar otra vez sobre el tema eterno.

"Quién sabe —me dije— si una crítica completamente sana y fría podría llevarte a declarar que aquellas supuestas, soñadas y rebuscadas perfecciones constituirían, caso de ser reales, el estado más imperfecto del mundo... Eso de la mujer-razón que tanto te entusiasmaba, ¿no será un necio juego del pensamiento? Hay retruécanos de ideas como los hay de palabras... Ponte en el terreno firme de la realidad, y haz un estudio serio de la mujer-mujer... Estos que ahora te parecen defectos, ¿no serán las manifestaciones naturales del temperamento, de la edad, del medio ambiente...? ¿De dónde sacaste aquel tipo septentrional más frío que el hielo, compuesto no de pasiones, virtudes, debilidades y prendas diferentes, sino de capítulos de libro y de hojas de Enciclopedia? Observa la verdad palpitante, y no vengas con refunfuños de una moral de cátedra a llamar graves defectos a los que en realidad son tan sólo accidentes humanos, partes y modos de la verdad natural que en todo se manifiesta. La pasión es propio fruto de la juventud, y el arte de disimular que tanto te espeluzna es una forma de carácter adquirida en el estado de soledad en que ha vivido esa criatura, sin padres, sin apoyo alguno. Un poderoso instinto de defensa le ha dado ese arte, con el cual sabe suplir la falta de amparo natural de la familia. Este disimulo ha sido su gran arma en la lucha por la vida. Se ha defendido del mundo con su reserva. Y esa ambición que tanto te desagrada no es más que un producto del mismo desamparo en que ha vivido. Ha sabido acostumbrarse a deberlo todo a sí misma, y de ahí el prurito de emprenderlo todo por sí misma. Arrastrada por la pasión, ha tenido flaquezas lamentables. Su agudeza y su prudencia han sido vencidas por el temperamento... Hay que considerar lo extraordinario de las seducciones con que luchaba. Enamorada, la seducía el galán de sus sueños; pobre, la seducía el joven de posición. ¡Amor satisfecho y miseria remediada! Estos grandes imanes, ¿a quién no llevan tras sí? El espíritu utilitario de la actual Sociedad no podía menos de hacer sentir su influjo en ella. He aquí una huérfana desamparada que se abre camino, y su pasión esconde un genio práctico de primer orden..."

¡No sé qué más pensé! Levantéme de aquella antipática mesa, hastiado de alimentos fríos e insustanciales, de las sillas que rechinaban amenazando desbaratarse, de los cuchillos que se desprendían del mango, y de aquella anfitrioniza insoportable, cuyas farsas rayaban ya en lo maravilloso.

Irene me acompañó a la sala, nos sentamos, pero no nos dijimos nada. Caía la tarde, y nos rodeaban sombras melancólicas. La tristeza de haber estado todo el día sin ver al objeto de su cariño la tenía muda y tétrica. Y a mí me ponía lo mismo un nuevo trastorno de que fui acometido a consecuencia de lo que arriba dije. Consistía mi nuevo mal en que al representármela despojada de aquellas perfecciones con que la vistió mi pensamiento, me interesaba mucho

más, la quería más, en una palabra, llegando a sentir por ella
ferviente idolatría. ¡Contradicción extraña! Perfecta, la quise a la moda petrarquista, con fríos alientos sentimentales
que habrían sido capaces de hacerme escribir sonetos. Im-
perfecta, la adoraba con nuevo y atropellado afecto, más
fuerte que yo y que todas mis filosofías.

Aquella pasión suya terminaba en flaqueza; aquella reserva interesantísima que permitía suponer siempre un más
allá en los horizontes de su alma; la decisión de triunfar o
morir; el mismo resabio utilitario, todo me enamoraba. Hasta su graciosa muletilla, aquella pobreza de estilo por la cual
llamaba *tremendas* a todas las cosas, me encantaba. ¡Oh,
cuánto más valía ser lo que fue Manuel, ser hombre, ser
Adán, que lo que yo había sido, el ángel armado con la espada del método defendiendo la puerta del paraíso de la
razón...! Pero ya era tarde.

Y en aquella oscuridad, a la cual llegaban tímidas luces
del crepúsculo y el amarillo resplandor de los faroles públicos, la vi tan soberanamente guapa, que tuve miedo de mí
mismo, y me dije: "Urge que yo salga de aquí, no sea que
mi sentimiento se sobreponga a mi razón y diga o haga las
tonterías de que hasta ahora, a Dios gracias, me he visto
libre." Y, en efecto, peligros noté en mí de ponerme en ridículo, si echaba fuera de mí alguna parte de la procesión
que por dentro andaba. Yo me sentía mozalbete, calaverilla
y un sí es no es cursi... Dije tres o cuatro frases de fórmula y me marché..., porque si no me marchaba... Casos se
han visto de caracteres profundamente serios que en un
momento infeliz han caído de golpe en los sumideros de
la tontería.

Hízome temblar de espanto, porque su cólera era para mí hasta entonces desconocida, y siempre había yo visto en ella mucho ángel, afabilidad y suma tolerancia. Lo mismo fue entrar yo en la casa, a las seis del domingo, que corrió hacia mí con gesto amenazador, tomóme de un brazo, llevóme a su gabinete, cerró...

—Pero, señora...

Yo no comprendía, ni en el primer momento supe dar a sus bruscos modos la interpretación más conveniente. Creí que quería sacarme los ojos; creí después que quería sacarse los suyos. Gesticulaba como actriz de la legua, y respirando con gran fatiga, no acertaba a expresarse sino con monosílabos y entrecortadas cláusulas:

—Estoy... volada... Me muero, me ahogo... Amigo Manso, ¿no sabe lo que me pasa...? No resisto, me muero... ¿No sabe usted? Manuel, ¡qué pillo, qué ingrato hijo!

—Pero, señora...

—¿Le parece a usted lo que ha hecho...? Es para matarle... Pues se quiere casar con una maestra de escuela...

Y al decir *maestra de escuela* alzaba la voz con alarido de
agonía, como el que recibe el golpe de gracia.

—...Alguna pazpuerca muerta de hambre... ¡qué afrenta,
Virgen, re-Virgen...! Parece mentira, un chico como él,
tan listo, de tanto mérito... Vamos, esto es cosa de Barrabás..., o castigo, castigo de Dios... Señor De Manso, ¿no
se indigna usted, no salta bufando? Hombre, usted es de
piedra, usted no siente... Pero ¿usted se ha hecho cargo...?
¡Una maestra de escuela...!, de esas que enseñan a los mo-
cosos el *pe a pa*... Si le digo a usted que estoy volada...;
a mí me va a dar algo...; no sé cómo no le hice así... y le
retorcí el pescuezo cuando me dijo... Ahí tiene usted un
hombre perdido...; adiós carrera, adiós porvenir... ¡Jesús,
Jesús! Y usted no se sulfura, usted tan tranquilo...

—Señora, vamos a comer. Serénese usted, y después hablaremos.

El criado anunció que la comida estaba dispuesta. Antes
de pasar al comedor, mi vecina me dijo del modo más solemne del mundo:

—En el señor De Manso confío. Usted es mi esperanza,
mi salvación.

—Yo...

—Nada, nada. Usted es para mi hijo lo que llaman un
oráculo. ¿No se dice así?

—Así se dice.

—Pues si usted no le quita de la cabeza esa gansada,
perderemos las amistades.

Estaba escrito que todo lo malo y desagradable de aquellos días me pasara al tiempo de comer en mesa ajena. Y
la de doña Javiera se parecía bien poco a la de doña Cándida en la riqueza de los manjares y régimen del servicio.
Contraste mayor no se podía ver. La mesa de mi vecina
ofrecía variedad de manjares sabrosos y recargados, servi-
dos en vajilla nueva y de relumbrón. Era festín más propio
de gigantes y glotones que de gastrónomos delicados. Y
las consecuencias del berrinche no se conocían ni poco ni
mucho en el apetito de la señora de Peña, a quien observé
aquel día tan bien dispuesta como los demás del año a no
dejarse morir de hambre. Lo poco que habló fue para inci-

tarme a que me atracase, diciéndome que no comía nada, para elogiar a su cocinera y para reprender a Manuel porque hablaba demasiado alto y a todos nos aturdía. Este entró cuando ya habíamos tomado la sopa. Venía sumamente jovial. Le conocí que había visto a su víctima; mas no pude suponer dónde ni cómo. Probablemente habría sido en la misma casa caligulense, pues no era difícil para Manuel embaucar a doña Cándida y aun prescindir completamente de ella. Durante toda la comida, doña Javiera no perdía ripio para reñir a su hijo, fulminando contra él los rayos de sus bellos ojos o los de sus frases agudas y mortificantes. A mí me traía en palmitas; quería que de todo comiese, cosa imposible, y me atendía y me obsequiaba con cariñosa finura. Cuando me despedí, después de hablar un poco sobre el consabido conflicto, le dije:

—Déjelo de mi cuenta…, yo lo arreglaré.

Y ella:

—En usted confío. Dios le bendiga por su buena obra… Cada vez que lo pienso… ¡Una maestra de escuela! Estoy abochornada. ¡Qué dirá la gente…! Será cosa de no poder salir a la calle.

Y cuando al salir vi a Manuel que entraba en su cuarto, le indiqué que le esperaba en mi casa. Doña Javiera salió conmigo a la escalera, y en voz bajita, con semblante esperanzado y risueño, me dijo:

—Eso es; póngale usted las peras a cuarto. Duro con él… Dígale usted que no quiero maestras ni literatas en mi casa, y que mire por su porvenir, por su carrera… Como si no tuviera hijas de marqueses para elegir… Y lo que es yo, me muero si se casa con esa… A mí que no me venga con mimos, porque no le perdono…

—Yo lo arreglaré , yo lo arreglaré.

Cuando Manuel se presentó ante mí, parece que tenía gran impaciencia por decirme:

—¿Ha hablado usted con mamá?

—Sí, tu mamá está furiosa. No le entra en la cabeza que te cases con Irene; y la verdad es que no le falta razón. Ahora parece que os vais a poner en pie de aristócratas, y te convendría una buena boda. Ya ves que la pobre Irene...

—Es pobre y humilde..., y yo la quiero.

El gato saltó a mis rodillas. ¡Con qué gusto lo acariciaba...!, y al compás de aquellos pases por el lomo del nervioso animal, ¡qué de pensamientos brotaban en mí, todos luminosos y cargados de razón...! Formé un plan y lo puse en práctica al instante.

—Dime con franqueza lo que piensas... Pero no me ocultes nada; la verdad, la verdad pura quiero.

—Déme usted consejos.

—¿Consejos? Venga primero lo que tú sientes, lo que deseas...

—Pues yo, querido maestro, si usted me pregunta lo que siento, le diré con toda franqueza que estoy como fuera de mí de enamorado y de ilusionado, pero si usted me pregunta si he hecho propósito de casarme, le contestaré con la misma sinceridad que no he podido adquirir todavía una idea fija sobre esto. Es una cosa grave. Por todas partes no se oye otra cosa que diatribas contra el matrimonio. Luego, tan jóvenes ambos... Hay que pensarlo y medirlo todo, amigo Manso.

—¿Tienes algún recelo —le dije, violentándome para aparecer sereno— de que Irene, esposa tuya, no corresponda a tus ilusiones, a ese tu entusiasmo de hoy...?

—Eso no, no tengo recelo... O porque la quiero mucho y me ciega la pasión, o porque ella es de lo más perfecto que existe, me parece que he de ser feliz con ella.

—Entonces...

—Además, ya ve usted..., la oposición de mi madre. Usted conoce a Irene, la ha tratado en casa de don José. ¿Qué idea tiene usted de ella?

—La misma que tú.

—¡Es tan buena, tiene tanto talento...! Nada, nada, amigo Manso, yo me embarco con ella.

—¿Crees que no te pesará?

—Me hace usted dudar... Por Dios. Pregunta usted de un modo y da unos flechazos con esos ojos... ¡Qué sé yo si me pesará o no...! Considere usted la época en que vivimos, las mudanzas grandísimas que ocurren en la vida. Las ideas, los sentimientos, las leyes mismas, todo está en revolución. No vivimos en época estable. Los fenómenos sociales, a cuál más inesperado y sorprendente, se suceden sin tregua. Diré que la Sociedad es un barco. Vienen vientos de donde menos se espera, y se levanta cada ola...

Yo meditaba.

—¡Casarme! ¿Qué me aconseja usted...?

—¿Serás capaz de hacer lo que yo te mande?

—Juro que sí —me dijo con entereza—. No hay nadie en el mundo que tenga sobre mí dominio tan grande como el que tiene mi maestro.

—¿Y si te digo que no te cases…?

—Si me dice usted que no me case —murmuró, muy confuso, mirando al suelo y poniendo punto a su perplejidad con un suspiro—, también lo haré…

—¿Y si, además de decirte que no te cases, te mando que rompas absolutamente con ella y no la veas más?

—Eso ya…

—Pues eso, eso. No te aconsejaré términos medios. No esperes de mí sino determinaciones radicales. De no casarte, rompimiento definitivo. Aconsejar otra cosa sería en mí predicar la ignominia y autorizar el vicio.

—Pero ya ve usted que eso… Renunciar, abandonar… Usted no puede inspirarme una villanía.

—Pues cásate.

—Si realmente…

—Yo concedo que por circunstancias especiales te resistas a unirte a ella con lazos que duran toda la vida. Yo convengo en que podrías considerar este casorio como un entorpecimiento en tu carrera… Podrías aguardar a que dentro de algún tiempo, cuando tu notoriedad fuera mayor, se te presentara un partido brillantísimo, una de estas ricas herederas que se pirrian porque las llamen ministras… Eres medianamente rico; pero tu fortuna no es tan considerable que puedas aspirar a satisfacer las exigencias, mayores cada día, de la vida moderna. La riqueza general crece como espuma, y las competencias de lujo llegan a lo increíble. Dentro de diez o quince años quizá te consideres pobre, y quién sabe, quién sabe si las posiciones oficiales que ocupas ofrezcan un peligro a tu moralidad. Piénsalo bien, Manuel, mira a lo futuro, y no te dejes arrastrar de un capricho que dura unas cuantas semanas. Ten por seguro que, si te dispensan la edad, entrarás en el Congreso antes de tres meses. Al año, ya tus grandes facultades de orador te habrán proporcionado algunos triunfos. Te lucirás en las Comisiones y en los grandes debates políticos. Puede ser que a los dos años de aprendizaje seas lugarteniente de un jefe de partido o coronel de un batalloncito de dragones. De seguro acaudillarás pronto uno de esos puñados de valientes que son la desesperación del Gobierno. Te veo subsecretario a los veintiséis años, y ministro antes de los treinta. Entonces..., figúrate: un matrimonio con cualquier rica heredera española o americana remachará tu fortuna, y... no te quiero decir lo que esto valdrá para ti...

El me miraba atento y pasmado. Yo, firme en mi propósito, continué así:

—...Ahora examinemos el otro término de la cuestión. La pobre Irene... Es una buena chica, un ángel; pero no nos dejemos arrastrar del sentimentalismo. De estos casos de desdicha está lleno el mundo. La que cae, cae, y adivina quién te dio... Supongamos que tú, inspirándote ahora en ideas de positivismo, das por terminada la novela de tus amores, la rematas de golpe y porrazo, como el escritor cansado que no tiene ganas de pensar un desenlace. La víctima llorará, llorará; pero los ríos de lágrimas son los que al fin resisten menos a las grandes sequías. Al dolor más vivo dale un buen verano, y verás... Todo pasa, y el consuelo es ley del mundo moral. ¿Qué es el Universo? Una sucesión de endurecimientos, de enfriamientos, de transformaciones que obedecen a la suprema ley del olvido. Pues bien: la joven se oculta, se desmejora; pasa un año, pasan dos, y ya es otra mujer. Está más guapa, tiene más talento y seducciones mayores. ¿Qué sucede? Que ni ella se acuerda de ti, ni tú de ella. Es verdad que su pobreza la impulsaría quizás a la degradación; pero no te importe, que la Providencia vela por los menesterosos, y esa discreta y bonita joven encontrará un hombre honrado y bueno que la ampare, uno de esos solterones que se acomodan a la calladita con los restos del naufragio...

—Por vida de las ánimas —gritó Peña con ímpetu, sin dejarme acabar—, que si no le tuviera a usted por el hombre más formal del mundo, creería que está hablando en broma. Es imposible que usted...

Lo que yo decía hubiera sido insigne perfidia si no fuera táctica, que mi discípulo descubrió antes de tiempo. Anticipándose a mi estratagema, me descubría lo que yo quería descubrir. No me quedaba duda de la rectitud de su corazón...

—No siga usted —exclamó, levantándose—. Yo me marcho; no puedo oír ciertas cosas…

Y yo, entonces, me fui derecho a él, le puse ambas manos sobre los hombros, hícele caer en el asiento. Cada cual quedó en su lugar con estas palabras mías:

—Manuel, esperaba de ti lo que me has manifestado. Al suponer que yo bromeaba, veo que sabes juzgarme. No estaba seguro de tu modo de pensar, y te armé una argumentación capciosa. Ahora me toca a mí hablar con el corazón… ¿Quieres un consejo? Pues allá va… No sé cómo has esperado a pedírmelo, ni sé cómo has creído que fuera de tu conciencia hallarías la norma de conducta. Para concluir: si no te casas, pierdes mi amistad; tu maestro acabó para ti. Toda la estimación que te tengo será menosprecio, y no me acordaré de ti sino para maldecirte el tiempo en que te tuve por amigo

Me dio un abrazo. En su efusión no dijo más que esto:

—Déjala de mi cuenta... Yo la aplacaré, haciéndole ver... Ella no conoce a Irene, no sabe su mérito. Le diré que la memoria de mi madre me impone la obligación de tomar bajo mi amparo a esa pobre huérfana, de cuya familia tiene la mía antiguas deudas de gratitud... Sí, lo declaro: sépanlo tú y tu madre. La maestra de escuela es ahora mi hermana; su desgracia me mueve a darle este título, y con él, mi protección declarada, que irá hasta donde lo exijan el honor de un hombre y el decoro de una familia.

Yo me entusiasmaba, y a cada palabra se me ocurrían otras más enérgicas.

—Las preocupaciones de tu madre son ridículas. Dejémonos de abolengos, pues si a ellos fuéramos, cuál mal parados quedariais tú, tu madre y todos los Peñas de Candelario.

—Sí —gritó él con entusiasmo—, ¡abajo los abolengos!

—Y no hablemos de entorpecimientos en tu carrera... ¡Si te llevas un tesoro; si es tu futura capaz de empujarte

hasta donde no podrías llegar quizá con tu talento...! Sí.
¡Que tiene ella pocos bríos en gracia de Dios! Manuel, no
hagas caso de tu mamá; ten mucha flema. Doña Javiera ce-
derá; déjala de mi cuenta.

Lo que después hablamos no tiene importancia. Quedéme
solo y entre triste y alegre. Vi que lo que había hecho era
bueno, y esto me daba una satisfacción bastante grande para
sofocar a ratos mis penas pensando en ellas.

Y aunque doña Javiera subió aquella misma tarde a preguntarme el resultado de la conferencia, no quise hablar
explícitamente.

—Convencido, señora, convencido —fue lo único que le
dije.

Ella insistía en que yo estaba mal cuidado en mi habitación de soltero con ama de llaves, a manera de presbítero.

—Usted no quiere seguir mi consejo, y lo va a pasar mal,
amigo Manso... Esto no parece la casa de un profesor eminente. ¿Qué le pone a comer esa Petra? Bodrios y fruslerías; alimentos pobres que no dan sustancia al cerebro...
¡Si tendré que venir yo todos los días a ponerle de comer...!
Luego necesita usted una casa mejor. ¡Ah!, señor mío, en la
calle de Alfonso XII estaremos bien. Yo me encargo de arre-
glarle a usted su cuartito y ponérselo como un primor. No,
no venga usted dando las gracias... Soy muy llanota, y usted
se lo merece. No faltaba más...

Estas finezas se repitieron dos o tres veces, hasta que un
día, sabedora mi vecina de la resolución de su hijo y de mi
consejo, se me presentó cual pantera africana, y, después
de alborotar con retahíla de espantables imprecaciones, se
me puso delante, gesticuló mucho, pasando una y otra vez
sus manos muy cerca de mis ojos, y al fin pude entender
lo siguiente:

—Conque usted... Miren el falsillo, el tramposo; en vez
de predicar a Manuel para quitarle de la cabeza su barbaridad, le predica para que me traiga a casa a la maestra...
Señor De Manso, es usted un mamarracho.

Y con la confianza que solía tomarme, correspondiendo
a las suyas, me atreví a responderle:

—El mamarracho ha sido usted, señora doña Javiera, al suponer que yo podría aconsejar a su hijo cosa contraria a su honor.

—No hable usted así, que estoy volada...

—Vuele usted todo lo que quiera, pero en este asunto no me oirá usted hablar de otra manera.

—Pero, señor don Máximo... ¿qué se ha figurado usted, que mi hijo está ahí para que me lo atrape la primera esguízara...?

—Poco a poco, señora. Por mucha que sea la nobleza de usted, no logrará hacer pasar por cualquiera cosa a mi protegida, porque sepa usted que Irene es mi protegida, hija de un caballero principalísimo que prestó a mi padre grandes servicios. Soy agradecido, y esa señorita huérfana no sufrirá desaires de ningún mocoso mientras yo viva.

—¡Eh, eh! Aquí tenemos al caballero quijotero... ¿Sabe usted que se va volviendo cargante? Mi hijo...

—Vale menos que ella.

—Vale más, más; oígalo usted: más.

Y a cada sílaba lanzaba la poderosa voz. Sus gritos me ponían nervioso.

—Bonito servicio me ha hecho usted... Y lo que es ahora..., de verano, amigo Manso.

—Por mi parte, de la estación que usted guste. Los chicos se casarán, y en paz.

—No le doy la licencia —exclamó doña Javiera, puesta en jarras.

—Se la dará usted.

Y, a pesar del furor de mi amiga y vecina, yo, sereno ante ella, no podía vencer cierta inclinación a tratar humorísticamente aquel grave tema.

—¡Vaya, vaya... con los humos de esta señora...! ¿Es su hijo de usted algún Coburgo Gotha...?

—No ponga usted motes, caballero. Si somos gotas o no somos gotas, a usted no le importa. Y por lo que valga, sepa que de muchas gotitas se compone el mar. No hay orgullo en mi casa, pero sí honradez.

—Pues también la hay en la mía... ¡Vaya, vaya! Cuando se lleva el niño una verdadera joya, una mujer sin igual, un prodigio de talento, de belleza, de virtud..., hija de un caballerizo...

—¡Hija de un caballerizo...! —repitió la ex carnicera con cierto aturdimiento—, de esos monigotes que van al lado del coche real..., brincando sobre la silla... Si digo... Vivir para ver...

—Y el mejor día, sépalo usted, señora de Peña, me voy al Ministerio de Estado, revuelvo el archivo de la Cancillería y le saco a mi protegida un título de baronesa como una casa... Chúpate ésa.

—¿De veras, hombre? —dijo ella, mezclando a la cólera un grano de risa—. Conque baronesa... Algo tendrá el agua cuando la bendicen...

—Sí, señora...

—Ella será todo lo baronesa que usted quiera; pero si apuesta a fea, no hay quien la gane. No la he visto más que una vez después de que es profesora... ¡Qué alones, bendito Dios! Es un palo vestido. Cosa más sin gracia no se ha visto. Parece una de esas traviatonas... No sé cómo mi niño ha tenido el antojo...

—Ha tenido muy buen gusto. La que lo tiene perverso es usted.

—No me gustan las personas sabias... ¡Una licenciada, qué asco! La sabiduría es para los hombres; la sal, para las mujeres.

Diciendo esto, parecíame algo desenojada.

—Siga usted, siga usted —me dijo— elogiando a su ahijada. Es de las que destetaron con vinagre... Si la veo entrar en mi casa, creo que me da un repelón...

—No será usted tan fiera... La admitirá usted, y al poco tiempo la querrá muchísimo.

—¿De veras...? —exclamó con deje chulesco—. Voy viendo que el señor catedrático no ha inventado la pólvora y es primo hermano del que asó la manteca.

—Qué le hemos de hacer... Por de pronto, me hará usted el favor de mandar a su criada que me planche dos camisas. Petra está mala...

—¡Ay!, sí, señor —respondió con oficiosa solicitud, levantándose.

—Otro favorcito…, aquí tengo mi americana, a la cual le faltan botones…

—Sí, sí, sí. Venga.

Empezó a dar vueltas por la habitación como buscando quehaceres.

—Más favorcitos. Aquí tengo unas camisas que no recibirían mal un cuello nuevo.

—¡Ya lo creo! Venga.

—Y aquí me tiene usted hoy, sin saber lo que he de comer…

—¡Virgen, no faltaba más! Baje usted…, o le mandaré lo que guste…

—Bajaré… Hoy no me vendría mal que subiera una chica y arreglara un poco esto… La pobre Petra…

—Subiré yo misma. ¿Qué más?

—Que es preciso dar licencia a Manuel.

La risa, la complacencia, su deseo anhelante de servirme, luchaban con su inexplicable orgullo; pero me hacía gracia oírle decir, entre risueña y enojada:

—No me da la gana… ¡Pues me gusta…!

—Vaya, que si lo hará usted.

—Me llevo esto.

Recogía mi ropa con diligencia y la examinaba con ojos de mujer hacendosa.

—Subiré enseguida… Traeré una de las chicas para que me ayude. ¡Virgen, cómo está esta casa! Pero verá usted, verá usted qué pronto la ponemos como el lucero del alba.

Y desde la puerta me miró de un modo particular.

—Aquello…, aquello —le grité.

—Que no me da la gana… Usted tiene ganas de oírme. El buen señor es pesadito…

¡Pues ya lo creo! ¿No habían de casarse, si esto era la solución lógica y necesaria? Conciencia y naturaleza lo pedían con diversos gritos. Yo tuve empeño particular en conseguirlo. Agradecida a mí debía de vivir la tórtola profesora toda su vida, pues sin el pronto auxilio del buenazo de Manso es seguro que no hubiera podido realizarse el salvamento que se deseaba. Porque, indudablemente, Manuel Peña estaba indeciso aquella noche que le amonesté, y si era poderosa su pasión, también lo eran sus perplejidades, sus preocupaciones y la influencia que sobre él tenían amigotes casquivanos y su amante mamá. Así, tengo el orgullo de haber resuelto, en sentido del bien y con sólo cuatro palabras apuntadas al corazón, aquel difícil pleito. No me gusta elogiarme, y sigo mi narración... Pero como no quiero atropellar los acontecimientos, retrocedo un poco para decir que no habían pasado veinte minutos desde que partió mi vecina, diciendo aquello de *pesadito,* etc., cuando sonó la campanilla.

Una criada.—La señora, que baje usted a ver unos muebles.

—Bueno, allá voy, que me estoy vistiendo.

Al poco rato, tilín...

—La señora, que haga usted el favor de bajar a ver unas cortinas.

Era que la de Peña, ocupada en hacer compras para arreglar su nueva casa, no se decidía en la elección de cosa alguna sin previa consulta conmigo. Yo era para ella el resumen de toda la humana sabiduría en cuanto Dios crió y dejó de criar. Mayormente en cuestiones de gusto, mis caprichos eran leyes.

Bajé. Toda la sala estaba llena de muebles de lujo, comprados en famosas tiendas, y un francés tapicero presentaba muestras de cortinajes, portieres y telas diversas.

—¿Qué le parece, señor De Manso? A ver, decida usted... Estas sillotas, ¿no son demasiado grandes? Esto para el Papa será bueno. ¡Qué cosas inventan! ¿Pues y estas otras que parecen de alambre? Si me siento en ellas, ¡adiós mi dinero...! Y todo desigual, cada pieza es de diferente forma y color. A mí me gustan cosas que hagan juego... Estas cortinas, señor De Manso, parecen de tela de casullas; pero la moda lo manda...

Sobre todo di mi opinión, y la señora, muy complacida, renunció a comprar algunos objetos de dudoso gusto, a los cuales puse mi veto.

—Si quiere usted darse una vuelta por la nueva casa, amigo don Máximo... —me dijo más tarde—. Porque yo no sé lo que harán los pintores si no hay una persona de gusto que les diga..., pues... Yo mandé que en el comedor me pintaran muchas liebres, codornices muertas y algún ciervo difunto. No sé lo que harán. Dicen que ahora se adornan los comedores con platos pegados en el techo. Antes, los platos se usaban para comer. No entiendo esas modas nuevas. Usted me aconsejará. Lo mejor es que se plante usted en la casa y lo dirija todo a su gusto... Eso; resuelva a su antojo y quite y ponga lo que le parezca... Me figuro que en los salones será moda también colgar las sillas del techo..., y poner las arañas en el suelo... Mire usted, señor De Manso, se me ocurre una cosa. Esta tarde no tiene usted nada que hacer. ¿Vámonos a la casa nueva? Ahora me van a traer el coche que he comprado. Lo estreno hoy, lo estrenaremos; usted me dirá si es de buen gusto, si tiene los muelles blanditos y si los caballos son guapetones... Verá usted qué casa, aunque aquello está todo revuelto y lleno de yeso y basura. Virgen, ¡qué calma la de esos pintores y estuquistas! Ya ve usted: aquí he tenido que meter todos los muebles, y está la sala tan atestada, que no se puede dar un paso en ella. ¿Conque vamos allá?

A todo accedí. La señora fue a vestirse. Al poco rato me mandó llamar para que viese una bata que le probaba la modista.

—Me parece muy bien, señora. Le cae a usted que ni...

—Que ni pintada. Eso ya lo sabía yo... A mí todo me cae bien. ¿No es verdad, Mansito? Todavía doy yo quince y raya a más de cuatro farolonas que van por ahí.

Y al quitarse la bata probada, quedó la señora un poco menos vestida de lo que es uso y costumbre, sobre todo delante de caballeros extraños.

—¡Eh! No se vaya usted, hombre; confianza, confianza. Ya saben todos que no soy gazmoña. ¿Qué se me ve? Nada. Ya estaba usted enterado de que por mis barrios...

Al decir por mis barrios, se pasaba suavemente las manos por los hermosos, blancos y redondos hombros. Y continuó la frase así:

—...no se usan almacenes de hueso... Eso se deja para ciertas sílfides que yo me sé... ¡Qué alones! En fin, no quiero enfadarme.

Vistióse prontamente.

—Lo que es sombrero —me dijo, mirándome como si se mirara al espejo—, no pienso ponérmelo. Mi cara no pide teja..., ¿no es verdad...? Venga la mantilla, Andrea... Date prisa, mujer, que está el señor catedrático esperando.

Decidido a complacerla, la acompañé, estrenando coche y dándonos mucho tono por aquellas calles de Dios. Yo me reía, y ella también. Por el camino, la conversación ofrecióme oportunidad para decirle algo de la famosa licencia, y al oírme se enfadó, aunque no tanto como antes, alzando demasiado la voz.

—Vamos, que me está usted buscando el genio... Pues le tengo fuertecillo. Si vuelvo a oír hablar de la maestra... ¿A que mando parar el coche y le pongo a usted en medio del arroyo...?

En la casa vi horrores. Había puertas pintadas de azul, techos por donde corrían ciervos, angelitos dorados en los zócalos, vidrios de colores por todas partes, papeles de follaje verde con cenefa de amaranto, bellotas de plata en las jambas, rosetones con ninfas tísicas o hidrópicas, cisnes nadando en sulfato de hierro, y otras mil herejías. Para la extirpación general de ellos habría sido preciso un gran auto de fe. Era tarde ya, y sólo pude disponer algo que remendara y corrigiera el daño, pero sin dejar de hacer a mi vecina cumplidos elogios del decorado de su suntuosa vivienda.

También estuvimos a ver la que me destinaba, que me pareció muy bonita. Doña Javiera hizo la distribución previa, anticipándose a mis gustos y deseos.

—Aquí, el despacho; la librería, en este testero; allí, la cama del señor De Manso, bien resguardada del aire y lejos del ruido de la escalera; acá, el lavabo. Voy a ponerle tubería con grifo, para más comodidad... Asomémonos. Estas sí que son vistas. Cuando usted sienta la cabeza pesada de tanto estudiar, se asoma al mirador y se traga con los ojos todo el Retiro. Desde aquí puede mi señor catedrático hacer el amor a la ermita de los Angeles, que se ve allá lejos, y discutirá a bramidos con el león del Retiro.

En verdad, yo estaba profundamente agradecido a mi cariñosa providente vecina. No pude menos de manifestárselo así... Pero en cuanto tocaba, aunque de soslayo, la temida cuestión, ya estaba la señora hecha un basilisco. No obstante, al día siguiente encontréla más amansada. Ya no decía *la maestra de escuela*, sino *esa pobre joven*... Por la tarde, cuando la señora y sus criadas estaban arreglando mi cuarto, volví a la carga; y me dijo, sin irritarse:

—Es usted más sobón... ¡Lo que usted no consiga con su machaca, machaca, no lo consigue nadie...! Pero no, no me dejo engatusar... No hablemos más de ello. Si sigue usted, me vuelo...

—Pero, señora...

—Callarse la boca. Si me enfado, cojo el zorro... y por la puerta se va a la calle.

Me amenazaba con echarme de mi propia casa. Y parecía que había tomado posesión de ella, mirándola como suya, y disponiendo de todo a su antojo. No podía quejarme, porque, con pretexto de la enfermedad de Petra, que estaba medio baldada, doña Javiera y sus criadas habían puesto mi casa como el oro. Nunca había visto en derredor mío tanto arreglo y limpieza. Daba gusto ver mi ropa y mis modestos ajuares. En varias partes de la casa, sobre la chimenea y en mi lavabo, sorprendí algunos objetos de lujo y de utilidad que no me pertenecían. La señora de Peña los había subido de su casa, obsequiándome discretamente con ellos.

A medida que su amabilidad me proporcionaba nuevas ocasiones de complacerla, disminuían sus *voladuras* con motivo de la licencia, y al fin tuve tal maña para agradarla y complacerla, ora dándole dictamen sobre sus aprestos de lujo, ora dejándome cuidar y atender, que una tarde me dijo:

—Para no oírle más, Mansito..., que se casen... Lo que usted no consiga de mí... Tiene usted la sombra de Dios para proteger niñas.

Bendiciones mil a mi cariñosa vecina, que, sin duda, se había propuesto hacerme agradable la vida y reconciliarme con lo humano. ¡Ley de las compensaciones, te desconocerán los que arrastran una vida árida en las estepas del estudio; pero los que una vez entraron en las frescas vegas de la realidad...! Abajo las metafísicas, y sigamos.

Fatigadillo estaba yo una mañana, cuando... tilín. Era Ruperto, que me pareció más negro que la misma usura.

—Mi ama, que vaya luego...

—Ya me cayó que hacer. ¿Qué ocurre? Voy al instante.

Hallé a Lica muy alarmada porque en el largo espacio de tres días no había ido yo a su casa. En verdad era caso extraño; me disculpé con mis quehaceres, y ella me puso de ingrato y descastado que no había por donde cogerme.

—Pues verás para lo que te he llamado, chinito. Es preciso que acompañes a don Pedro...

—¿Y quién es don Pedro?

—¡Ay, qué fresco! Es el padre de Robustiana, ese señor tan bueno... Es preciso que le busques papeleta para ver la Historia Natural.

—¡Qué más Historia Natural que él y toda su familia!

—No seas sencillo. Es un buen sujeto. Acompáñale a ver Madrid, pues el buen señor no ha visto nada. A uno de los chicos hay que colocarlo...

—A todos los colocaremos... en medio de la calle.

—¡Chinchoso! El ama es muy buena. Máximo, buena mano tuviste... ¡Si no hay otro como tú...!

—¿Y José María?

—¿Ese? Otra vez en lo mismo. Ya no se le ve por aquí. Parece que lo del marquesado está ya hecho.

—Saludo a la *señá* marquesa.

—A mí..., esas cosas...

No obstante su modestia y bondad, lo de la corona le gustaba. La Humanidad es como la han hecho, o como se ha hecho ella misma. No hay nada que la tuerza.

—Yo quiero mi tranquilidad —añadió—. José María está cada vez más *relambido*...; pero con unas ausencias, chinito... Ya se acabó lo de la Comisión de melazas, y ahora entra lo de la Comisión de mascabados.

A poco vimos aparecer a mi hermano, y lo primero que me dijo, de muy mal talante, fue esto:

—Mira, Máximo, tú, que has traído aquí esa tribu salvaje, a ver cómo nos libras de ella. Esto es la langosta, la filoxera; no sé ya qué hacer. Me vuelven loco. También tú tienes unas cosas... El uno pide papeletas, y me va a buscar al Congreso; la otra pide destinos para sus dos lobatos... En fin, encárgate tú, que los trajiste, de sacudir de aquí esta plaga.

—Los pobres —murmuró Lica—, son tan buenos...

—Pues ponedlos en la calle —indiqué yo.

—¡No, no; que se le retira la leche! —exclamó, con espanto, Manuela—. Habla bajo, por Dios... Pueden oír...

Hablando bajito, quise dar una noticia de sensación y anuncié la boda de Manuel Peña. Manuela se persignó diferentes veces. Mi hermano, atrozmente inmutado, no dijo más que:

—Ya lo sabía.

Disimulaba medianamente su ira tomando un periódico, dejándolo, encendiendo cigarrillos. Después, como al ir a su despacho tropezara en el pasillo con el célebre don Pedro, que, sombrero en mano, le pedía no sé qué gollería, montó en súbita cólera, sin poder contenerse...

—Oiga usted, don Espantajo, ¿cree usted que estoy yo aquí para aguantar sus necedades? A la calle todo el mundo; váyase usted al momento de mi casa, y llévese toda su recua...

¡Dios mío, la que se armó! El titulado don Pedro o tío Pedro, pues sólo mi cuñada le daba el *don,* dijo que a él no le faltaba nadie; su digna esposa se atrevió a sostener que ella era tan señora como la señora; los chicos salieron escapados por la escalera abajo, y Robustiana empezó a llorar a lágrima viva. Muerta de miedo estaba Lica, que casi de rodillas me pidió pusiera paz en aquella gente y librara a mi ahijado de un nuevo y grandísimo peligro. En tanto, sentíamos a José María dando patadas en su cuarto, en compañía de Sainz del Bardal, a quien llamaba idiota por no sé que descuido en la redacción de una carta.

"Al fin se le hace justicia", pensé, y no tuve más remedio que amansar a don Pedro y a su mujer, diciéndoles mil cosas blandas y corteses, y llevándoles aquella misma tarde a ver la Historia Natural. A los chicos tuve que comprarles botas, sombreros, petacas y bollos. Lica hizo un buen regalo a la madre del ama. Yo llevé al café, por la noche, al hotentote del papá; y por fin, al día siguiente, con obsequios y mercedes sin número, buenas palabras y mi promesa formal de conseguir la cartería y estanco del pueblo para el hijo mayor, logramos empaquetarlos en el tren, pagándoles el viaje y dándoles opulenta merienda para el camino.

¡Cuándo acabarían mis dolorosos esfuerzos en pro de los demás!

"Esto es una cosa atroz —dije para mí, parodiando a doña Cándida—. Bienaventurado el que enciende una vela a la caridad y otra al egoísmo."

Era un martes... Como me agrada poco hablar de esto,
lo dejaré por ahora. Algo hay, anterior al acto de la boda,
que no merece el olvido. Por ejemplo: doña Cándida, enterada de los proyectos de Manuel por éste mismo, vio los
cielos abiertos, y èn ellos, un delicioso porvenir de parasitismo en casa de los Peñas. Con todo, no podía contravenir
mi cínife la ley de su carácter, que exigía farsas extraordinarias en aquella ocasión culminante, y así, había que verla
y oírla el día en que fue a casa de Lica "a desahogar su
pena, a buscar consuelos en el seno de la amistad..."

Porque la sola idea de que iba a vivir separada de la
inocente criatura la llenaba de congoja. ¿Qué sería de ella
ya, a su edad, privada de la dulce compañía de su queridísima sobrina..., única persona que de los García Grande
quedaba ya en el mundo? Pero el Señor sabía lo que se
hacía al quitarle aquel gusto, aquel apoyo moral... Nacemos
para padecer, y padeciendo morimos... Por supuesto, ella
sabía dominar su pena y aun atenuarla, considerando la

buena suerte de la chica. ¡Oh!, sí, lo principal era que Irene
se casara bien, aunque su tía se muriera de dolor al perder
la compañía... ¡Y que no lloraría poco la pobre niña al
separarse de ella para irse a vivir con un hombre!... Era
tan tímida, tan apocadita... Una cosa no le gustaba a mi
cínife, y era el origen poco hidalgo de Peña. Reconocía las
buenas prendas de Manuel, su talento, su brillante porvenir;
pero, ¡ay!, la carne, la carne... Irene se casaba con uno de
los tres enemigos del alma. No se puede una acostumbrar
a ciertas cosas, por más que hablen de las luces del siglo,
de la igualdad y de la aristocracia del talento... En fin, una
cosa atroz, y la señora, que por bondad y tolerancia trataría
a Manuel como un hijo, estaba resuelta a no tragar a doña
Javiera, porque, realmente, hay cosas que están por encima
de las fuerzas humanas... Ella transigía con el chico; pero
con la mamá..., ¡imposible! ¡Si al menos no fuera tan ordinaria...! ¡Quia! No podía, no podía vencer Calígula sus
escrúpulos..., o, si se quiere, dígase preocupaciones. Tenía
los nervios muy delicados, la sensibilidad muy exquisita para
poder sufrir el roce con ciertas personas... No, cada uno en
su casa, y Dios en la de todos...

Por lo demás, excusado es decir que todo cuanto la señora de García Grande tenía era para su sobrina. Hasta las
preciosidades y objetos raros y artísticos, que conservaba
como recuerdo de la familia, pensaba cedérselos... ¿Para qué
quería nada ella ya?... Maravillas tenía aún en sus cofres,
que harían gran papel en la casa de los jóvenes esposos...
Y el sobrante de sus rentas..., también para ellos. ¡Válgame
Dios!, su sobrina necesitaría de ella más que ella de su sobrina, y ocasión había de llegar en que la señora sacara a
Irene de algunos apuritos.

Oyendo esto, Lica se puso triste, y *la niña Chucha* se secó
una lágrima. Quedóse a almorzar doña Cándida, y desde
aquel día reanudó la serie de sus visitas diarias a la casa,
entrando en una era de parasitismo, que no acabará ya sino
con la funesta existencia de aquel monstruo de los enredos
y cocodrilo de las bolsas.

Yo me había propuesto no ver más a Irene, porque, no
viéndola, estaba más tranquilo; pero un día se empeñó

Manuel en llevarme allá, y no pude evitarlo. La que fue
maestra de niños y después lo había sido mía en ciertas
cosas, se alegró mucho de verme, y no lo disimulaba. Pero
su gozo era de orden de los sentimientos fraternales, y no
podía ser sospechoso al joven Peñita, que, a su modo, también participaba de él. Hablamos largo rato de diversas cosas: ella me mostraba la variedad y extensión de sus imperfecciones, encendiendo más en mí, al apreciar cada defecto,
el vivo desconsuelo que llenaba mi alma... Habló de mil
tonterías graciosas, y cada una de éstas era como afilada
saeta que me traspasaba. Su frívolo gozo recaía gota a gota
sobre mi corazón como ponzoña...

Un gran escozor sentía yo en mí desde el famoso descubrimiento; sospechaba y temía que Irene, dotada, indudablemente, de mucha perspicacia, conociese el apasionamiento
y desvarío que tuve por ella en secreto, con lo cual y con
mi desaire, recibido en la sombra, debía de estar yo a sus
ojos en la situación más ridícula del mundo. Esto me acon-
gojaba, me ponía nervioso. A ratos me decía: "¿Qué haré
yo para quitarle de la cabeza esa idea? Y de que tiene tal
idea no me cabe duda... Es más lista que Cardona, y sabe
más que todos los tragadores de bibliotecas que existimos
en el mundo. Imposible, imposible que dejara de comprender mi... Y si lo comprendió, ¡cómo se reirá del pobre
Manso, cómo se reirán los dos en la intimidad de sus sole-
dades deliciosas! Si me fuese posible arrancarle ese pensamiento, o al menos sembrar en su mente otros, que, al crecer,
lo ahogaran y comprimieran..."

Y ella, cuando hablaba conmigo, bondadosa hasta no más,
me miraba con ojos que a mí me parecían llegar hasta lo
más lejano y escondido de mi ser. Luego tenían sus labios
una sonrisita irónica que confirmaba mi temor y me in-
quietaba más. Cuando me miraba de aquel modo, yo creía
oírla hablar así en su interior: "Te leo, Manso; te leo como
si fueras un libro escrito en la más clara de las lenguas. Y
así como te leo ahora, te leí cuando me hacías el amor a
estilo filosófico, pobre hombre..."

Pensar esto y sentir que subía toda la sangre a mi cerebro, era todo uno. Buscaba coyuntura de destruir, aunque

fuera con sofismas, la *tremenda* idea de mi amiga, y al fin... No sé cómo vino rodando la conversación. Creo que Peñita dijo que yo debía casarme. Ella lo apoyó. Vi el único cabello de una feliz ocasión; me agarré a él.

—¡Casarme yo!... No he pensado nunca en tal cosa... Los que nos consagramos al estudio vamos adquiriendo desde la niñez el endurecimiento... Quiero decir que nos encontramos curas sin sospecharlo... La rutina del celibato acaba por crear un estado permanente de indiferencia hacia todo lo que no sea los goces calmosos de la amistad.

Poco seguro de la idea, yo no podía encontrar bien tampoco las frases.

—Porque... llegamos a no conocer otro sentimiento que el de la amistad... Es que el estudio toma para sí todas las fuerzas afectivas, y nos apasionamos de una teoría, de un problema... La mujer pasa a nuestro lado como un problema que pertenece a otro mundo, a otra rama del saber y que no nos interesa. He intentado a veces cambiar la constitución de mi espíritu, incitándole a beber en los manantiales de donde para otros afluyen tantas corrientes de vida, y no he podido conseguirlo... Ni quiero ni me hace falta. Me considero en la falange del sacerdocio eterno y humano. También el celibato es humano, y ha servido en todos los siglos para demostrar las excelencias del espíritu.

¿Conseguí algo con estas paparruchas? Buscando mayor efecto, hablé con Irene del tiempo en que ella daba lecciones a mis sobrinitas y del cariño paternal que me había inspirado. Ya se ve..., la semejanza de nuestras profesiones, el compañerismo... Nada, nada, no pasaba.

Yo la veía mirarme, y podía jurar que decía para sí: "No cuela, Mansito, no cuela. Conste que perdiste la chaveta como el último de los estudiantes, y ahora, ni con toda la filosofía del mundo me has de hacer creer otra cosa. Las maestras de escuela sabemos más que los metafísicos, y éstos no engañan ya a nadie más que a sí mismos."

¡Qué casualidad! Me refiero al día de la boda. Yo no quise ir... Convengamos en que me entró un fuerte pasmo que me retuvo en cama. Llovía mucho. Del cielo caía una tristeza gris en hilos fríos que susurraban, azotando el suelo. Por doña Javiera, que subió a verme, cuando concluyó todo, supe que no había ocurrido nada de particular, más que la obligada ceremonia, los latines, la curiosidad de los concurrentes, el almuerzo en la casa nueva, y la partida de los dichosos para no sé dónde... Creo que para Biarritz, o para Burgos, o Burdeos. Ello era cosa que empezaba con B. La paradita no hace al caso. Me levanté en seguida, completamente restablecido con asombro de doña Javiera, que me notificó su resolución de vivir desde el siguiente día en la nueva casa. Hablamos de Irene, y mi vecina me confesó que empezaba a serle agradable, que yo tenía quizá razón al elogiarla, y que, si su hijo era feliz, poco le importaba lo demás. Contóme que a Manolo le miraban todas las chicas con envidia... ¡Vanidad materna que no hacía daño a nadie!

Después de almorzar se habían ido los dos solos a la estación, en su coche, tan bien agasajaditos, entre pieles... ¡Manolo estaba tan guapo!... Valía infinitamente más que ella. *Manolo daba la hora.* La pícara maestra debía de tener más talento que Merlín, porque había sabido pescar al muchacho más bonito y de más mérito de todas las Españas.

¡Virgen, y cuánto lloró doña Cándida!... Mi hermano José también había cogido un pasmo aquel día, y no pudo ir. Estaba la *señá* marquesa, Lica por otro nombre, con su mamá y hermana y, además otras muchas personas notables. Lo de la notabilidad no se me alcanzaba, y así lo manifesté con mal humor a mi vecina. Ella insistió en designar como eminencias a todos los concurrentes; discutimos, y yo concluí diciéndole:

—¿Apostamos a que estaba también el negro Ruperto?

—Y bien guapo; parecía una persona servida en tinta de calamares... Eso; búrlese usted...; ya verá, don Máximo, ir gente grande a mi casa, cuando Manolo empiece a figurar, y demos *tees*... Será aquello un pueblo...

No recuerdo cuánto más charló su expedita, incansable lengua. Para consolarse de su soledad, empezó a disponer la mudanza desde aquel día. Aprovechando dos que estuve de expedición en Toledo con varios amigos, la misma doña Javiera hizo la mudanza de todos mis muebles, libros y demás enseres, con tanta diligencia y esmero, que al volver encontré realizada la instalación y ocupé sin molestia de ningún género mi nueva vivienda. En realidad, yo no tenía con qué pagar tantos beneficios y aquella creciente adhesión, que parecía salirse ya de los comunes términos de la amistad. Y como, por desgracia, mi antigua sirvienta seguía paralizada de una pierna y de la otra no muy sana, mi casa continuaba en manos de la señora de Peña, que a todo atendía con extremada solicitud, dando motivo a murmuraciones de maliciosos amigos y vecinos. Yo me reía de estas picardihuelas, y un día hablé francamente de ellas.

—Déjeles usted que hablen —me dijo con menos desparpajo del que solía tener, antes bien algo turbada—. Riámonos del mundo. A usted no le hacen los honores que merece, ni le aprecian en lo que vale... Pues a mí me da la

gana de hacerlo y de traer a mi señor don Máximo a qué
quieres boca. Es justicia, nada más que justicia, y estoy por
decir que es indemnización...; ¿se dice así? Estas palabras
finas me ponen siempre en cuidado por temor de soltar
una barbaridad...

Lo que mi vecina me dijo me afectó mucho, hízome pensar y sentir, y ha quedado por siempre grabado en mi memoria. ¿Provenía su afecto de esa admiración secreta,
inexplicable, que suele despertar en la gente ordinaria el
hombre dedicado al estudio? He visto raros y notabilísimos
ejemplos de esto. Doña Javiera había puesto en circulación
un extraño apotegma: *La sabiduría es la sal de los hombres.*
Cualquiera que fuese el sentido de tal dicharacho, yo atri-
buía los obsequios de mi vecina a su temperamento un tanto
acalorado, a su sensibilidad caprichosa, que tomaba vigor
de la renovación de los afectos. Por eso me decía yo: "Le
pasará esto, y llegará un día en que no se acuerde de mí."
Pero no pasaba, no; por el contrario, la veía yo buscando
la intimidad, y apropiándose cada vez mayor parte de todo
lo mío, principalmente en los órdenes moral y doméstico,
que son la llave de la familiaridad. Y acostumbrado a su
blanda compañía, a su diligente cooperación en todo lo más
importante de mi vida, llegué a considerar que si me faltaba
la amistad fervorosa de mi vecina, había de echarla muy de
menos. Por eso, insensiblemente arrastrado, me dejaba llevar
por la pendiente, sin ocuparme de calcular adónde llegaría.

No quiero dejar de contar ahora el regreso de Manuel y
su esposa, después de haberse divertido de lo lindo en su
excursión de amor. Según me dijo doña Javiera, no se les
podía aguantar de empalagosos y amartelados. Tanto se habían hartado de la famosa miel. En conciencia, yo deseaba
que les durara aquel dulce estado lo más posible. Irene me
pareció más guapa, más gruesa, de buen color y excelente
salud Doña Javiera, que todo lo confiaba, me dijo un día:

—Parece que hay nietos por la costa. En cuanto yo vea
que los menudea, pongo casa aparte. No quiero hospicios
en la mía.

Irene me trataba siempre con la consideración más fina.
Aunque nada debía sorprenderme, yo me admiraba de verla

tan conforme al tipo de la muchedumbre, de verla cada vez más distinta, ¡Dios mío!, del ideal... ¿Pues no se dio a organizar, con otras señoras, rifas benéficas y funciones y veladas para sacar dinero y emplearlo en hospitalitos que no se acaban nunca? También la vi presidiendo una Junta de señoras postulantes, y su marido me dijo que le gastaba algún dinero en novenas y festejos eclesiásticos. Para que nada faltase, un domingo por la tarde la vi graciosamente ataviada de negra mantilla, peina y claveles. Iba a los toros, y, preguntándole yo si se divertía en esa fiesta salvaje, me contestó que le había tomado afición y que, si no fuera por el triste espectáculo de los caballos heridos, se entusiasmaría en la plaza como en ninguna parte...

Sentencia final: era como todas. Los tiempos, la raza, el ambiente, no se desmentían en ella. Como si lo viera...: desde que se casó no había vuelto a coger un libro.

Pero hagámosle justicia. En su casa desplegaba la que fue maestra cualidades eminentes. No sólo había introducido en la mansión de los Peñas un gusto desconocido, teniendo que sostener más de una controversia con su suegra, sino que también supo mostrarse altamente dotada como una señora de gobierno. Con esto y su tacto exquisito, unas veces cediendo, otras resistiendo, supo conquistar poco a poco el afecto de su mamá política. Tenía, sin género de duda, grandes dotes de manejo social y arte maravilloso de tratar a las personas. Manuel empezó a recibir en su salón, por las noches, a varias personas de viso y a otras que aspiraban a serlo.

Cómo trataba Irene a los distintos personajes; cómo atraía a los de importancia; cómo embaucaba a los necios; cómo sacaba partido de todo en provecho de su marido, era cosa que maravillaba. Yo veía esto con pasmo, y doña Javiera estaba asustada.

—Es de la piel del diablo —me dijo un día—. Sabe más que usted.

¡Verdad más grande que un templo y que todos los templos del mundo! Lo más gracioso es que doña Javiera, que siempre había dominado a cuantos con ella vivían, fue poco a poco dominada por su nuera... Casi casi le tenía cierto respeto parecido al miedo. A solas, la señora y yo hablábamos de las recepciones de Irene, y nos hacíamos cruces.

—Esta nació para hacer un buen papel.

—Buena adquisición la de Manolito, ¿no le dije?

—Como siga así y no se tuerza...

—¡Oh! Si ella es buena, es un ángel...

Y a veces nos consolábamos mutuamente con tímidas murmuraciones.

—Veremos lo que dura. No me gustan tantos tes, tanto recibir, tanto exhibirse.

—Pues ni a mí tampoco... Quiera Dios...

—Se ven unas cosas...

¡Execrable ligereza la nuestra! Ella y él se amaban tiernamente. El amor, la juventud, la atmósfera social cargada de apetitos, lisonjas y vanidades, criaban en aquellas almas felices la ambición, desarrollándola conforme al uso moderno de este pecado, es decir, con las limitaciones de la moral casera y de las conveniencias. Esto era natural, como la salida del sol, y yo haría muy bien en guardar para otra ocasión mis refunfuños profesionales, porque ni venían al caso, ni hubieran producido más resultado que hacerme pasar por impertinente y pedante. Las purezas y refinamientos de moral caen en la vida de toda esta gente con una impropiedad cómica. Y no digo nada tratándose de la vida política, en la cual entró Manuel con pie derecho desde que recibió de sus electores el acta de diputado. Mi discípulo, con gran beneplácito de sus enemigos y secreto entusiasmo de su esposa, entraba en una esfera en la cual el devoto del bien, o se hace inmune, cubriéndose con máscara de hipócrita, o cae redondo al suelo, muerto de asfixia.

Para ellos, vida, juventud, riquezas, contento, amigos, aplausos, goces delirio, éxito...; para mí, vejez prematura, monotonía, tristeza, soledad, indiferencia, tormento y olvido. Cada día me alejaba más de aquel centro de alegrías, que para mí era como ambiente impropio de mi espíritu enfermo. Me ahogaba en él. Además de esto, cada vez que veía delante de mí a la joven señora de Peña, mujer de mi discípulo, aunque no discípula, sino más bien maestra mía, me entraba tal congoja y abatimiento que no podía vivir. Y si por acaso la conversación me hacía encontrar en ella un nuevo defectillo, el descubrimiento era combustible añadido a mi llama interior. Cuanto menos perfecta, más humana, y cuanto más humana, más divinizada por mi loco espíritu, al cual había desquiciado para siempre de sus fijos polos aquel fanatismo idolátrico, bárbara adoración hacia un fetiche con alma. Todos los días buscaba mil pretextos para no bajar a comer, para no asistir a las reuniones, para no acompañarlos a paseo, porque verla y sentirme cambiado y lleno de tonterías y debilidades era una misma cosa. El influjo de estos trastornos llegó a formar en mí una nueva modalidad. Yo no era yo, o por lo menos, yo no me parecía a mí mismo. Era, a ratos, sombra desfigurada del señor Manso, como las que hace el sol a la caída de la tarde, estirando los cuerpos cual se estira una cuerda de goma.

—Pero ¿qué tiene usted? —me dijo un día doña Javiera.

—Nada, señora; yo no tengo nada. Por eso precisamente me voy. Entre dos vacíos, prefiero el otro.

—Se queda usted como una vela.

—Esto quiere decir que ha llegado la hora de mi desaparición de entre los vivos. He dado mi fruto y estoy de más. Todo lo que ha cumplido su ley desaparece.

—Pues el fruto de usted no lo veo, amigo Manso.

—Es posible. Lo que se ve, señora doña Javiera, es la parte menos importante de lo que existe. Invisible es todo lo grande, toda ley, toda causa, todo elemento activo. Nuestros ojos, ¿qué son más que microscopios?

—¿Quiere usted que llame a un médico? —me dijo la señora muy alarmada.

—Es como si cuando una flor se deshoja y se pudre llamara usted al jardinero. Coja usted unas tijeras y córteme. Ya la luz, el agua, el aire, no rezan conmigo. Pertenezco a los insectos.

—Vaya usted a tomar baños.

—De eternidad los tomaré pronto.

—Nada, nada; yo llamo a un médico.

—No es preciso; ya siento los efectos del gran narcótico; voy a tomar postura...

Doña Javiera se echó a llorar. ¡Me quería tanto! Aquel mismo día vino Miquis, acompañado de un célebre alienista, que me hizo varias preguntas a que no contesté. Cuando los vi salir, me reí tanto, que doña Javiera se asustó más y me manifestó de un modo franco el vivísimo afecto con que me honraba. Yo la oía cual si oyera un elogio fúnebre pronunciado en lo alto de un púlpito y enfrente de mi catafalco... Y tal era mi anhelo de descanso, que no me levanté más. Prodigóme sin tasa mi vecina los cuidados más tiernos, y una mañana, solitos los dos, rodeados de gran silencio, ella aterrada, yo sereno, me morí como un pájaro.

El mismo perverso amigo que me había llevado al mundo sacóme de él, repitiendo el conjuro de marras y las hechicerías diablescas de la redoma, la gota de tinta y el papel quemado, que habían precedido a mi encarnación.

—Hombre de Dios —le dije—, ¿quiere usted acabar de una vez conmigo y recoger esta carne mortal en que, para divertirse, me ha metido? ¡Cosa más sin gracia...!

Al deslizarme de entre sus dedos, envuelto en llamarada roja, el sosiego me dio a entender que había dejado de ser hombre.

Los alaridos de pena que dio mi amiga al ver que yo había partido para siempre, despertaron a todos los de la casa; subieron algunos vecinos, entre ellos Manuel, y todos convinieron en que era una lástima que yo hubiera dejado de figurar entre los vivos... Y tan bien me iba en mi nuevo ser, que tuve más lástima de ellos que ellos de mí, y hasta me reí viéndolos tan afanados por mi ausencia. ¡Pobre gente! Me lloraban familia y amigos, y algunos de éstos fueron a las redacciones de los periódicos a dedicarme *sentidas frases*. En cuanto lo supo Sainz del Bardal, agarró la pluma y me enjaretó, ¡ay!, una elegía, con la cual yo y mis colegas del Limbo nos hemos divertido mucho. Aquí llegan todas estas cosas y se aprecian en su verdadero valor.

A mi hermano, Lica, Mercedes, doña Jesusa y Ruperto les duró la aflicción qué sé yo cuántos días. Manuel se puso tan amarillo, que parecía estar malo; Irene derramó algunas lágrimas y estuvo dos semanas como asustada, creyendo que asomar me veía por las puertas, levantar las cortinas y pasar como sombra por todos los sitios oscuros de la casa. Ni que la mataran, entraba de noche sola en su cuarto. ¡También supersticiosa!

Pero todos se fueron consolando. Quien se quedó la última fue mi doña Javiera del alma, tan buena, tan llanota, tan espontánea. Según datos que han llegado a mi noticia, más de una vez fue a visitar el sitio donde está enterrado el que fue mi cuerpo, con una piedra encima y un rótulo que decía que yo había sido muy sabio.

De doña Cándida sé que oyó algunos centenares de misas, y que siempre que entraba en casa de Peña, donde diariamente desempeñaba el papel de langosta en los feraces campos, me había de nombrar, suspirando, para mantener vivo el recuerdo de mis virtudes. A mi noticia ha llegado, por no sé qué chismografía de serafines, que no se puede calcular el dinero que le han dado para misas por mi reposo, el cual dinero suma tanto, que si se aplicara por los demás, ya estaría vacío el Purgatorio. De las casas de mi hermano y de Peña saca la señora, con estos giros de ultratumba, mediana rentilla para ayudarse. No necesito decir que todos los que estamos aquí celebramos el fecundo ingenio de Calígula.

Y a medida que el tiempo pasa se van olvidando todos de mí, que es un gusto. Lo más particular es que de cuanto escribí y enseñé, apenas quedan huellas, y es cosa de graciosísimo efecto en estas regiones el ver que, mientras un devoto amigo o ferviente discípulo nos llama en plena sesión de cualquier academia el *inolvidable Manso,* si se va a indagar dónde está la memoria de nuestro saber, no se encuentra rastro ni sombra de ella. El olvido es completo y real, aunque el uso inconsiderado de las frases de molde dé ocasión a creer lo contrario. Diferentes veces he descendido a los cerebros —pues nos está concedida la preciosa facultad de visitar el pensamiento de los que viven—, y, metiéndome en las entendederas de muchos que fueron alumnos míos, he buscado en ellos mis ideas. Poco, y no de lo mejor, ha sido lo descubierto en estas inspecciones encefálicas, y para llegar a encontrar ese poco y malo, ha sido preciso levantar, con ayuda de otros espíritus entrometidos, los nuevos depósitos de ideas más originales, más recientes, traídas un día y otro por la lectura, el estudio o la experiencia.

De conocimientos experimentales he hallado grandísima copia en Manuel Peña. Lo que yo le enseñé apenas se distingue bajo el espeso fárrago de adquisiciones tan luminosas como prácticas obtenidas en el Congreso y en los combates de la vida política, que es la vida de la acción pura y de la gimnástica volitiva. Manuel hace prodigios en el arte que podríamos llamar de mecánica civil, pues no hay otro que le aventaje en conocer y manejar fuerzas, en buscar hábiles resultados, en vencer pesos, en combinar materiales, en dar saltos arriesgados y estupendos. También he dado una vuelta por el vasto interior de cierta persona, sin encontrar nada de particular, más que el desarrollo y madurez de lo que ya conocía. En cierta ocasión sorprendí una huella de pensamiento mío, de algo mío, no sé lo que era, y me entró tal susto y congoja, que huí como alimaña sorprendida en inhabitados desvanes. Después vine a entender que era un simple recuerdo frío, mezclado de cálculo aritmético. Por el teléfono que tenemos me enteré de esta frase:

—No, tía; ya no más misas. Decidamente borro ese renglón.

Rara vez hacía excursiones hacia la parte donde está el pensar de mi hermano José. No encontraba allí más que ideas vulgares, rutinarias y convencionales. Todo tenía el sello de adquisición fresca y pegadiza, pronto a desaparecer cuando llegara nueva remesa, producto insípido de la conversación o lectura de la noche precedente. Como etiqueta de un frasco, estaba allí el lema de *Moralidad y economías*. José no pensaba más, ni sabía hablar de otra cosa.

Como si hubiera encontrado la piedra filosofal, se detiene aún en aquel punto supremo de la humana sabiduría. ¡Moralidad y economías! Con esta receta ha reunido en torno suyo un grupo de sonámbulos que le tienen por eminencia, y lo más gracioso es que entre el público que se ocupa de estas cosas sin entenderlas ha ganado mi hermano simpatías ardientes y un prestigio que le encamina derecho al poder. ¿Será ministro? Me lo temo. Para llegar más pronto, ha fundado un periodicazo, que le cuesta mucho dinero y que no tiene más lectores que los individuos del grupo sonambulesco. Sainz del Bardal lo dirige y se lo escribe casi todo, con lo cual está dicho que es el tal diario de lo más enfadoso, pesado y amodorrante que puede concebirse. De los grandes atracones que ha tomado el miasmático poeta para cumplir su tarea, contrajo una enfermedad que le puso en la frontera de estos espacios. Cuando lo supimos se armó gran alboroto aquí y nos amotinamos todos los huéspedes, conjurándonos para impedirle la entrada por cuantos medios estuvieran en nuestro poder. Dios, bondadosísimo, dispuso alargarle la vida terrestre, con lo que se aplacó nuestra furia y los de por allá se alegraron. Propio de la omnipotente sabiduría es saber contentar a todos.

Un día que me quedé dormido en una nube, soñé que vivía y que estaba comiendo en casa de doña Cándida. ¡Aberración morbosa de mi espíritu, que aún no está libre de influencias terrestres! Desperté acongojadísimo, y hubo de pasar algún tiempo antes de recobrar el plácido reposo de esta bendita existencia, en la cual se adquiere lentamente, hasta llegar a poseerlo en absoluto, un desdén soberano hacia todas las acciones, pasos y afanes de los seres que todavía no han concluido el gran *plantón* de vivir terrestre, y hacen, con no poca molestia, la antesala del nuestro.

¡Dichoso estado y regiones dichosas estas en que puedo mirar a Irene, a mi hermano, a Peña, a doña Javiera, a Calígula, a Lica y demás desgraciadas figurillas con el mismo desdén con que el hombre maduro ve los juguetes que le entretuvieron cuando era niño!

Madrid, enero-abril de 1882.

Indice

20